Bellena

WENN DIE HÖLLE GEFRIERT

Von Nicole Kwiatkowski

Über das Buch:

Du fühlst dich allein, doch ich bin bei dir.
Du bist an einem Ort, an dem du niemals sein wolltest.
Ich sehe deine Angst, auch wenn du sie verbirgst. Du wirst leiden und verzweifeln, doch vertraue mir - ich zeige dir den Weg. Mit mir zusammen wirst du die Dunkelheit überwinden.
Du wirst es durchstehen und stärker daraus hervorgehen.
Glaube an deine eigene Kraft, denn in dir steckt mehr, als du ahnst.
Du kannst dich retten - du kannst uns retten, denn du bist die Auserwählte.

Die Fortsetzung einer magischen Liebesgeschichte

Bellena ist auf sich allein gestellt, während Jay von Schuldgefühlen geplagt wird. Er setzt alles daran, sie wiederzufinden, und geht dabei an seine emotionalen Grenzen. Doch je länger seine Suche andauert, desto mehr beginnt er zu zweifeln. Sogar an seinen eigenen Freunden. Wie weit ist er bereit zu gehen, um Bellena zu retten?

Währenddessen treten unerwartete Verbündete an Bellenas Seite. Doch die Hoffnung, die in ihr wächst, hat ihren Preis. Kann sie ihnen wirklich vertrauen? Mit jeder Wahrheit, die sie enthüllt, verschwimmen die Grenzen zwischen Freund und Feind. Während dunkle Mächte ihre Netze spinnen, wird sie vor eine Entscheidung gestellt, die alles verändern könnte. Ist Bellena stark genug, sich ihrem Schicksal zu stellen?

Über die Autorin:

Nicole Kwiatkowski, geboren 1986 in Stollberg/Erzgebirge, lebt heute in der Nähe von Freiberg. Sie ist glücklich verheiratet und Mutter von zwei Kindern. Bereits im Grundschulalter entwickelte sich bei ihr eine tiefe Begeisterung für Bücher. Die Bibliothek wurde ihr zweites zu Hause und ihre Freizeit verbrachte sie am liebsten im Bett, vertieft in Geschichten, die sie in eine andere Welt entführten.

Ihr erster Roman »Bellena« stammte aus einer Grundidee, die sie bereits in ihrer Jugend hatte. Doch es sollte einige Jahre dauern, bis sie ihre Gedanken zu Papier brachte, und zeigt somit, dass es nie zu spät ist, die eigenen Träume zu verwirklichen. Heute ist sie stolz darauf, ihre Leidenschaft für das Schreiben und ihre Liebe zu Büchern miteinander zu verbinden.

Verlag: BoD · Books on Demand GmbH,
Überseering 33, 22297 Hamburg, bod@bod.de
Druck: Libri Plureos GmbH,
Friedensallee 273, 22763 Hamburg
ISBN: 978-3-8192-2894-0

Widmung

Für Nadine und Yara

Ihr habt meine Zweifel zum Schweigen gebracht und mein
Feuer neu entfacht.
Ohne euch hätte Bellena nie ihren Weg aus der Hölle gefunden.

Danke für euren Glauben und eure Stärke.

Inhaltsverzeichnis

Vorwort

Schön, dass du erneut hierher gefunden hast. Ich bin sicher, du brennst regelrecht darauf, zu erfahren, wie es mit Bellena weitergeht. Wird sie sich befreien können? Wird sie all das überstehen und einen Weg zurück finden?

Sei gewarnt, denn ihr Weg ist steinig. Es wird viele Tiefen geben – weit mehr, als sie zu gehen bereit ist. Du wirst auf Verzweiflung, Wut, Bedrängung und Verlust treffen.

Wirst du gemeinsam mit Bellena standhalten und ihr dabei helfen, die Hölle zu überwinden?

Eure Nicole

Kapitel 1

Bellena

»Willkommen in der Hölle, Bellena«, flüsterte seine Stimme süß und giftig in meinem Kopf. Die Kälte, die seine Worte ausstrahlten, ließ mich erstarren. Ich spürte eine gewaltige, lähmende Angst, die mich in die Dunkelheit zog. Ein Rauschen füllte die Luft, und während sich der Raum um mich herum verdichtete, wurde mir klar, dass dies erst der Anfang war. Ich glaubte, meinen Tiefpunkt bereits erreicht zu haben, doch da erkannte ich, dass es noch weiter bergab gehen konnte. Ausgerechnet er stand mir jetzt gegenüber. Luzifer, die Person, auf die ich als Letztes treffen wollte. Asazel schien ich entkommen zu sein. Oder hatte er auch in Bezug auf Luzifer gelogen und sie steckten gemeinsam unter einer Decke und welche Rolle spielte Jay dabei? Konnte ich ihm noch vertrauen?

»Was passiert jetzt?«, flüsterte ich leise, mehr zu mir selbst als zu ihm, doch eine Antwort erhielt ich nicht. Stattdessen musterte Luzifer mich. Da war nur, diese beunruhigende Stille und das Gefühl, dass sich etwas Bedrohliches näherte.

»Lukas, würdest du mir erklären, wie sie hierhergekommen ist? Warum ist sie hier?« Er wählte seine Worte mit Bedacht, doch ich sah die Wut in Luzifers Blick, der auf mir ruhte, während er auf die Antwort meines besten Freundes wartete. Halt! Ehemals bester Freund. Jedenfalls dachte ich das. Denn wie er mir vor ein paar Minuten – oder waren es Stunden, die ich bereits in diesem Loch verbrachte – verkündete, war alles nur Show, um an mich heranzukommen.

»Asazel bekam sie in seine Finger und hat sie wieder verloren, nachdem sie ihre Kräfte benutzt hatte. Und sagen wir es mal so ... sie hat ordentlich Feuer unterm Arsch.«

Lukas' Worte ließen mich aufblicken und ich beobachtete aus dem Augenwinkel, wie er mich angrinste.

Meine Arme hingen weiterhin rechts und links in Handschellen über meinem Kopf und ich lehnte nach wie vor an der kalten Steinmauer. Noch immer fühlte ich mich schwach, war wehrlos, denn sie zogen mir fortwährend die Energie aus meinem Körper. Genau wie Lukas es mir prophezeit hatte. *»Aber keine Sorge, sie nehmen dir nur so viel, wie nötig. Töten werden sie dich nicht«*, hallten seine Worte in meinem Kopf wider. So, wie ich mich fühlte, war ich nicht sicher, ob sie nicht doch meinen Tod bedeuteten, wenn ich sie weiterhin wie Modeschmuck um meine Handgelenke trug.

Luzifer fuhr sich mit dem Daumen über die Nase, bevor er anfing, mit seinem Bart zu spielen. »Hm, Bellena, was machen wir jetzt mit dir?«

»Freilassen?«, krächzte ich, was ihn köstlich amüsierte.

»Entschuldige, Prinzessin, aber das ist keine Option. Du wirst sicher verstehen, dass man etwas so Wertvolles wie dich nicht einfach gehen lässt.«

»Es war einen Versuch wert.« Resigniert ließ ich den Kopf hängen und schloss die Lider. Ich sehnte mich nach Ruhe. Ein wenig Schlaf war alles, was ich jetzt brauchte.

»Seit wann ist sie hier?«, hallte Luzifers eisiger Ton durch meinen Kopf.

»Ein paar Stunden.«

»Geht das auch genauer?«

»Seit heute Morgen.«

Ruckartig öffnete ich die Augen, als ich ein schnalzendes Geräusch und eine Bewegung wahrnahm. Doch ich hatte keine Kraft aufzublicken, sondern schaffte es gerade so, meinen Blick auf den Boden zu richten. Schwarze, unnatürlich glänzende Schuhe hinterließen mit jedem Schritt einen pochenden Schmerz in meinem Kopf, bis sie direkt vor weißen Sneakers stehen blieben. Ein dunkler Gehstock krachte auf den Boden und ließ mich zusammenzucken. Auf dem kalten Stein drehte er ihn hin und her, was ein weiteres unerträgliches Geräusch in meinem Kopf zurückließ.

»Löse die Handschellen!« Bei diesen Worten sammelte ich meine letzten Kraftreserven und zwang mich, dem Gespräch aufmerksam zu folgen. Es dauerte einen Augenblick, bevor ich Lukas' Antwort vernahm. »Was? Nein! Das wäre …«

Luzifer unterbrach ihn mit einem bedrohlichen Unterton. »Ich sagte, löse die Handschellen!«

Ließ er mich womöglich doch laufen? Mit der letzten, noch verbliebenen Kraft zwang ich meinen Körper, die beiden anzusehen.

»Du hast nicht gesehen, wozu sie fähig ist …« nachdem sich Luzifers Blick verfinsterte, verstummte Lukas. Abwehrend hob er die Hände und kam ohne ein weiteres Wort auf mich zu. Er benötigte nicht mal einen Schlüssel, sondern ließ seine Finger nur über die Schellen streifen. Schon fiel mein Körper, wie ein nasser Sack direkt in seine Arme. Am liebsten hätte ich ihn geschlagen, doch mir blieb nicht mal genügend Kraft, um mich von ihm weg zu lehnen.

»Was machen wir jetzt mit ihr?« Lukas fiel es deutlich schwer, seine Unzufriedenheit zu verbergen.

Luzifer hingegen war die Freude unverkennbar anzusehen. Ein teuflisches Grinsen huschte über seine Lippen, als ich mich bemühte, ihn nicht aus den Augen zu lassen. »Wir bringen sie zu mir nach oben, wo sie in meiner Nähe bleibt. Wir beide haben noch sehr viel miteinander vor.«

Der Schock musste mir im Gesicht gestanden haben, denn er richtete augenblicklich seine Worte an mich. »Was, Prinzessin? Dachtest du etwa, dass ich meine Meinung geändert habe? Du bleibst in meiner Nähe. Es ist nur zu deiner Sicherheit. Lukas ist aktuell nicht er selbst, wenn es um dich geht. Glaube mir, bei mir wirst du es besser haben.«

Höhnisch grinste er mich an und ein eisiger Schauer durchflutete meine Adern. Ich wollte kämpfen und schreien, aber mein Körper reagierte auf keinen meiner Befehle. Stattdessen driftete mein Bewusstsein erneut ab und die Geräusche um mich herum wurden dumpf. Ein Gefühl von Schwerelosigkeit überkam mich, bevor ich endgültig den Kampf mit der Dunkelheit verlor.

»Bellena, sieh mich an«, flüsterte Jay mir ins Ohr, bevor er sanft meine Schulter küsste. Als sein warmer Atem meine Haut streifte, beschleunigte sich augenblicklich mein Herzschlag. Ein Kribbeln breitete sich in meinem gesamten Körper aus. Eine Welle von Wohlgefühl durchströmte mich, vermittelte mir ein Gefühl von Sicherheit. Unbeschwert atmete ich ein, vernahm die wohlige Wärme, die seine Nähe in mir auslöste – dieses süße Empfinden, das nur Liebe hinterlassen konnte.

Nachdem ich die Lider geöffnet hatte, traf mein Blick auf seine türkisblauen Augen, die mich besorgt musterten.

»Jay«, flüsterte ich und erstarrte. Erst jetzt erkannte ich, dass wir in eine Art Nebel gehüllt waren. Die Umgebung wirkte mystisch, mit den schwebenden, leuchtenden Partikeln in Rot, Blau und Goldtönen. Es hinterließ den Eindruck, als würde unsere Liebe eine Kraft ausstrahlen, die die Welt um uns herum veränderte.

Ich vernahm keinen festen Boden unter meinen Füßen, dafür Jays kräftigen Druck auf meine Taille. Zögerlich legte ich meine Hände auf seine Brust, und er lehnte seine Stirn sanft gegen meine. Erneut schloss ich die Augen, als er mir zuflüsterte: »Ich werde dich finden und alles tun, um wieder bei dir zu sein. Das verspreche ich dir.« Er hauchte mir einen sanften Kuss auf die Stirn, bevor er sich sachte von mir löste.

»Jay!«, rief ich und riss die Augen auf. Doch er war fort.

Stattdessen starrte ich in Lukas' kalte, stahlgraue Augen. »Na Süße, hast du was Schönes geträumt? Es war so befriedigend, dir beim Schlafen zuzusehen.« Sein Arm lehnte lässig an der Lehne des schwarzen Ledersofas, auf dem ich lag. Erschrocken, dass er mir so nah war, setzte ich mich auf und rückte so weit wie möglich von ihm ab.

»Lass sie in Ruhe, Lukas«, schrillte Luzifers Stimme durch den Raum. »Du kannst jetzt gehen. Die anderen werden bald hier sein, du hast hier nichts mehr zu suchen.« Er schnalzte mit der Zunge und betrachtete ihn ablehnend. »Deinen Teil in dieser Geschichte kenne ich ja bereits.«

Ohne den Blick von mir abzuwenden, erhob sich Lukas vom Sofa. Mir fiel auf, dass seine Haare dunkler waren. Alles an ihm war dunkel. Sein Gesichtsausdruck, kühl, starr und gefühllos, blieb wie versteinert auf mir haften. Er erinnerte mich kaum noch an den jungen Mann von nebenan, der einmal mein Freund war.

Dann fiel sein Blick auf Luzifer, der in einem Sessel saß und reglos aus dem Fenster sah. Trotzdem entging ihm Lukas Bewegungslosigkeit nicht. »Ist noch etwas oder war ich nicht deutlich genug?«

Daraufhin trat er an eine große zweiflügelige Holztür heran, die verziert war mit Schnitzereien mehrerer kämpfender Engel. Ruckartig öffnete Lukas sie und ließ sie krachend hinter sich ins Schloss fallen.

Danach folgte Stille.

Luzifer sah weiter aus dem Fenster, rührte sich kaum merklich. Anders als ich, die Stück für Stück spürte, wie die Kraft in meinen Körper zurückströmte. Trotzdem scheiterte ich bei dem Versuch, mich aufzusetzen, kläglich. Mein Schädel brummte, genau wie mein gesamter Körper schmerzte, was mich unwillkürlich aufstöhnen ließ. Luzifer schien das nicht weiter zu interessieren. Warum auch? Nach allem, was ich bisher von ihm gehört hatte, war das Letzte, was er tun würde, einem Mädchen zu helfen, das anscheinend eine Bedrohung für ihn darstellte. Resigniert ließ ich mich zurückfallen und rieb mit der Handfläche über die Stirn, in der Hoffnung, dass es den Druck in meinem Kopf etwas zu lindern vermochte. Dabei fiel mein Blick auf meine Handgelenke. Die Handschellen waren weg, aber sie hatten sich in meine Haut gebrannt. Es zeigten sich unansehnliche rote Brandblasen, die mir bei Berührung einen erneuten Schmerz durch den Körper jagten. Er war so brennend, dass ich ächzte.

Offenbar hatte Luzifer genug, denn er drehte seinen Sessel in meine Richtung, stand auf und schlenderte zu mir.

Ich wusste, dass ich Angst vor ihm haben sollte. Eigenartigerweise hatte ich sie nicht, was womöglich daran lag, dass es nicht sein Ziel war, mich zu verletzen – jedenfalls nicht sofort. Da es mir nun möglich war, ihn näher zu betrachten, wirkte er älter, als ich anfangs dachte. Wäre er ein Mensch, würde ich ihn auf Mitte sechzig schätzen. Sein silbriger Bart zog sich um sein Kinn sowie seine Mundpartie und rundete das Gesamtbild mit einer nach hinten gegelten Frisur ab. Seine Haarfarbe harmonierte perfekt mit dem grauen Anzug, den er trug. Darunter blitzte ein weißes Hemd hervor, über dem sich eine dunkle Krawatte abzeichnete. Seinen Gehstock hatte er nicht bei sich, denn dieser lehnte herrenlos an seinem Sessel.

Er nahm meine rechte Hand und sah abwertend auf den roten Ring, der mein Gelenk zierte. Schnalzend zog er an meinem Arm und brachte mich schmerzhaft in eine sitzende Position. Im Anschluss ging er zu einem kleinen Getränkewagen, goss aus einer Karaffe eine klare Flüssigkeit in ein Glas und kam damit wieder zurück. »Trink.«

Unschlüssig sah ich zwischen Luzifer und dem Glas hin und her.

»Es ist nur Wasser.«

Mit zitternden Händen griff ich danach und führte es an meine Lippen, ohne ihn dabei aus den Augen zu lassen. Doch Luzifer hatte längst das Interesse an mir verloren. Erneut setzte er sich in den Sessel und drehte ihn wieder zum Fenster.

Im selben Moment wurde die Flügeltür zu beiden Seiten aufgerissen, sodass mir vor Schreck das Glas aus den Händen fiel. Ich setzte zu einer Entschuldigung an, biss mir aber auf die

Lippen. Luzifer sah teilnahmslos aus dem Fenster. Es wirkte, als hätte er nicht mal mitbekommen, was gerade vorgefallen war.

Ein dunkel gekleideter Mann betrat den Raum. Sein langer Mantel reichte fast bis zum Boden. Seine dunklen, grau melierten Haare waren zu einem Zopf gebunden und sein Dreitagebart umschmeichelte seine Gesichtszüge. Er sah auf den ersten Blick menschlich aus, bis ich das Horn entdeckte, dass seine linke Kopfseite zierte. Seine schweren Schuhe donnerten bei jedem Schritt auf dem Holzfußboden.

»Hallo Samael, anklopfen war noch nie deine Stärke. Würdige unserem Gast doch etwas Respekt«, sagte Luzifer, der noch immer starr aus dem Fenster sah.

Bei der Erwähnung seines Namens stellten sich mir die Nackenhaare auf. Samael, der Fürst der Hölle, stand nur wenige Meter von mir entfernt. Samael, der mit Lilith verkehrte.

Er drehte seinen Kopf in meine Richtung und seine schwarzen Augen bohrten sich direkt in meine, während er abschätzig seine Mundwinkel nach oben verzog. »Bellena? Wer hätte gedacht, dass wir uns hier über den Weg laufen?«

»Es ist auch nicht gerade mein Wunschtraum, hier zu sein«, brachte ich ihm missbilligend entgegen. Meine Stimme klang noch etwas kratzig, aber meine Worte brachte ich deutlich und prägnant genug hervor.

»Meinst du, es ist klug in deiner Situation ein solch großes Mundwerk zuhaben?«

Er hatte recht. Es wäre besser, mich still zu verhalten, aber es gehörte nicht zu meiner Natur, mich in ein Schneckenhaus zu verziehen. Deshalb funkelte ich ihn an, war bereit, ihm erneut die Stirn zu bieten, doch Luzifer bereitete dem vorzeitig ein Ende. »Setz dich Samael.«

Dieser stampfte ohne ein Wort zu einem Tisch.

»Ist der Rest von euch auch unterwegs oder brauchen sie eine Sondereinladung?«, herrschte Luzifer ihn an.

Kratzend zog Samael einen der Mahagonistühle über den Holzboden. Bei diesem Geräusch stellten sich meine Nackenhaare wieder auf. Nachdem er sich gesetzt hatte, stütze er seine Ellbogen auf den Tisch und legte sein Kinn auf seine gefalteten Hände ab. Mit einem schiefen Lächeln betrachtete er mich und antworte Luzifer, ohne mich aus den Augen zu lassen. »Sie sind gleich da. Vorab wollen sie prüfen, was Bellenas Engelboy so treibt.« Er betonte die letzten Worte so langsam, dass sie aus seinem Mund wie Gift auf mich wirkten.

»Jay«, kam es flüsternd über meine Lippen.

Es klopfte und die Tür öffnete sich erneut. Zuerst trat ein junger Mann ein. Seine Haare waren genauso silberblond, wie seine Augen, die sich bei meinem Anblick schlagartig verdunkelten. Ähnlich wie bei der attraktiven Frau, die sich neben ihn stellte. Sie trug ihr erdbeerblondes Haar offen, sodass ihr ovales Gesicht und die grünen Augen noch besser zur Geltung kamen. Ihr eng anliegendes Kleid harmonierte mit dem dunklen Hemd des Mannes, den sie kurz an der Schulter berührte, bevor dieser sich bewegte und sich neben Samael setzte. Während sie ihm folgte, warf sie einen flüchtigen Blick in meine Richtung, bevor sie ihm gegenüber Platz nahm.

Ich war so gefangen von den beiden, dass ich erst später bemerkte, dass noch jemand den Raum betrat, und zwar genau in dem Moment, als die Tür krachend ins Schloss fiel. Nicht nur aufgrund des plötzlichen Knalls zuckte ich erschrocken zusammen.

Es war nicht nötig, die Person nach ihrem Namen zu fragen, denn ich wusste genau, wer sie war.

Kapitel 2

Bellena

*I*hre Haut war weiß wie Schnee und brachte ihre roten Augen und Lippen noch ausdrucksvoller zur Geltung. Ihre glatten roten Haare fielen auf ihr dunkles Kleid, aus dem zwei schlangenartige Schwänze hervortraten. Menschlich zu wirken, schien ihr nicht wichtig zu sein. Mit stolz erhobenem Haupt und einem kräftigen Hüftschwung lief sie auf Samael zu. Ihre High Heels durchbrachen die Stille, da sie bei jedem Schritt ein lautes Klacken auf dem Holzboden hinterließen. Mit dem Arm über seine Schulter gelegt, gab sie ihm einen Kuss auf die Wange. Sofort rückte er zurück, damit sie auf seinem Schoß Platz nehmen konnte. Seine Hand strich über ihren Rücken, während sie mich mit ihrem Blick beunruhigend taxierte.

Luzifer räusperte sich und ich wendete meinen Blick von ihr ab. Gemächlich erhob er sich und nahm am anderen Ende des Tisches Platz. Er ließ seinen Blick langsam über die Runde schweifen, sah kurz zu mir und wieder zu seinen Anhängern. »Nun, wo wir alle zusammen sind, stellt sich mir eine Frage.« Er verstummte. Auf mich wirkte es, als suchte er nach passenden Worten. Anspannung lag in seinen Zügen. Die Stille der letzten Stunden schien in ihm zu brodeln und schlussendlich verlor er die Beherrschung. »Habt ihr vollkommen den Verstand verloren? Was zum Teufel habt ihr euch dabei gedacht, sie hierherzubringen? Hier, in mein Haus! Habt ihr einmal an die

Konsequenzen gedacht? Sie gehört zu unseren Todfeinden! Wir wissen nichts über sie und was sie mit ihnen zu schaffen hat! Womöglich ist sie bloß ein Köder und ihr hirnlosen Nichtsnutze seid ihnen direkt in die Falle gegangen. Wessen hirnrissige Idee war das?«

Am Tisch herrschte eisiges Schweigen, bevor Samael mit einer knappen Geste in meine Richtung deutete. »Glaubst du, es ist eine gute Idee, dass vor ihr zu besprechen?«

»Nun, da ihr ja einen Plan hattet und ich darüber nicht informiert wurde, obliegt es euch, wie viel ihr preisgebt. Darin scheint ihr ja bereits Übung zu haben. Aber ich rate euch, mir mit Bedacht zu antworten. Denn sollte ein Detail fehlen, das meinem Haus und mir schaden könnte, lernt ihr mich von meiner "guten" Seite kennen. Und ich bezweifle, dass einer von euch daran Interesse hat.«

»Es war meine Idee«, antwortete Samael, doch Lilith korrigierte ihn.

»Unsere.«

»Warum? Ihr hattet einen Auftrag. Sie finden und beobachten. Was zur Hölle …«

Samael knurrte. »Es lief alles aus dem Ruder, als Asazels kleiner Bastard uns in die Quere kam.«

»Nachdem Samael mir den Auftrag gegeben hatte, dass wir alles über sie herausfinden sollten, habe ich meine Schwester beauftragt, uns dabei zu unterstützen. Und Lilith hat dann …«

»Satarel!«, herrschte Samael ihn an.

Dieser zog daraufhin den Kopf ein und murmelte: »Entschuldigung, Sir. Ich wollte nur …«

»Du bist gefälligst still und redest nur, wenn du gefragt wirst!«

Seine Schwester holte tief Luft, doch auch ihr schnitt er das Wort ab, noch bevor sie etwas erwidern konnte. »Dies gilt auch für dich. Ihr versaut es bloß.«

»Ich habe nicht den ganzen Tag Zeit«, knurrte Luzifer.

»Ich habe Lukas mit ins Boot geholt. Er kannte sie und ihre Großmutter schon länger. Für ihn war es das geringste Problem, sich an sie ranzumachen. Wir dachten, dass er sie aus der Reserve locken könnte, wenn er mit dieser blonden Puppe anbandeln würde. Leider machte uns Asazel Junior einen Strich durch die Rechnung, da ihre Aufmerksamkeit ihm mehr galt. Mister türkisblaue Augen schnappte sie uns nach der Party weg, als Lukas sie sich im Wald greifen wollte«, brachte nun Lilith hervor.

Entsetzt horchte ich auf. Lukas, war das im Wald? Bereits zu diesem Zeitpunkt wollte er mich holen? Ungläubig schüttelte ich den Kopf.

Doch mir blieb nicht viel Zeit, groß darüber nachzudenken, da Luzifer eine weitere ungeheuerliche Frage in den Raum warf. »Wenn Asazels Bastard ein solches Problem war, wäre es nicht leichter gewesen, ihn ein für alle Mal aus der Welt zu schaffen?«

Ein Brummen entfuhr Samael. »Was glaubst du, was wir vorhatten? Es lag an dieser verfluchten Prophezeiung!«

Luzifer lehnte sich entspannt in seinem Stuhl zurück und drehte langsam den Kopf zu mir. »Sieht so aus, als hättest du deinem kleinen Freund das Leben gerettet.«

»Was meinst du damit? Was hat Jay mit der Prophezeiung zu tun?«, fragte ich.

Eine Antwort blieb er mir schuldig und wandte seine Aufmerksamkeit stattdessen wieder der Runde zu. »Wie ging es weiter?«

»Wir wollten sie in der Nacht nach dieser kindischen Abschlussparty holen, doch diese Bastarde haben das Haus bewacht und sie am nächsten Tag weggebracht. Nachdem Maja uns den entscheidenden Hinweis gegeben hat, fanden wir sie zwar in einer Hütte im Wald, hatten aber keine Chance. Ich sage es nur ungern, aber Asazels Junge hat ganz schön was drauf. Nachdem schließlich sein Vater sie in die Finger bekam, hatten wir verloren – jedenfalls dachten wir das.« Samael bedachte mich mit einem teuflischen Grinsen, bevor er weitersprach. »Lukas heftete sich an sie ran, doch es dauerte, bis er an sie herankam. Der Moment, als sie beschloss, dass sie bei Asazel nicht mehr sicher war und ihren Standort freigab, kam so unverhofft ...«

Zufrieden sah er zu Lilith, die nun mit der Erzählung fortfuhr. »Wir wollten angreifen, hatten bereits einen Plan. Doch es war nicht mehr nötig, denn nachdem dieser kleine süße Engel ihr Geheimnis offenbarte, flog sie uns direkt in die Arme. Wir übergaben sie Lukas, der sie in einem Zimmer gefangen hielt und ihr den Hof machte. Währenddessen versuchten wir, zu verstehen, was vorgefallen war. Zum Glück lief uns einer von Asazels Laufburschen über den Weg, der ebenfalls auf Suche nach ihr war.« Hoheitsvoll betrachtete sie ihre manikürten Fingernägel, als wäre dies für sie das einzig Wichtigste. »Er war sehr gesprächig, nachdem wir ihm einen Tausch angeboten hatten. Er hing an seinem erbärmlichen Leben und erzählte uns, dass Asazael Bellena töten lassen wollte. Sein Freund hatte Aszael Junior die Kraft genommen, und die anderen waren zu

15

feige, um ihr zu helfen. Also musste sie sich selbst retten und der kleine Engel ging doch tatsächlich in Flammen auf. Als wir die nötigen Informationen hatten, räumten wir den Laufburschen aus dem Weg und überließen Lukas das Feld.«

»Doch er hatte keine Chance. Leider kam er nicht an sie heran, obwohl er sich sichtlich Mühe gab«, fuhr Samael an Luzifer gewandt fort. »Also handelte er instinktiv, was meiner Meinung nach genau richtig war. Dass sie hier ist, ohne Schutz, ist ein Fehler. Wenn sie ihre Kräfte einsetzt, wird sie alles niederbrennen. Das ist dir hoffentlich bewusst.«

»Woher sollte ich wissen, welche Gefahr von ihr ausgeht? Schließlich war ich der Einzige, der keine Kenntnis davon hatte, was hier vor sich ging. Dabei dachte ich immer, dass ich das Sagen habe. Warum in Teufelsnamen wusste ich nicht darüber Bescheid?!«

»Es lag nicht in unserem Interesse, zuzugeben, dass wir versagt hatten. Lilith wollte sie dir als Geschenk präsentieren. Sie ist der Schlüssel gegen deine Familie und jetzt gehört sie dir. Mach mit ihr, was du willst«, brachte Samael entgegen.

Luzifer drehte sich zu mir. Seine Mundwinkel zuckten kaum merklich. Bevor er etwas sagen konnte, kam ich ihm zuvor. »Wer von euch hat Sarafina benutzt?«

»*Bellena*«, schrie es plötzlich in meinem Kopf und ich fasste mir instinktiv an die Schläfe, da es unerträglich laut nachhallte.

Niemand im Raum bemerkte etwas, denn alle sahen fragend in die Runde, bis Satarels Schwester sich zu Wort meldete. »Das war ich.«

Samael schob Lilith von seinem Schoß, legte beide Handflächen auf dem Tisch ab und bäumte sich auf. »Was fällt dir ein, ohne mein Wissen solche Entscheidungen zu treffen?«

»Sie hat sie getroffen, weil ich es so von ihr verlangt habe.« Satarels Schwester senkte den Blick, während Lilith und Samael überrascht zu Luzifer sahen. »Habt ihr ernsthaft geglaubt, dass ich euch diese Aufgabe ohne mein Zutun anvertraut hätte? Ich hatte meine eigenen Pläne.«

Ich dachte darüber nach, etwas zu fragen, doch die Stimme in meinem Kopf schrie erneut. *»Keine weiteren Fragen.«*

Okay, aber das bedeutete nicht, dass ich den Mund halten musste. »Beeindruckend. Und ich dachte, ich wäre die Einzige, die von vorn bis hinten verarscht wird. Habt ihr schon mal was von Teambuilding gehört? Für eure weiteren Vorhaben ist es auf alle Fälle sehr empfehlenswert.«

Als Samael sich zurück auf seinen Stuhl fallen ließ, legte Lilith ihre Hand auf seine Schulter, bevor sie stolz ihr Kinn reckte. »Da hast du es. Dieser kleine Engel ist nicht so unschuldig, wie es den Anschein hat. Sie ist eine tickende Zeitbombe, Luzifer. Wenn du sie nicht bald in Ketten legst, werden solche dummen Kommentare dein geringstes Problem sein.«

»Was bringt es mir, sie im Kerker verrotten zu lassen?« Luzifer legte den Kopf schief. »Nein, das wäre eine Verschwendung.«

»Was hast du dann mit ihr vor?«, fragte sie.

»Du wirst dich darum kümmern.«

Mit einem süffisanten Lächeln und rot aufblitzenden Augen sah mich Lilith an, während ich mich aufrecht setzte.

»Nicht das, was du denkst, Lilith. Ich brauche sie lebend«, woraufhin sie fragend zu Luzifer sah. »Du wirst ihr verdeutlichen, dass sie ihre Magie nur benutzen kann, wenn du oder ich es ihr befehlen. Dann werden wir sehen, was alles in der Prinzessin steckt.«

»Bist du sicher, dass das funktioniert?«, fragte Samael.

»Hmm, wir werden es erfahren«, erwähnte Lilith beiläufig, während sie sich gemächlich auf mich zubewegte.

Mit aller Kraft stand ich auf, schwankte, doch der Überlebensinstinkt war stärker. Rückwärtslaufend steuerte ich auf die Tür zu, ohne sie aus den Augen zu lassen. Lachend behielt sie mich fest im Blick. Den Ausgang hatte ich fast erreicht, bis mich plötzlich zwei Arme von hinten packten.

Unnachgiebig schlang Samael seine Finger um mich und flüsterte mir ins Ohr: »Keine Sorge, Bellena. Es wird nicht wehtun. Du solltest dir besser Gedanken darüber machen, was dich danach erwartet.«

Kapitel 3

Jay

»Jay?«, hörte ich meinen Namen rufen, doch ich drehte mich nicht um, hatte mein Ziel fest vor Augen. Er war mir eine Erklärung schuldig. Sie war fort, in den Händen von Dämonen, Lilith und womöglich Luzifer und es war seine Schuld. Was hatte er sich nur dabei gedacht?

»Jay, jetzt warte doch!« Tatsächlich zeigte der Kleine Entschlossenheit und stellte sich mir in den Weg. Versperrte den Eingang, der mich nur wenige Meter von meinem Vater trennte. »Tu nichts, was du später bereuen könntest. Er ist dein Vater und der Einzige, der dir aus deiner Familie geblieben ist.«

»Geh zur Seite, Maro.«

»Jay. Maro hat recht.« Genervt drehte ich mich zu Dan, der Aria, Nathan und Toby im Schlepptau hatte.

»Du bist viel zu emotional, um eine rationale Entscheidung treffen zu können«, pflichtete Nathan ihm bei. »Du solltest ...«

»Wage es nicht, deine Magie bei mir anzuwenden.«

Beschwichtigend hob Nathan seine Hände. »Das habe ich nicht vor, aber Asazel ist dein Vater. Du solltest ein klein wenig herunterfahren und dir deine nächsten Schritte gut überlegen. Ich weiß, dass sie dir viel bedeutet...«

»Er ist schuld daran!«, fiel ich ihm ins Wort. »Sie wäre noch hier und nicht bei ....« Ich war unfähig, es laut auszusprechen, und schüttelte den Kopf, um den Gedanken abzuhängen.

»Wenn er sein Handeln überdacht und auf mich gehört hätte, dann ...«

»Und du handelst jetzt weniger impulsiv?«, unterbrach mich Nathan, woraufhin ich näher an ihn herantrat und ihm entschlossen in die Augen sah. »Ich habe einen verdammt guten Grund dafür, anders als er. Maro, geh mir aus dem Weg.« Der kleine Lausbub zögerte und allmählich hatte ich genug. Blitze schossen aus meinen Händen. »Ich sagte, du sollst mir aus dem Weg gehen!«

»Nathan, jetzt tu doch etwas!«, bat Aria eindringlich.

»Lasst ihn doch einfach gehen. Er wird schon wissen, was richtig ist.« War ja klar, dass ausgerechnet Toby hinter mir stand. Missbilligend sah ich ihn an und er senkte den Blick zu Boden, hatte aber trotzdem den Schneid, Befehle zu geben. »Maro, lass ihn vorbei.«

»Seit wann hast du hier das Sagen?«, blaffte ich ihn an.

»Gar nicht, aber wir sind Freunde und ich bin auf deiner Seite.«

»Das klären wir später, *Freund*.« Die Worte kamen wie Gift über meine Lippen. Wir sind keine Freunde, aber das würde ich ihm später noch begreiflich machen. Vorerst hatte ich Wichtigeres zu tun.

Nathan nickte Maro kurz zu und dieser gab den Weg frei. Ich zögerte nicht, mich an ihm vorbeizudrängeln. Natürlich folgten mir alle die geschwungene Treppe hinauf, direkt in den Saal meines Vaters, der auf seinem Thron saß. Sein Kopf hob sich, als er uns bemerkte, während sein Blick mein Gesicht fixierte. Er hob den Kopf und sah mir in die Augen. Sein Gesichtsausdruck war gelassen, wirkte nicht so, als hätte er etwas verloren, was ihm die ganzen Jahre so wichtig war.

Die Scherben, die Bellena hinterlassen hatte, waren weg. Ein Blick nach oben und in den Raum zeigte, womit er sich die letzten Stunden beschäftigt hatte. Der Saal hatte sich seit Bellenas Flucht verändert. Neue Säulen, andere Bilder und Statuen, auch die Glaskuppel wirkte noch imposanter.

Wütend ballte ich die Hände zu Fäusten, fühlte, wie Strom durch meine Adern schoss. »Hervorragend! Während wir versucht haben, den Karren aus dem Dreck zu ziehen, hattest du offenbar Wichtigeres zu tun!«

»Wie redest du mit mir, Jerahmel?!«

»So, wie du es verdient hast! Was zum Teufel sollte das?«

»Ich habe getan, was nötig war.«

»Das sehe ich nicht so. Es war niederträchtig und abscheulich.«

»Sie war eine Gefahr für uns. Das ist sie nach wie vor. Hast du nicht gesehen, wozu sie fähig ist? Glaubst du ernsthaft, sie hätte uns geholfen?«

»Du kennst sie nicht. Niemals …«

»Schweig, mein Sohn! Sie hat es geschafft, dass du dich gegen mich gestellt hast.«

»Und ich stelle mich weiter gegen dich. Ich werde nicht länger den Handlanger spielen und meine Prinzipien für dich über Bord werfen.«

Mein Vater erhob sich mit einem kaltherzigen Blick. »Sie hat sich gegen dich entschieden. Hast du vergessen, wie du sie angefleht hast, dass sie bei dir bleiben soll? Trotzdem ist sie einfach davongeflogen. Sie vertraut dir nicht. Du hast versagt, Jerahmel. Nur deshalb musste ich handeln. Es ist nicht meine Schuld, sondern deine. Nur deine Unfähigkeit hat mich zu diesem Schritt gezwungen.«

Entsetzt und wütend zugleich sah ich meinen Vater an. Es war *nicht* meine Schuld. »Du hast Lügen verbreitet. Dara und du habt dafür gesorgt, dass sie mir nicht mehr vertraut hat.«

Mein Vater lachte so laut auf, dass es durch den gesamten Raum hallte. »Sie liebt dich nicht. Wenn sie es tun würde, wäre sie bei dir geblieben. Wusstest du, dass sie schon vor unserem kleinen Zwischenfall fliehen wollte? Wir haben ihren gepackten Rucksack unter ihrem Bett gefunden. Sieh es dir an. Sie hatte bereits ihrem besten Freund geschrieben, bevor sie Dara im Speiseraum traf.« Er stand auf und überreichte mir ihr Handy. »Sieh nach, Jerahmel.«

Ich nahm es entgegen, behielt es jedoch regungslos in der Hand, weshalb er es mir wieder entriss. Nur wenigen Sekunden später hielt er es mir vor die Nase. »Siehst du es? Sie hatte ihrem Lukas bereits vormittags die Nachricht geschrieben und ihn damit zu uns gelockt. Sie war der Grund, warum sie uns gefunden haben. Nur durch mein Handeln konnte verhindert werden, dass sie uns angreifen. Genau aus diesem Grund hatten sie ihr Augenmerk auf sie gerichtet und nicht auf uns.« Er drehte sich um und setzte sich wieder. »Ich gebe zu, dass es nicht so gelaufen ist, wie ich es mir vorgestellt hatte, aber das ist nur ein kleiner Rückschlag, mein Sohn. Ich sage dir, wie es jetzt abläuft, mein Junge. Du nimmst deine kleinen Freunde und ihr sucht nach ihr.« Seine provokative Pause machte mich wütend, doch nicht so sehr wie seine Mundwinkel, die sich zu einem selbstgefälligen Lächeln verzogen. »Und wenn ihr sie gefunden habt, verlange ich, dass du zu Ende bringst, was ich begonnen habe.«

»Niemals.« Es war nur ein Flüstern, das ich über die Lippen brachte, denn zu mehr war ich nicht fähig. Zwei Sätze hallten immer und immer wieder durch meinen Kopf. *»Sie wollte fliehen. Es war deine Schuld.«*

»Du wirst sie töten. Hast du das verstanden, mein Sohn?!«, schrie er plötzlich auf.

Unbändiger Zorn stieg in mir auf und ließ einen Stromschlag durch meinen Körper schießen, der sich bis zu meinen Fingerspitzen zog und dort kanalisierte. Blitze zeichneten sich auf meinen Handflächen ab. Demonstrativ sah ich meinem Vater in die Augen. »Das werde ich nicht.«

»Jerahmel«, erhob mein Vater seine Stimme.

»Was willst du tun, Vater? Mich umbringen?«

»Du wärst nicht der Erste meiner Söhne, dessen Leben ich beenden muss.«

»Aber ich wäre der Letzte.« Nie war ich mir einer Sache so sicher. Mein Entschluss war gefasst. Ich würde standhaft bleiben und ihm zeigen, wozu ich fähig war. Ich war nicht wie er, das würde ich niemals sein. »Du bist allein. Weder Bagel, noch Ananel sind hier, um dir zu helfen. Also sage *ich* dir, wie es jetzt läuft. Ich werde Bellena finden, sie vor dir und jedem, der sich uns in den Weg stellt, beschützen, und du wirst mich nicht daran hindern. Falls doch, wird es dein Leben sein, dem ich ein Ende setze.«

»Du weißt nicht, was du da redest.«

»Oh doch. Ich war lange genug deine Marionette und habe alles getan, was du verlangt hast. Aber jetzt ist damit Schluss. Ein für alle Mal«

»Du machst einen großen Fehler«, hörte ich meinen Vater hinter mir herrufen, bevor ich an den anderen vorbeilief und durch die Tür verschwand.

Ich suchte mein Zimmer auf, um die wichtigsten Sachen zusammenzupacken und in meinen Rucksack zu befördern. Nachdem ich ihn aufgeschultert hatte, verharrte ich einen Moment. Mein Blick glitt zu dem Flügel und dem Bücherregal, wo ich Bellena in meinen Gedanken stehen sah. Die Erinnerungen unseres ersten Kusses drängten sich nach vorn. Mein Vater war der Grund, dass ich mich dagegen gesträubt hatte, aber in diesem Moment konnte ich nicht anders. Dieser Kuss war eine Entscheidung, die *ich* getroffen hatte. Die ich traf, weil meine Gefühle für sie echt waren. Es war dieser eine Augenblick, der mir deutlich machte, wie sehr ich ihr verfallen war. Ich ließ es zu, obwohl mir bewusst war, dass ich ihre größte Hoffnung war und sie mit meiner Liebe ins Verderben stürzen würde.

»Es ist deine Schuld«, hallten die Worte erneut in meinem Kopf. Ich versuchte, sie abzuschütteln, doch sie brannten sich in meinen Gedanken fest.

❧❧

Misstrauisch lief ich zum Ausgang, rechnete damit, dass mein Vater sich mir in den Weg stellen würde. Doch es passierte nichts. Lediglich meine sogenannten Freunde warteten auf mich, als ich nach draußen trat. Sie musterten mich, als ich wortlos an Ihnen vorbeilief. Statt mich jedoch aufzuhalten, folgten sie mir. Sobald wir den Schleier durchbrachen, den mein Vater als Schutz um sein Haus gelegt hatte, wandte ich mich ihnen zu. »Was wird das?«

»Wir kommen mit«, sagte Dan, so als wäre es vollkommen selbstverständlich.

»Nein, kommt ihr nicht. Ich kann euch nicht mehr vertrauen.«

»Was? Aber warum denn nicht?« Maros Erschütterung darüber war ihm deutlich anzusehen.

»Ihr alle hättet ihr helfen können, habt es aber nicht getan. Stattdessen habt ihr nur dagestanden und zugesehen. Das kann ich euch nicht verzeihen.« Ich drehte mich um, bereit zu gehen.

»Weil wir dachten, dass du es nicht wolltest. Du hast ihr genauso wenig geholfen. Also lag nahe, dass du dich letzten Endes für deinen Vater entschieden hast«, rief Dan mir hinterher.

»*Es ist deine Schuld*«, schossen die Worte erneut durch meinen Kopf. Erbost drehte ich mich um und lief ein paar Schritte auf Dan zu. »Ja, weil ich ihr nicht helfen konnte! Bagael hat meine Kräfte blockiert!«

»Wie bitte?« Fassungslos sah Nathan mich an, auch die anderen wirkten bestürzt.

»Er ist ein Magiesauger.«

»Jay, das wussten wir nicht, sonst hätten wir …«, erklärte Nathan sich.

»Du weißt doch sonst alles, aber ausgerechnet das ist dir entgangen?«

»Aber das beweist doch, dass wir hinter dir stehen. Wir dachten …«

»Was dachtet ihr?«, schnitt ich Toby das Wort ab und ging nun auf ihn zu.

»Über dich brauchen wir gar nicht erst zu reden. Was sollte das? Du warst bereit, ihr zu helfen, obwohl du dachtest, dass es nicht mein Wunsch war, und machst dann plötzlich einen Rückzieher. Warum? Was ging in deinem Kopf vor, Toby? Und was hast du überhaupt die letzten Stunden getrieben, während wir versucht haben, Bellena zu finden?« Toby sah mich an, löste den Blick nicht vor mir, aber meine Frage blieb unbeantwortet. »Du bist der Letzte, den ich dabeihaben will. Glaubst du, dass ich dein kleines Geheimnis nicht kenne? Ich habe dich beobachtet und mir ist nicht entgangen, wie du sie angesehen hast. Was glaubst du, wird passieren, wenn sie erfährt, wer du wirklich bist?«

»Jay, hör auf damit. Wir brauchen ihn«, stellte Aria sich mir in den Weg.

»Ach ja? Und wofür?«

»Ich weiß womöglich, wo sie ist und wie wir zu ihr kommen«, erwiderte Toby.

»Ja, na sicher weißt du das. Ich vergaß, mit wem du sonst noch verkehrst.«

»Und wir brauchen sein Auto«, hakte Nathan ein.

»Wozu?«, fragte ich, ohne den Blick von Toby zu nehmen, der erstaunlich ruhig blieb. Ich erwartete sekündlich eine Veränderung seiner Haarfarbe, doch sie blieben in dem hässlichen Blau, das er bereits seit Tagen mit sich herumtrug. Genau seit dem Zeitpunkt, an dem Bellena ihm gesagt hatte, dass ihm diese Farbe am besten stand.

»Das erkläre ich dir, wenn du dich beruhigt hast.«

Fragend sah ich zu Nathan, doch ich kannte ihn. Widersetze ich mich ihm, würde ich keine Antworten erhalten. Momentan würde ich alles dafür tun, um Bellena zu finden. Auch wenn es bedeutete, diesen bunten Vogel von Verräter weiterhin ertragen zu müssen. »Okay, dann nehmen wir Tobys Auto. Gehst du in den Kofferraum, Nathan?«

»Nein, du kommst mit mir. Toby schicke ich die Koordinaten. Er wird mit Maro, Dan und Aria hinterherkommen.«

»Nathan, was soll das? Wir haben keine Zeit für einen Ausflug.«

»Wir müssen zuerst jemanden treffen. Jemand Wichtiges.« Fragend sah ich ihn an. »Jay, vertrau mir. Wir brauchen sie.«

»Okay.« Meinen Widerstand aufgebend, hielt ich beschwichtigend die Hände nach oben und richtete mich dann an Toby. »Kommst du mir ein Mal in die Quere, töte ich dich.« Anschließend machte ich auf dem Absatz kehrt und bemerkte, wie Nathan mir folgte.

»Das meint er nicht so«, hörte ich Maro sagen.

»Da wäre ich mir nicht so sicher!«, warf ich zurück, bevor ich meine Flügel ausbreitete und in Richtung Himmel flog.

Kapitel 4

Bellena

»*Bellena, komm schon. Wach auf. Genug geschlafen*«, vernahm ich ein mir bekanntes Flüstern, doch ich war wie benommen. »*Bellena, mach die Augen auf.*« In meinem Kopf wummerte es. »*Jay*«, hallte es schlagartig.

Ruckartig setzte ich mich auf und sah mich orientierungslos um. Erneut lag ich auf dem Ledersofa, hatte eine Decke um mich geschlagen.

Das Letzte, woran ich mich erinnerte, waren Liliths feurig roten Augen, die sich in mein Innerstes bohrten. Danach sackte ich in Samaels Armen zusammen, bevor ich das Bewusstsein verlor.

»Ah, da bist du wieder, Süße. Wir haben uns schon Sorgen gemacht«, hörte ich Lukas sagen, doch in seiner Stimme klang eher Belustigung als Besorgnis.

Von der hintersten Ecke der Wand stieß er sich ab, wohingegen Luzifer regungslos stehen blieb und mich keines Blickes würdigte. »Ich sagte dir bereits, du sollst sie in Ruhe lassen. Später hast du noch genug Zeit mit ihr.«

Lukas schnalzte mit der Zunge und seine Augen leuchteten für einen Moment rot auf, bevor er sich gefrustet Luzifer zuwandte. »Was soll ich dir groß erzählen? Sie suchen nach ihr, sind aber komplett ahnungslos, was ihren Aufenthaltsort betrifft. Sie wissen, dass ich sie habe und vermuten, dass Lilith ihre Finger im Spiel hat.«

»Was haben sie vor?«

»Bisher nichts, worüber wir uns Sorgen machen müssten. Sie haben Einzelne von uns aufgespürt, um sie zum Reden zu bringen. Bislang blieben sie erfolglos, da sie die Richtigen bis jetzt nicht erwischt haben. Woher sollten diese dritte Klasse Dämonen schon wissen, wo wir uns aufhalten?«

»Das stimmt, aber du vergisst, wen sie bei sich haben. Nathan ist ein ausgezeichneter Beobachter. Er muss nur den Richtigen finden und glaube mir, das wird er. Auch Toby ist eine Gefahr für uns. Man konnte ihm noch nie trauen, aber wer weiß? Vielleicht verfolgt er auch eigene Interessen.«

»Toby?«, fragte ich verblüfft.

Mit einem schiefen Lächeln drehte sich Lukas zu mir. »Ich weiß, du magst den kleinen bunten Verräter. Dabei ist er schuld, dass du dich in dieser Lage befindest.«

»Was ... was meinst du damit?«, stotterte ich.

Drauf und dran, mir zu antworten, schnitt Luzifer ihm das Wort ab. »Ein letztes Mal, Lukas. Du bist hier, um meine Fragen zu beantworten, nicht ihre.« Er betrachtete seinen Stock und drehte ihn auf dem Holzfußboden hin und her.

»Jay hat seinem Vater den Krieg erklärt, natürlich nur platonisch. Er leidet so fürchterlich.« Der Sarkasmus in Lukas' Stimme war kaum zu überhören. »Sollen wir ihn von seinem Leid erlösen? Wir können sie alle ausschalten.«

»Nein, wir wollen doch nichts überstürzen. Womöglich benötigen wir sie noch.« Seine nächsten Worte richtete Luzifer an mich. »Du würdest bestimmt einiges tun, um sie zu beschützen. Diesen kleinen blonden Jungen zum Beispiel. Wäre doch schade, wenn er deinetwegen einen qualvollen Tod sterben müsste. Asazels Bastard scheint dir besonders ans Herz gewachsen zu sein. Genau, wie es vorherbestimmt ist. Es wäre ein Jammer, würde er nicht mehr länger unter uns weilen. Oder wie siehst du das?«

»*So, wie es vorherbestimmt ist*«, hörte ich die Worte wie ein Echo in meinem Kopf. Ich wollte nachfragen, was er meinte, doch ich schwieg. Diese Fragen würde mir hier ohnehin niemand ehrlich beantworten.

Luzifer wandte sich von mir ab und erteilte seine Befehle an Lukas. »Sage den anderen, dass sie diese Bastarde weiter beobachten sollen. Ich erwarte eine stündliche Meldung. Was dich angeht – du bleibst in meiner Nähe. Ich benötige dich in den nächsten Tagen hier. Du kannst gehen.«

Lukas warf mir einen flüchtigen Blick zu, bevor er durch die große Tür verschwand und mich mit dem Teufel allein ließ. Dieser setzte sich indessen an seinen Platz am Fenster, um nach draußen zu starren. »Was machen wir jetzt mit dir, Prinzessin?«

Ungläubig sah ich ihn an und schüttelte den Kopf. »Fragst du mich das jetzt ständig? Falls ja, warne ich dich vor. Meine Antwort wird immer dieselbe sein: Freilassen.«

Er schnaubte und blieb regungslos in seinem Sessel sitzen.

Nach einigen Minuten bedrückender Stille lehnte ich mich mit verschränkten Armen gegen die Lehne. Luzifer sagte, dass ich es bei ihm besser haben würde. In diesem Moment wusste ich nicht, was schlimmer war, doch er machte mich mit seiner Gleichgültigkeit wahnsinnig. Ich wusste nichts über ihn, außer dass er einst sehr mächtig gewesen war. Womöglich war er es nach wie vor und müsste nur einmal mit dem Finger schnipsen, damit ich mich in Luft auflöse. So wie es in der Serie "Supernatural" häufiger der Fall war.

Luzifers leises Lachen drang an meine Ohren.

»Kann ich mitlachen?« Da es still blieb, setzte ich nach. »Ich kann auch einfach gehen.« Mir war schon klar, dass ich mich zurückhalten sollte, doch was hatte ich großartig zu verlieren?

Weil er weiterhin schwieg, tat ich das mir Naheliegendste und stand auf. Voller stolz, mich aufrecht halten zu können, ging ich leicht schwankend auf den Ausgang zu. Kaum berührte ich die Klinke, durchbrach er die Stille. »Davon würde ich dir abraten. Da draußen ist es nicht so freundlich wie hier drin. Ich würde dich gerne in einem Stück behalten.«

»Oh, ich habe einige deiner Untertanen bereits gesehen. Mit denen werde ich schon fertig.«

»Das Problem sind nicht nur die Dämonen, sondern der Weg, den du bestreiten müsstest. Du bist in der Hölle, schon vergessen?«

»Bis jetzt habe ich nichts gesehen, was mir angst macht. Dein Büro sieht aus, wie aus einem Katalog für Bürobedarf.«

»Komm her.«

»Was?«

»Du sollst herkommen. Dann wirst du sehen, was ich meine.«

Ich warf einen Blick auf meine Hand, die die Klinke noch immer festhielt. Die Tür war mir so nah, dass ich in Erwägung zog, sie einfach zu öffnen. Um nachzusehen, was sich dahinter verbarg. Doch wie ging es dann weiter? Ich hatte keine Ahnung, wo ich war und was mich da draußen erwartete. Tief seufzend, ließ ich langsam die Klinke los und ging auf ihn zu, ohne ihn aus den Augen zulassen.

Erst nachdem ich vor ihm stand, folgte ich seinem Blick und erstarrte. Das war die Hölle, so wie man sie sich aus Erzählungen vorstellte. Dunkle Krater gefüllt mit brodelnder Lava zeichneten sich durch feurige Geysire ab. Glühende Ströme fraßen sich durch die Überreste verbrannter Häuser, hinterließen nichts als Asche und Rauch. Überall hingen Ketten, an denen Menschen gefesselt waren. Ihre Peiniger hatten stets Peitschen in der Hand, während weitere barfuß über den rauen, steinigen Asphalt getrieben wurden. In der Ferne war alles schwarz und wurde dezent durch sprudelnde Lava erleuchtet.

»Du hast doch wohl nicht wirklich angenommen, dass die Höhle nur ein Gebäudekomplex mit düsteren Bewohnern ist?«

»Ich hatte es gehofft.«

»Tja, Prinzessin. Tut mir leid, dich enttäuschen zu müssen. Hier kommt ohne meine Einwilligung niemand rein oder raus. Auch du nicht. Es war zwar nicht mein Plan, dich hierher zu holen, aber allmählich finde ich Gefallen daran.«

»Also gibt es einen geheimen Weg, der hinaus führt?«

»Stell mir doch lieber Fragen, die ich dir beantworten möchte.«

»Was meinte Lukas damit, dass Toby an meiner Situation schuld wäre?«

»Was weißt du über ihn?«

»Toll, eine Gegenfrage auf eine Frage. Heißt das, ich muss die Antwort erraten?«

Luzifer schwieg und ich seufzte genervt. Wenn ich ein paar Antworten bekommen wollte, musste ich notgedrungen mitspielen. »Er ist ein Gefallener, der verbannt wurde, weil er Geheimnisse an Menschen verraten hat.«

Ein Lachen entfuhr ihm, bevor er mit der Zunge schnalzte. Auf eine Antwort wartete ich vergeblich.

»Er kann seine Haare verändern, wie er Laune hat, war ein Schutzengel und hat Höhenangst«, fuhr ich fort.

Jetzt brach Luzifer in herzliches Gelächter aus, was völlig surreal war. »Höhenangst? Das ist seine Ausrede für seine Misere?«

»Was meinst du?«

Abrupt wurde er ernst und sein Blick verfinsterte sich, sodass ich respektvoll einen Schritt zurücktrat. »Dass Toby der Verlogenste von uns allen ist.«

»Würdest du mir erklären, warum das so ist?«

»Nein, ich glaube, es ist besser, wenn ich es noch ein klein wenig länger für mich behalte. Wer weiß, wozu es mir noch nützlich ist? Außerdem habe ich jetzt genug von dir. Kurzum. Ich will meine Ruhe.«

Verblüfft sah ich ihn an, als er sich erhob und zum Schreibtisch lief, wo er einen Knopf drückte. Wenige Sekunden später klopfte es an der Tür und eine Frau mit kurzen, dunklen Haaren betrat den Raum. Sie war elegant in Schwarz gekleidet.

»Bellena, das ist Amoria. Sie wird sich um dich kümmern. Scheue dich nicht, sie zu fragen, wenn du einen Wunsch hast. Sollte ich einverstanden sein, wird sie ihn dir erfüllen.«

Amorias dunkle Augen trafen auf meine. Ihr Gesicht kam mir bekannt vor. Irgendwo hatte ich sie schon einmal gesehen, aber mir wollte nicht einfallen, wo es gewesen war.

»Meinst du nicht, du solltest dir über andere Dinge Gedanken machen?«, hallte die Stimme in meinem Kopf. *»Ist ja nicht so, als würdest du dich nicht in der Hölle befinden.«*

Kapitel 5

Bellena

Amoria führte mich in ein riesiges Zimmer, das nur unweit von dem Raum entfernt war, aus dem wir kamen. Es wirkte wie in einem Traum, denn es hatte mit der Hölle nichts gemein. Im Gegenteil, man könnte sich fast wie im Himmel fühlen, wäre da nicht der Blick aus dem Terrassenfenster. Vorsichtig öffnete ich die Tür und trat hinaus. Es war warm, zu warm. Dunkle Rauchschwarten verdeckten die Sicht in die Ferne und ein Gewittergrollen durchzog den Himmel. Zeitweilig kämpften sich Flammen durch die Dunkelheit, während der Boden und die Gebäude Stück für Stück abbrannten. Der Ascheruß schwebte in kleinsten Partikeln in der Luft und erschwerte das Atmen.

»Nicht gerade ein Urlaubsziel, von dem man träumt, oder?«, tönte es erneut in meinem Kopf.

Schleunigst lief ich hinein, schloss die Tür hinter mir und lehnte mich erleichtert dagegen. Sofort fühlten sich meine Lungen freier an.

Amoria stand noch immer an der Tür, ließ mich nicht aus den Augen, während ich mich in aller Ruhe weiter umsah. Neben dem riesigen Bett stand ein schlichter Kleiderschrank, der bis obenhin mit verschiedenster Kleidung gefüllt war. Daneben befand sich ein kleiner runder Tisch, begleitet von zwei schlichten Stühlen aus dunklem Holz. Eine Tür auf der gegenüberliegenden Seite führte in das angrenzende Badezimmer, das funktional eingerichtet war. Ansonsten war das Zimmer schlicht gehalten. Keine Bilder, keine Pflanzen oder Dekoelemente unterbrachen die klaren Linien des Raumes. Er wirkte fast steril, bis mein Blick auf einen schwarzen Klavierflügel vor dem Fenster fiel. Er war makellos poliert und ich war überwältigt von dem plötzlichen Kontrast, der nicht zur restlichen Schlichtheit des Raumes passte. Ungläubig sah ich zwischen Amoria und dem Klavier hin und her.

»Luzifer hat ihn speziell für dich herbringen lassen. Er möchte, dass du dich wohlfühlst und alles bekommst, was du benötigst.«

»*Er freut sich bestimmt, wenn du ihm etwas vorspielst*«, murmelte es in meinem Kopf.

Okay, jetzt reicht es. »Ich bin sehr müde. Könnte ich vielleicht ein wenig Privatsphäre bekommen?«

»Aber natürlich. Ich bin vor der Tür, falls du etwas benötigst.« Mit diesen Worten verließ Amoria das Zimmer und ließ mich mit meinem nervigen Anhängsel allein.

Ich wartete noch einen Moment, bevor ich es laut aussprach. »Du und deine Gedanken gehen mir auf die Nerven.«

»*Ich versuche nur, die Stimmung etwas aufzulockern.*«

»Hast du mir gerade geantwortet?«

»*Ja und du musst dabei nicht so laut reden, sonst vermuten alle, dass du eine gespaltene Persönlichkeit hast.*«

»Vielleicht habe ich die ja auch?«

»*Glaub mir, die hast du nicht. Es ist meine Entscheidung, ob ich dich an meinen Gedanken teilhaben lasse oder nicht.*«

»*Ach, und ich habe diese Wahl nicht?*«, dachte ich dieses Mal bloß.

»Bisher nicht, und ich werde dir bestimmt nicht beibringen, wie du mich wieder loswirst. Du wirst noch froh sein, dass ich dir auf die Nerven gehe.«

Ich lachte ungläubig auf. War das sein Ernst? »Und warum sollte ich darüber froh sein?«

»Du hast wohl vergessen, dass ich der Einzige war, der dir aus der Misere mit Jays Vater geholfen hat.«

Unaufhaltsam erinnerte ich mich an Asazel. An den Moment, als er vorhatte, mich zu töten, und eine Stimme mich anschrie, dass ich brennen sollte.

»Siehst du, was ich meine? Du wirst mich auch weiterhin brauchen, damit du das hier durchstehst«, unterbrach das Anhängsel meine Erinnerung.

»Okay, erfahre ich wenigstens, wer du bist? Es wäre nur fair, da du jetzt vorhast, noch mehr in mein Leben einzugreifen.«

»Es ist nicht nötig, dass du das weißt. Es reicht, wenn du mir vertraust.«

»Du hast doch sicher mitbekommen, dass ich diesen Spruch in letzter Zeit ziemlich oft zu hören bekommen habe. Als Dank für mein Vertrauen habe ich einige Tritte in den Hintern kassiert.«

»Ja, das habe ich. Aber das zählt nicht für mich. Immerhin habe ich dir bisher nie einen Anlass gegeben, mir zu misstrauen, oder? War nicht ich derjenige, der dich davor gewarnt hat, Jay und seinem Vater zu vertrauen? Ich habe dir gesagt, wann du im richtigen Moment die Klappe zu halten hast.«

»Du meinst, als ich heute nicht weiter nach Sarafina fragen sollte?«

»Das war eines der Dinge, die du lieber für dich behalten solltest.«

»Warum?«

»Ist das nicht offensichtlich? Sie hatten nichts damit zu tun, jedenfalls nicht immer. Zeitweise hatten sie sich Sarafina ebenso zu nutzen gemacht, wie ich. Aber das war, bevor Jay sich in dein Leben gedrängt hat. Was glaubst du, wäre passiert, hätten sie von unserer Verbindung erfahren?«

»Also hatte Jay recht. Bist du wirklich Sarafina?«

»Nein, ich habe mich nur an ihre Seele geheftet, um dich aufmerksamer beobachten zu können. Diese vielen Träume und Botschaften waren nötig, bis ich dein Einverständnis hatte ... bis ich dein Vertrauen hatte.«

»Und seit wann?« Schlagartig dämmerte es mir. »Die Taube. Das warst du?«

»Ja, das war der Moment. Du hast erkannt und akzeptiert, dass ich nicht dein Feind bin. Du hast meine Hilfe zugelassen und somit deine Kräfte angenommen. Wahrscheinlich hast du begriffen, dass der Selbstverteidigungskurs dir nicht weiterhilft, obwohl er am Ende doch etwas gebracht hat. Du hast dich gegen Bagael und Ananel gut zur Wehr gesetzt. Mit so viel Widerstand hatten sie nicht gerechnet.«

In diesem Moment war ich selbst von mir überrascht. Womöglich war es bloß das Adrenalin, immerhin hatte ich mich in Lebensgefahr befunden. Doch es brachte nicht viel. Ohne meine Kräfte wäre ich dort nicht lebend herausgekommen, denn Asazel hätte mich getötet. Geholfen hat mir niemand, außer ... »Und welcher Engel bist du?«

»Wie kommst du darauf, dass ich ein Engel bin?«

»Weil nur Engel mental miteinander kommunizieren und Botschaften über Träume senden können.«

»Wer hat dir denn das erzählt?«

»Aria. Sie erklärte mir, dass nur Engel solche Dinge tun könnten, da nur sie über ihre vollständigen Kräfte verfügen und in ihre Lichtgestalt wechseln können.«

»Das mag sein, aber befindest du dich in deiner Lichtgestalt?«

»Nein.«

»Siehst du.«

»Aber wieso können wir auf diesem Weg kommunizieren? Warum sagst du mir nicht einfach, wer du bist?«

»Weil es vorerst nicht wichtig ist.«

»Aber ich muss doch wissen, wie ich dich nennen kann. Wenn ich dich brauche, muss ich dich doch rufen können.«

»Glaube mir, ich weiß, wann du mich brauchst. Aber bitte, wenn du mir einen Namen geben möchtest, denke dir einen aus.«

Ich soll mir einen Namen ausdenken? Ist das sein Ernst? Wieso konnte er mir nicht einfach sagen, wer er ist? »Okay, dann nenne ich dich Floh.«

»Wie bitte? Wieso nennst du mich wie einen Parasiten?«

»Du hingst erst an Sarafina und jetzt an mir, so wie ein lästiger Floh. Außerdem mag ich Floh. Es ist kurz, prägnant und wenn ich genervt von dir bin, rufe ich dich Florian. Es sei denn, du verrätst mir doch noch deinen richtigen Namen.«

»Nicht nötig. Wenn es dich glücklich macht, nenne mich eben Floh.«

»Okay, Floh.« Ein Schmunzeln konnte ich mir bei der Erwähnung seines Namens nicht verkneifen, doch die Realität holte mich schneller wieder ein. »Wie geht es jetzt weiter?«

»Wir überlegen uns was, bis Jay es schafft, dich hier herauszuholen.«

»Sagtest du gerade, Jay soll mich hier herausholen? Hattest du mich nicht vor ihm gewarnt?«

»*Das war, bevor ich bemerkt habe, dass es ihm ernst ist. Er würde für dich sterben und ich verlasse mich darauf.*«

»Ich hoffe nicht, dass es so weit kommt«, murmelte ich.

»*Dann nimm es selbst in die Hand.*«

»Und wie?«

»*Trainiere deine Kräfte.*«

»Du hast wohl nicht mitbekommen, dass Lilith mir diese untersagt hat?«

»*Nur ein kleines Hindernis. Außerdem kann sie dir nichts wegnehmen, was du bis jetzt nicht besitzt.*«

»Wie meinst du das?«

»*Dass in dir viel mehr steckt, als mit ein bisschen Feuer herumzuspielen.*«

»Und was wäre das?«

»*Das wird sich noch zeigen. Es hilft uns schon mal enorm weiter, dass wir miteinander kommunizieren können.*«

»Bislang bin ich mir nicht so sicher, ob es wirklich hilfreich ist. Immerhin kannst du mir so oft, wie du willst auf die Nerven gehen.«

Ein herzliches Lachen hallte durch meinen Kopf. »*Ich kann dich auch gern allein lassen, wenn dir das lieber ist. Dabei dachte ich, du wärst froh über etwas Gesellschaft. Du wirst in der Hölle nicht viele angenehme Gesprächspartner finden. Außerdem kann ich dich auf dem Laufenden halten, was deinen Freund angeht.*«

„Jay", flüsterte ich kaum hörbar, als würde allein sein Name mich retten können. Unzählige Gedanken schwirrten mir durch den Kopf. Wenn er mir von ihm und den Geschehnissen draußen berichten konnte, war es dann auch möglich, ihm eine Nachricht von mir zu überbringen? Könnte er eine Verbindung zu meinen Freunden herstellen?

»*Nein, kann ich nicht.*«

Mir entfuhr ein Seufzen. »Verfolgst du jetzt all meine Gedanken?«

»*Nur wenn ich will.*«

»Wie kommst du dann an Jay heran?«

»*Lass das meine Sorge sein. Du hast eine viel wichtigere Aufgabe.*«

»Und die wäre?«

»*Überleben.*«

Kapitel 6

Jay

Nachdem wir unser Ziel erreicht hatten, war ich immer noch fassungslos. Er hatte es die ganze Zeit vor uns verheimlicht. Seine geheimen Telefonate, die über mehrere Tage andauernden Ausflüge. Alles nur, um hier zu sein - bei ihr.

Am liebsten hätte ich ihn auf dem Weg hierher vom Himmel stürzen lassen. Aber meine Wut durfte jetzt nicht die Oberhand gewinnen. Bellena zu finden, war das Allerwichtigste. Alles andere war nebensächlich. Und dafür brauchte ich jeden Hinweis, jede Unterstützung, die ich kriegen konnte. Die finde ich anscheinend genau hier.

Wir landeten direkt am Strand. Während Nathan Kontakt zu Dan und den anderen aufnahm, beobachtete ich, wie das Wasser in sanften Wellen gegen vereinzelte Felsen schlug. Ich atmete tief ein und lauschte dem Rauschen des Wassers, versuchte Nathans Worte auszublenden. Bellena tauchte vor meinem inneren Auge auf. Sie lächelte mich an, war zum Greifen nah und doch unerreichbar. *»Es war deine Schuld«*, hörte ich die Worte meines Vaters, und ihr Bild wurde von den Wellen verschluckt.

Nathans Worte drangen wieder deutlicher an mein Ohr. Offenbar war ich nicht der Einzige, der von seinem Geheimnis entsetzt war. Vor allem Dan wollte nicht wahrhaben, dass sein Freund ihn so belogen hatte. Unruhig sah ich mich um, während er sich am Telefon weiter erklärte. Unser Zielobjekt war in greifbarer Nähe, doch er wurde einfach nicht fertig, weshalb ich Nathan den Hörer aus der Hand riss. »Hört zu. Ich bin sauer, ihr seid sauer. Gut, dann ist das geklärt.« Dan zog am Ende der Leitung scharf die Luft ein, doch ich ließ keine Antwort zu. »Wir haben wirklich nicht die Zeit für solch einen Kindergarten. Seht jetzt zu, dass ihr so schnell wie möglich hier aufschlagt, und wir kümmern uns in der Zeit um Nathans kleines Geheimnis.« Daraufhin legte ich einfach auf.

»War das wirklich nötig?«

»Wie lange wolltest du dir diese Vorwürfe noch anhören?«

Seufzend bewegte sich Nathan in die Richtung des Hauses, als auch schon die Tür geöffnet wurde. Ich hatte ganz vergessen, wie hübsch sie war. Ihre roten Haare wehten durch den sanften Wind, ihre Sommersprossen waren nun noch deutlicher zu erkennen. Doch ihre braunen Augen wirkten glasig. Offenbar hatte sie geweint. Sie lief auf Nathan zu und fiel ihm schluchzend in die Arme.

In der Zwischenzeit erschien eine weitere Person im Türrahmen. Auch sie wirkte erschöpft und entmutigt. Von ihrem sonst so perfekten Styling war heute nichts zuerkennen. Zögerlich winkte sie mir zu. Ich ließ die beiden Turteltauben neben mir stehen und bewegte mich auf Chrissy zu. »Hey.«

»Hey.«

»Aufregender Tag heute?«

»Wem sagst du das?«

Ich drehte mich um. Nathan legte beschützend einen Arm um Julia und sie schlossen zu uns auf.

»Hallo Jay«, begrüßte sie mich zögerlich und konnte mir dabei kaum in die Augen sehen.

Dennoch war mir egal, dass ich mit meinen nächsten Worten noch mehr Salz in die offene Wunde streuen würde. »Ich bin gespannt, wie ihr das Bellena erklären wollt.« Mit diesen Worten trat ich eigenmächtig ins Haus und stellte mich an die Terrassentür, die den Blick direkt auf das Meer freigab.

»Habt ihr noch etwas herausgefunden?«, hörte ich Nathan fragen.

»Nein. Wir fanden weder etwas über die Hölle, noch über Bellena oder die Prophezeiung«, antwortete Julia.

Das durfte doch nicht wahr sein! Jetzt hatten wir extra einen Umweg gemacht, und sie wusste nichts. »Sie muss dir doch irgendwas gesagt haben, bevor sie …«

»Nein, wir hatten nicht viel Zeit. Es war die Nacht vor ihrem Tod. Sie gab mir wenige Aufzeichnungen und sagte, dass ich in ihrer Bibliothek einiges finden würde, was bedeutsam sei.«

»Nichts über Bellena?«

»Nein, überhaupt nichts. Sie sagte mir nur, dass es jetzt meine Aufgabe sei, euer Geheimnis zu wahren. Außerdem wäre es von großer Wichtigkeit, dass ich niemandem davon erzähle, auch Bellena nicht. Als sie das erste Mal von ihren Träumen erzählte, dachte ich zuerst, dass sie mit dem Tod ihrer Oma und dem Verlust von Lukas nicht zurechtkam. Aber als ihr aufgetaucht seid und Bellena uns offenbarte, dass ihre Träume nie wirklich verschwunden waren, sie uns erzählte, wovon sie träumte – von den Engeln, Botschaften, Flammen und roten Augen – wurde mir klar, dass sie viel tiefer in alles verstrickt war, als ich es für möglich gehalten hatte.« Julia überschlug sich fast, bei ihren Erläuterungen. Zwischenzeitlich dachte ich, sie vergisst zu atmen. »Doch ich konnte Lenas Worte nicht vergessen. Nur deshalb hatte ich es weiterhin für mich behalten und nur Bruchstücke weitergegeben. Im Grunde wusste ich ja selbst nichts. Bis Nathan zu mir kam. Er hat mir geholfen, das Ganze besser zu verstehen.«

»Wie konnte ich nur so blind sein? Deine Spaziergänge, das Verheimlichen von Nachrichten.«

»Es tut mir leid, Chrissy. Bellenas Oma starb direkt, nachdem sie mir … Ich wusste nicht, was auf mich zukommt. Ich hatte keine andere Wahl, solange ich nicht um die Konsequenzen wusste«, stotterte sie, doch ich konnte mir ihre Erklärungsversuche nicht länger anhören. »Kennst du die Konsequenzen jetzt?«

»Nein, aber jetzt ist die Lage anders. Sie ist verschwunden. Alles, was ich weiß, ist, dass ich sie genauso beschützen muss, wie ihr sie. Nur deshalb hat ihre Oma mich ausgewählt. Sie wollte jemanden, der für sie da ist, der …«

Ein Klopfen an der Tür unterbrach Julia. Nathan ging zum anliegenden Fenster und spähte hinaus. Erst dann öffnete er und Dan trat ein, dicht gefolgt von Maro und Aria. Sie sagten nichts, blieben nur wie angewurzelt im Raum stehen.

Nathan sah von ihnen zu Julia, die auf den Boden starrte, dann wieder zu den drei Neuankömmlingen. »Wo ist Toby?«

»Er kommt gleich. Er …« Dan konnte seinen Satz nicht beenden, da er bereits eintrat.

»Hey«, sagte er zögerlich in die Runde.

»Wo warst du?«, fragte ich.

»Nur mal kurz durchatmen.«

»Durchatmen? Warum?«

»Jay!«, warnte Nathan.

»Was, man wird ja wohl mal fragen dürfen.«

Toby drehte sich zum Fenster und blickte hinaus.

»Jay, wir verstehen, dass du wütend bist, aber Toby kann nichts dafür.«

»Du wiederholst dich, Aria. Außerdem wäre ich mir da nicht so sicher.«

»Wofür kann er nichts?«

»Ist nicht so wichtig«, wiegelte ich Chrissys Frage ab und schenkte wieder Julia mehr Aufmerksamkeit. »Hast du auch irgendetwas herausgefunden, das uns weiterhilft?«

»Nein.«

»Das ist ja wirklich hilfreich«, sagte ich genervt und richtete meinen wütenden Blick auf Nathan. Warum hatte er uns hierhergebracht? Sie wusste gar nichts, doch dann sagte Julia etwas, das mich hellhörig werden ließ.

»Entschuldige. Ich habe noch keinen Einblick, was meine Aufgabe bei dieser Sache ist. Es ist ja nicht so, als hätte mir ihre Oma eine Gebrauchsanweisung hinterlassen. Bis auf diese Notiz ...«

»Was für eine Notiz?«

Julia sah kurz zu Chrissy, so als würde sie auf ihre Zustimmung warten. Das ist ja süß. Sie dachten doch nicht wirklich, dass sie mir eine Antwort vorenthalten könnten? Anscheinend war ihnen das ebenso klar, weshalb mir Chrissy einen kleinen Zettel überreichte. Ein altes Papierstück.

Beschütze sie mit deinem Leben. Ich verlasse mich auf dich.

M

»Was soll das sein?«, fragte Dan und nahm mir den Zettel ab.

45

»Wir fanden ihn bei unseren Recherchen, in einem der Bücher, über Engel. Wir glauben, dass dieser "M" Bellena damit meinte«, antwortete Chrissy.

»Und was ist das für ein Buch?«, hakte ich sofort nach, woraufhin Julia es mir reichte.

»Es ist eins über Engel, Erzengel und Dämonen.«

Ich drehte das Buch hin und her und blätterte oberflächlich darin herum. »Hast du darin noch mehr wichtige Informationen gefunden?«

Da sie mir nicht antwortete, wandte ich meinen Blick vom Buch ab und sah erwartungsvoll zu ihr. Weil sie sich nur in die Unterlippe biss, knallte ich den Wälzer auf den Tisch, woraufhin jeder im Raum vor Schreck zusammenzuckte. Als ich einen Schritt auf Julia zuging, spannte Nathan neben ihr die Schultern an.

Es war Chrissy, die die Situation rettete, indem sie an Julias Stelle antwortete. »Julia hat darin die Gravur des Amuletts entdeckt und konnte sie entschlüsseln.«

Angestrengt schloss Julia die Augen und stieß einen tiefen Seufzer aus. »Um ehrlich zu sein, habe ich es nicht aus diesem Buch.«

»Wie bitte?«, fragte Chrissy entgeistert.

»Ich habe es aus dem Buch, das ich von Bellenas Oma erhalten habe.«

»Es gibt ein weiteres Buch? Das verstehe ich nicht«, stotterte Chrissy erst und murmelte vor sich hin. »Die Tasche, deshalb war sie so schwer?«

»Chrissy, es tut …«

Sichtbar enttäuscht erhob sie ihre Hand. »Schon gut. Ich habe schon verstanden.«

»Wir haben keine Zeit für euren Zickenkrieg. Buch?« Erwartungsvoll hielt ich die Hand in Julias Richtung.

»Das bekommst du nicht. Es gehört mir, und um ehrlich zu sein, traue ich dir nicht über den Weg.«

Ich zog eine Augenbraue nach oben. Lauernd ging ich einen Schritt auf sie zu, doch Nathan hielt mich am Oberarm zurück.

Wie süß. Er glaubt, er müsste sie vor mir beschützen.

Sie verschränkte ihre Arme, bevor sie selbstbewusst mit ihrer Ansage fortfuhr. »Bellena wollte weg von dir. Sie hat Lukas nur deinetwegen um Hilfe gebeten. Es ist deine Schuld.«

Die Worte trafen mich wie ein Dolchstoß ins Herz. Sie hatte recht, doch ich benötigte diese Antwort. Ich entzog mich Nathans Berührung. »Ich weiß, dass ihr Freundinnen seid und verstehe, dass du an meiner Loyalität zweifelst. Ich habe Fehler begangen, die unverzeihlich sind. Aber ich wäre nicht hier, wenn es mir nicht wichtig wäre. Sie ist nicht mal eben auf dem Schulweg falsch abgebogen, sondern sie ist in Gefahr. Wir wissen nicht, was sie im Augenblick durchmacht. Also hör bitte auf, dich gegen mich zu stellen. Du würdest uns allen viel Zeit ersparen, wenn du deine zickerein sein lässt und es mir einfach sagst. Auf die eine oder andere Weise hole ich mir die Informationen ohnehin.«

Mit einem resignierten Seufzen verschwand Julia in ein angrenzendes Zimmer.

Das war ja leicht. Ich wünschte, Bellena wäre ebenso einfach zu überzeugen gewesen, dann hätte es uns einiges an Ärger erspart.

»Musste das sein?«, fragte mich Nathan sichtlich angefressen.

»Wie du siehst. Ich habe keine Zeit für Gefühlsduseleien.«

»Vielleicht solltest du wirklich mal einen Schritt zurück-
fahren«, mischte Aria sich ein.

»Hm, ich bin gespannt, wie dein Noah reagiert, wenn er
erfährt, dass dir seine Schwester entlaufen ist. Du solltest
genauso interessiert daran sein, sie so schnell wie möglich
wiederzufinden. Wir wollen doch nicht, dass dein kleines
Geheimnis vor deinem Schatz auffliegt. Oder?«

Scharf zog Aria die Luft ein. Nathan machte sich bereit,
dazwischen zu gehen, bis Julia mit einem großen, dicken Wälzer
mit dunklem Ledereinband zurückkam. Sie legte es auf dem
Tisch ab und suchte darin nach der passenden Textstelle. Die
Seiten waren vergilbt. Offensichtlich hatte das Buch bereits
einige Jahre hinter sich und war durch unzählige Hände
gegangen. Als sie die gewünschte Seite fand, sah sie noch einmal kurz zu mir auf, bevor sie vorlas: »Engel, Engel, komm
herbei, lehre mich die Weltzauberei. Lass mich mit deiner Kraft
vereinen. Lass mich dein Weisheitslicht nicht verneinen. Lass
mich das Weltenlicht verstehen, lass mich durch das Göttliche
sehen.«

Erwartungsvoll sah ich sie an, doch da war nichts. Sie musste
es nicht aussprechen. Sie wusste nicht, was es bedeutete. Ich
raufte mir die Haare, trat zur Terrassentür und starrte nach
draußen. Ich konnte es einfach nicht fassen. Es fühlte sich an
wie ein schlechter Scherz.

»Vielleicht würde es erklären, warum das Amulett aufleuchtete, als Bellena sich verwandelte. Was, wenn sie ihre Kräfte
nur mit der Unterstützung des Amuletts abrufen kann?«, ließ
Dan seinen Gedanken freien Lauf.

»Spekulationen bringen uns nicht weiter. Hast du sonst noch
etwas?«, erkundigte sich nun Aria bei Julia.

»Vielleicht zu Abwechslung mal etwas Nützliches?«, ergänzte ich mit einer Gereiztheit, die selbst mich überraschte.

»Ich weiß nicht, ist der Eingang zum Engelreich nützlich?« Schlagartig wurde es im Raum so still, dass man eine Stecknadel fallen gehört hätte.

Langsam drehte ich mich zu Julia. Hatte ich mich womöglich verhört?

Als sie weitersprach, bestätigte sie mir meine stumme Frage. »Hier ist der Eingang beschrieben, den man passieren könnte, wenn man ein Engel ist. Und nicht nur das. Ich habe die Koordinaten.«

Okay, das ist doch mal was wert.

Kapitel 7

Bellena

Als ich erwachte, lag ich in einem weichen Bett. Die Matratze gab sanft nach, passte sich dem Körper an, als wäre sie dafür gemacht. Es war, als würde man auf Wolken schweben. Geborgen und vollkommen entspannt. Während ich immer mehr zu mir kam, spürte ich einen warmen, vertrauten Atemzug in meinem Nacken.

»Hey, kleine Schwester von Noah«, flüsterte Jay mir ins Ohr. »Hast du gut geschlafen?« Er schlang einen Arm um mich und zog mich näher an sich.

»Jay«, raunte ich und drehte mich auf den Rücken. Seine türkisblauen Iriden hielten meinen Blick gefangen. Ein Hauch von Verspieltheit blitzte darin auf, während sich sein Mundwinkel anhob, bis er in ein strahlendes Lächeln überging. Mit einer Hand strich er mir eine Haarsträhne zur Seite und hauchte einen zarten Kuss auf meinen Mund. »Ich habe dich vermisst, kleiner Engel.«

Meine Lippen verzogen sich zu einem Lächeln. Ein sanftes Kribbeln breitete sich in meinem Bauch aus, sowie ein Gefühl von Ruhe, dass sich durch den gesamten Körper zog. Es war, als ob die Welt für einen Moment stillstand. Doch dann nahm ich aus den Augenwinkeln die Umgebung wahr. Wir waren noch dort. In diesem Zimmer. In der Hölle. »Wie bist du hereingekommen?«

»Bellena«, flüsterte er.

»Es ist nur ein Traum?«

»Ja«, raunte er. »Nicht mehr lange und ich werde wieder bei dir sein. Niemand wird uns mehr trennen, das verspreche ich dir. Wenn es sein muss, beschütze ich dich mit meinem Leben.«

Ein Nebelschleier umhüllte ihn und sein Bild verblasste. Ich rief seinen Namen, doch der Ruf bewirkte nur, dass sich der Nebel verzog und Jay mit sich nahm.

Abrupt setzte ich mich im Bett auf.

Nicht nur aufgrund des Traumes, sondern weil die Tür aufgerissen wurde und Amoria das Zimmer betrat. »Ich habe dich rufen hören. Ist alles in Ordnung? Brauchst du etwas?«

»Nein, ich …«

Ihr Blick, ihr Ausdruck in den Augen. Er kam mir so vertraut vor. Wo hatte ich ihn schon mal gesehen?

»Hör auf, darüber nachzudenken. Du hast ernstere Probleme«, zischte Floh in meinem Kopf.

»Dir auch einen wunderschönen guten Morgen«, erwiderte ich gedanklich zurück und hoffte auf eine Antwort. Doch es blieb still.

Amoria trat zur Terrassentür und zog die Vorhänge beiseite. Heller wurde es dadurch nicht, da sich lediglich rote Flammen am Himmel abzeichneten. Ein Anblick, bei dem ich reflexartig aufseufzte. Wieder einmal wurde mir bewusst, dass ich mich nicht in einem 5-Sterne-Hotel befand.

»Was möchtest du zum Frühstück?«

Amorias Frage kam mir surreal vor. Beim besten Willen konnte ich mir nicht vorstellen, dass sie mir Pancakes servierte, würde ich danach verlangen. »Danke, ich habe keinen Hunger.«

Sie schnalzte mit der Zunge und baute sich vor meinem Bett auf. »Du solltest aber etwas essen. Du hast schon gestern nichts zu dir genommen und du wirst deine Kräfte heute brauchen.«

Dieser Ton, so wie sie es aussprach. Wieder kam sie mir seltsam vertraut vor, doch ich konnte es nicht greifen. »Bist du dir sicher, dass wir uns nicht kennen?«

Sie legt den Kopf schräg und sah mich nachdenklich an. »Ich weiß nicht, was du meinst.«

»Haben wir uns schon einmal irgendwo gesehen?«

Sie wandte sich von mir ab und lief zur Tür. Erst dann drehte sie sich wieder zu mir um. »Ausgeschlossen. Ich lebe schon eine lange Zeit hier und habe diesen Ort seitdem nicht mehr verlassen.«

Während wir uns gegenseitig anstarrten, überkam mich das Gefühl, dass sie zwar ehrlich war, jedoch ein wichtiges Detail wegließ. Nur welches?

»Ich lasse dir ein Frühstück zusammenstellen.«

»Ich sagte doch, dass ich nichts brauche.«

»Und ich sagte dir, dass es notwendig ist.« Mit dieser deutlichen Botschaft verschwand sie durch die Tür und ließ mich fassungslos zurück.

»*Du wirst deine Kraft heute brauchen*«, wiederholte ich die Worte in meinen Gedanken.

»*Sieht so aus, als will Luzifer keine Zeit verlieren*«, hörte ich Flohs Stimme in meinem Kopf.

»Was glaubst du, hat er vor?«

»*Er wird herausfinden wollen, welche Kraft in dir steckt.*«

»Und was soll ich dagegen tun?«

»*Nichts. Im Gegenteil, du solltest es zulassen.*«

»Was?« Panik kroch durch meinen Körper. Ich sprang aus dem Bett und lief im Zimmer auf und ab.

»*Hast du mir gestern nicht zugehört? Du brauchst deine Kräfte, wenn du hier herauskommen willst. Jay findet vielleicht einen Weg hier rein, aber raus wird es schwierig.*«

»Ich weiß noch nicht einmal, wie ich diese Feuermagie benutzen kann.«

»*Dann wird es Zeit, es herauszufinden.*«

»Und du weißt wie?«

»*Das wirst du selbst herausfinden müssen. Ich kann dir dabei maximal mental in den Arsch treten, mehr aber auch nicht.*«

»Aber du kannst mir bei der Flucht helfen? Bitte hol mich hier raus.«

»*Nein Bellena. Das kann ich nicht.*«

Er kann mir nicht helfen. Wieso kann er mir nicht helfen? Wozu ist er sonst hier? Ich kann das nicht! Ich bin nur ein Mädchen, gerade Mal sechzehn Jahre alt und sollte mir vielmehr Gedanken über Hausaufgaben, Jungs oder meinen Kleidungsstil machen. Hier zu sein, gehört nicht dazu - in der Hölle. Ich habe hier nichts zu suchen.

»*Ist das dein Ernst? Panik ist das Letztes, was wir gebrauchen können.*«

Sie werden mich umbringen. Die Angst nahm immer mehr von mir Besitz. Mein Herz raste, mein Körper zitterte und ich spürte, wie mir der Schweiß von der Stirn tropfte. Ich hatte das Gefühl, dass ich die Kontrolle verlor. *Was soll ich nur tun?*

»*Bellena, beruhige dich! Du zählst jetzt bis zehn und atmest dabei tief ein und aus.*«

Ich versuchte, Flohs Aufforderung nachzukommen, doch es gelang mir nicht. Mehrmals begann ich, von vorn zu zählen, probierte meine Atmung zu kontrollieren. Doch ich kam immer wieder ins Straucheln und meine Gedanken suchten nach einem Fluchtweg.

»*Gestern ging es doch auch. Ich erinnere mich noch gut an dein vorlautes Mundwerk*«, versuchte Floh auf mich einzureden.

»Ich weiß, das war nur… aber heute…« *Verdammt*, ich brachte keinen vernünftigen Satz zustande.

»*Was ist heute?*«

»Ich muss hier weg.«

»*Du kannst nicht davonlaufen.*«

Trotzdem lief ich zur Tür, aber sie ließ sich nicht öffnen. Ich zog daran, hämmerte dagegen. Zum Teufel, irgendwie musste ich sie doch aufbekommen!

»*Bisher haben immer nur zwei Wörter Türen geöffnet. Und das wäre Drücken und Ziehen.*« Ich atmete tief ein und lehnte mich gegen die Tür, war den Tränen nah. »*In deinem Fall wäre in Brand setzen noch eine Option, aber da du nicht weißt wie…*«

»Findest du das etwa witzig?«, brummte ich.

»*Ein wenig. Sieh dich an. Jetzt hast du eine Panikattacke. Gestern bist du auf Luzifer und Lilith getroffen. Wusstest nicht, was dich erwartet, ob sie dich töten wollen. Und da war nichts. Du bist cool geblieben, hast sie sogar provoziert. Und heute, wo du weißt, dass sie dich nur benutzen wollen, benimmst du dich wie ein Kleinkind.*«

»Wenn du es nicht länger mit ansehen kannst, geh in der Zwischenzeit bitte jemand anderen nerven.«

»*Du bist die Einzige, der ich begreiflich machen muss, in welcher Lage sie sich befindet. Und solange du nur herumjammerst, muss ich mit dummen Kommentaren die Zeit totschlagen.*«

»Du könntest doch in deiner realen Welt etwas Nützliches machen oder gibt es die bei dir nicht?«

»Oh doch, aber da ist gerade auch nichts los.«

»Kannst du dann einfach den Mund halten?«

»Nein. Ich werde so lange auf dich einreden, bis du begreifst, dass du vor deiner Situation nicht weglaufen kannst. Du musst dich ihr stellen.«

Seufzend ließ ich den Kopf gegen die Tür fallen.

»Also: Jay.«

»Was ist mit ihm?«

»Ich wette, er setzt gerade alle Hebel in Bewegung, um dich zu finden, oder er steckt genauso den Kopf in den Sand wie du. Was glaubst du, trifft besser auf ihn zu?«

»Ich hoffe Ersteres.«

»Und was glaubst du, erhofft er sich von dir?«

»Okay, ich habe verstanden. Ich versuche, mich zusammen-zureißen.«

»Das merke ich. Schon bei der Erwähnung seines Namens entspannt sich dein Körper spürbar. Das ist wohl die Macht der Liebe.«

Ich rollte mit den Augen, aber er hatte recht. Langsam spürte ich, wie ich wieder die Oberhand über meinen Körper gewann. »Hast du eine Ahnung, was mich heute erwartet?«

»Ich kann es mir vorstellen.«

»Was ist, wenn ich mich dagegen wehre? Einfach so tue, als wäre ich es nicht gewesen? Als wäre ein Engel in mich gefahren, der jetzt nicht mehr da ist.«

»Bellena, ich habe die letzten Monate versucht, in die Defensive zugehen. Hatte gehofft, dass es nicht so weit kommen muss, aber meine Bemühungen haben nichts gebracht. Also

müssen wir jetzt einen anderen Weg einschlagen. Und eines weiß ich sicher. Luzifer wird dich nicht töten, solange du von Nutzen für ihn bist. Deine Kräfte sind nützlich für ihn. Deshalb wirst du dich jetzt zusammenreißen, dir etwas anziehen, frühstücken und ihnen dann zeigen, was wirklich in dir steckt. Vielleicht wirst du auf diesem Wege ein bis zwei Bastarde los, weil sie sich mit dir angelegt haben.«

Nachdem ich mich beruhigt hatte, zog Floh sich vorerst zurück. Er meinte, dass mir die Ruhe guttun würde, ich in mich gehen und versuchen sollte, meine Kräfte zu kanalisieren. Außerdem war er der festen Überzeugung, dass ich nicht nur das Element Feuer beherrschte. Aber was machte ihn da so sicher?

Nachdem ich mich frisch gemacht und eine Kleinigkeit gefrühstückt hatte, stellte ich mich vor die Terrassentür. Feuer, Rauch und brennende Gebäude stellten den Großteil der Szenerie dar. In der Ferne konnte ich, trotz geschlossener Tür, Schreie hören, die mich bis ins Mark trafen. Allein die Vorstellung, dass es mir jeden Moment ähnlich gehen könnte, ließ mir das Blut in den Adern gefrieren. Ich spürte, wie die Kälte sich unaufhaltsam ihren Weg bahnte, sich ausbreitete wie feinste Risse im Eis, bis sie jede meiner Arterien erreichte.

Schlagartig wurde die Tür aufgerissen und donnerte gegen die Wand. Doch der unerwartete Krach war nicht der einzige Grund, warum ich zusammenzuckte. Es war die Stimme, die wie Gift an meine Ohren drang.

»Guten Morgen, meine Süße. Ich hoffe, du hattest angenehme Träume?« Lukas trat ins Zimmer und baute sich hinter mir auf. Dass ich ihn ignorierte und den Blick starr aus dem Terrassenfenster hielt, schien ihm nichts auszumachen. Er beugte sich über meine Schulter und ich spürte seinen warmen Atem auf der Wange. »Überlegst du gerade, welcher Anblick dir mehr Sorgen bereiten sollte? Falls du glaubst, dass da draußen der Gewinner ist, verspreche ich dir, dass du falschliegst. Ich freue mich so, auf unsere gemeinsame Zeit. Wir werden eine Menge Spaß miteinander haben. Wobei ich vermute, dass es für dich weniger lustig sein wird.«

Am Arm zog er mich aus dem Zimmer, bis zum Ende des Ganges, wo er mich in einen Aufzug stieß. Ich drückte mich in die Ecke, um den Abstand zwischen uns so weit wie möglich zu vergrößern.

»Endstation Hölle«, sagte er Unheil verkündend mit einem Blick über die Schulter, nachdem er eine Taste betätigt hatte.

Als sich die Aufzugtüren öffneten, erkannte ich, dass Lukas seine letzten Worte ernst gemeint hatte. Erneut ergriff er meinen Arm und schleifte mich weiter. Der Weg erstreckte sich in einem endlosen Labyrinth aus engen Gängen. Die Luft war feucht, erfüllt vom dumpfen Geruch nach Moder und kaltem Stein. Fackeln, die in rostigen Halterungen an rauen Steinwänden steckten, warfen ihr flackerndes Licht in die Dunkelheit. Massive Türen aus dunklem Holz reihten sich an den Wänden entlang. Ihre Oberflächen waren rau und von den Spuren der Zeit gezeichnet. Vereinzelt drangen durch sie Schreie hindurch. An einer geöffneten Tür entdeckte ich tiefe Kratzspuren. Sie zeigten, dass Hände verzweifelt versucht hatten, einen Ausweg zu finden.

Mehrmals trafen wir auf Dämonen, die uns kaum Beachtung schenkten. Ihre Gestalten waren ein verzerrtes Echo von Mensch und Tier, während es ebenso groteske Mischwesen gab. Einige von ihnen trugen Hörner, andere lange, peitschende

Schwänze und schuppige Haut. Ihre Waffen waren ein Teil von Ihnen. Es waren Klingen, die aus ihren Armen wuchsen. Stacheln, die ihren Rücken säumten oder Gliedmaßen, die sich in der Dunkelheit bewegten wie lebendige Schatten.

Ich spürte, wie sich mein Magen zusammenzog. Trotz der Abscheu, die ich bei diesem Anblick empfand, konnte ich den Blick von den Kreaturen nicht abwenden. Ein kalter Schauer kroch mir den Rücken hinab. Diese Wesen waren der Stoff aus Albträumen, und doch war es kein Traum, aus dem ich aufwachen konnte. Nichts würde mich je wieder vergessen lassen, was ich hier gesehen hatte.

Wir hielten vor einer Tür aus Stein, die mit rostigen Eisenbeschlägen verstärkt wurde. Ich betrachtete meine Umgebung und überlegte, davonzulaufen. Da fiel mein Blick auf einen jungen Mann, der vor mir gefesselt an der Wand hing. Langsam hob er seinen Kopf an. In seinem Ausdruck lag etwas Finsteres, und doch zeichnete sich ein Anflug von Mitleid in seinen Augen ab.

Lukas ergriff meine Hand und schubste mich in den Raum hinein, den ich sofort wiedererkannte. Hier hatte er mich zu Beginn gefangen gehalten. Wie ironisch, dass ich ausgerechnet an der Wand Zuflucht suchte, an der er mich gestern noch festgehalten hatte. Jetzt hingen die Handschellen lose herunter und ich war mir sicher, dass sie mir dieses Mal nicht als Schmuckstücke angelegt werden. Instinktiv wanderten meine Augen zu meinen geröteten Handgelenken. Die kühlenden Umschläge, die ich mir am Abend zuvor angelegt hatte, hatten zum Glück etwas Linderung verschafft. Die Haut spannte zwar noch leicht und kleine Bläschen waren darauf sichtbar, doch der brennende Schmerz war deutlich abgeklungen. Jedenfalls solange man sie nicht berührte.

»Floh? Bist du da?«, rief ich in meinen Gedanken.

»Ich bin hier. Tu einfach das, was er verlangt.«

Ich drehte mich zu Lukas, der lässig an der Tür lehnte. Sein amüsierter, stechender Blick ruhte auf mir. »Was jetzt? Wird das ein Anstarrwettbewerb?«

»Wir warten auf den Ehrengast.«

»Ich dachte, das wäre ich!«

»Ach Bellena. Muss ich dir den Unterschied von einem Gast und einem Gastgeber erklären? Der Gastgeber hat die Aufgabe, dass der Gast sich amüsiert. Diese Rolle obliegt heute dir. Stell dir vor, dass du für den Hauptgang zuständig bist.«

»Lukas, ich finde nicht, dass du die Prinzessin mit einer Mahlzeit vergleichen solltest.« Als die Stimme von Luzifer aus der Ecke ertönte, zuckte ich zusammen. »Hallo Bellena, bist du bereit, für deine erste Lektion?«

Kapitel 8

Jay

Es war zum Haareraufen. Stunden später waren wir immer noch nicht weiter und es trieb mich an den Rand des Wahnsinns. Wir hatten sämtliche Bücher durchforstet. Selbst in dem alten Wälzer von Bellenas Oma war nichts zu finden, das uns weiterhalf. Ich hasste es, dass Julia recht behielt, trotzdem hoffte ich bis zum Schluss, dass sie schlichtweg etwas übersehen hatte. Auch Nathan hatte über seine Kontakte nichts herausgefunden. Niemand wusste, wer Lukas war, geschweige denn, wo er sich aufhalten könnte. *Wo bist du bloß, Bellena?*

»Sollten wir den Fokus doch mehr auf Lilith und Luzifer werfen? Vielleicht hat er sie zu ihnen gebracht?« Aria ließ sich resigniert gegen die Sessellehne sacken.

»Am Telefon klang es, als wäre nur er bei ihr. Er sagte, sie sei bei ihm. Hätte er dann nicht *bei uns* gesagt? Außerdem bezweifle ich, dass wir in einem der Bücher eine Landkarte zur Hölle finden. Und da Toby uns nicht weiterhelfen möchte...«

Ich warf einen verächtlichen Blick zu ihm, doch er wandte sich genervt von mir ab und sah stattdessen aus dem Fenster. »Zum letzten Mal. Ich kann euch nicht helfen. Ich bin nie dort gewesen und obendrein werden sich weder Lilith, noch Luzifer direkt in der Hölle aufhalten. Zumal niemand weiß, wie es dort ist. Was einen wirklich erwartet. Das ist dir schon klar?«

»Das war doch nur als Metapher gemeint. Mir ist bewusst, dass sie sich nicht direkt im Fegefeuer, sondern an einem anderen Ort häuslich niedergelassen haben müssen.« Am liebsten würde ich Toby an die Gurgel springen. Wieso war er überhaupt noch hier? »*Er könnte nützlich für uns sein.*« Das waren Arias Worte. *Dass ich nicht lache. Er weiß gar nichts.*

»Selbst wenn wir wüssten, wo sie sich aufhalten, was dann? Wir können ja wohl schlecht einfach dort hineinspazieren. Stellt euch vor, wie viele Dämonen uns erwarten! Und wenn es richtig gut läuft, haben wir Luzifer auch noch an der Backe. Er wird sie uns nicht als Geschenk überreichen.« Maro sah uns erwartungsvoll an, doch keiner wusste eine Antwort darauf.

Toby nahm auf dem Sofa Platz und schnappte sich ein Buch. »Eins kann ich euch mit Gewissheit sagen. Wenn Lilith sie hat, weiß Luzifer Bescheid und hätte seine Krallen längst in sie gesteckt.«

Julia schluckte schwer. »Ich hoffe, das meinst du jetzt als Metapher?«

Ich raufte mir die Haare. Sehr lange konnte ich mir diese Scheiße nicht mehr anhören. Vielleicht sollte ich einfach von hier verschwinden, alleine nach ihr suchen, so wie es von Anfang an mein Plan war? In Gedanken ging ich meine Möglichkeiten durch.

»Wir haben ein Problem.« Dan betrat den Wohnraum, dicht gefolgt von Nathan, der einen Blick über seine Schulter warf.

Ich erhob mich vom Sessel, um besser sehen zu können, was genau er meinte. *Scheiße!* Es waren Noah und seine Mutter!

Nathan schüttelte nur knapp mit dem Kopf, als er mich ansah. »Wir sind gerade zurückgekommen, da kamen sie den Weg entlanggelaufen.«

Aria erhob sich und wollte Noah begrüßen. Doch sie stoppte, als sie seinen wütenden Blick vernahm. Seine Mutter trat hinter ihn und legte beide Hände auf seine Schulter.

»Carmen, was für eine Überraschung. Du hast wohl heute frei?« Julia gab sich Mühe, ihre Anspannung zu verbergen.

»Wir sind hier, um meine Tochter zu besuchen. Ich habe tagelang nichts von ihr gehört, genauso wenig wie Noah.«

Bellenas Bruder sagte nichts, dafür behielt er seinen Blick fest auf Aria gerichtet. Etwas stimmte nicht. Das war kein Anstandsbesuch, da war ich mir sicher. Erschwerend kam hinzu, dass wir jetzt erklären mussten, wo Bellena war.

»Sie ist mit Lukas unterwegs. Wir können versuchen, sie zu erreichen, aber der Empfang ist nicht allzu gut.« Versuchte Chrissy, ihr allen Ernstes eine Lüge aufzutischen? Im Raum wurde es schlagartig still, so als hätte jeder den Atem angehalten. Ihr Versuch, die Wahrheit zu verdrehen, war so plump, dass sich unsere Blicke voller Unglauben kreuzten.

Die Haustür, die bisher noch offenstand, fiel ohne ersichtlichen Grund krachend ins Schloss. Bellenas Mutter sah argwöhnisch in die Runde. »Mit Lukas? Eine bessere Lüge ist dir wohl nicht eingefallen?«

Nathan sah fragend zu mir. Mit einem knappen Nicken bedeutete ich ihm, seine Kräfte einzusetzen, um die Lage ein wenig zu entschärfen.

»Lass das, Nathan.« Verwirrt sah dieser zu mir. Sie kannte seinen Namen. »Für wie dumm haltet ihr mich eigentlich? Wisst ihr nicht, mit wem ihr es hier zu tun habt?«

Okay, das war nicht gut. Bellenas Mutter hatte noch immer die Hände auf Noahs Schulter gelegt, was nicht nur mir zunehmend merkwürdiger vorkam. Auch Aria schien zu begreifen, dass es sich um keine normale Mutter-Sohn-Situation handelte. »Könnte ich vielleicht mit Noah …«

Doch es war anders, als wir dachten, denn er schüttelte den Kopf. Allem Anschein nach befand er sich doch nicht in Gefahr. Scheinbar diente diese Geste nur dazu, um ihn zu beruhigen. »Du hast mich angelogen, Aria. Was machst du hier?«

»Lass mich dir das in Ruhe erklären«, startete sie ihre Erklärungsversuche, aber Noah unterbrach sie. »Ruhe? Wir haben keine Ruhe. Ich wurde zu Hause angegriffen. Wäre Mum nicht …« Er wirkte verwirrt, war nicht fähig, die nächsten Worte auszusprechen.

»Ich ahnte, dass etwas mit dir nicht stimmt, Aria. Oder sollte ich dich lieber Ariel nennen?«, fuhr Noahs Mutter fort, während Aria sie mit großen Augen anstarrte. »Du erkennst mich wohl nicht? Nun, ich habe viele Jahre im Verborgenen gelebt. Und da ich versucht habe, meine Kräfte zurückzuhalten, war es mir nicht möglich, euch zu erkennen. Ich war blind, erkannte nicht die Aura, die an euch klebt. Alles, was ich wollte, war, meine Kinder vor all dem zu beschützen. Und dann taucht ihr auf.«

»Bist du wie wir? Eine Gefallene?«, fragte Dan.

»Eine Gefallene könnte wohl kaum ihre Kräfte einfach wieder hervorholen und es mit Dämonen aufnehmen. Das müsstest du doch am besten wissen, Danjal.« Schlagartig färbten sich ihre Augen kurz in ein sanftes, helles Grün.

»Chamuel?« Aria straffte ihre Schultern.

»Chamuel? So wie einer der sieben Erzengel?« Julia sah ungläubig zu Aria und dann wieder zu Bellenas Mum.

»So ist es. Also, ich frage euch noch einmal. Wo ist meine Tochter?«

Im Raum war es totenstill, bis ich sie durchbrach. »Wir wissen nicht, wo sie ist. Sie war bis vor wenigen Tagen noch bei uns, doch dann ist sie in Lukas Arme gelaufen. Anscheinend war er nicht der, für den ihr ihn gehalten habt.«

»Ach und du hast wohl sofort gespürt, dass mit ihm etwas nicht stimmt, oder was sollte der Seitenhieb jetzt mit *ihr*?«, blaffte mich der Rotschopf an.

»Julia«, versuchte Nathan einzugreifen.

»Nein, nichts Julia! Warum tust du die ganze Zeit so, als wäre es unsere Schuld? Du warst doch derjenige, dem sie vertraut hat, nur um dann darauf herumzutrampeln. Du und dein Vater seid dafür verantwortlich, dass sie wegwollte. Nicht wir. Du hast ihr vorgegaukelt, du seist in sie verliebt und dass du ihr nur helfen möchtest. Nur weil du jetzt urplötzlich deine Meinung geändert hast und dich doch gegen deinen Vater stellst, bist du plötzlich wieder der Gute? Ist dir mal in den Sinn gekommen, dass sie deine Hilfe überhaupt nicht mehr möchte?«

»Julia, das reicht jetzt.« Nathan stellte sich vor sie und verdeckte so den Blick auf mich.

Ich ballte die Hände zu Fäusten, spürte, wie der Strom sich durch meine Extremitäten zog. Die Stimmung war so geladen, dass er uns unmöglich beide in Schach halten konnte.

»Bist du einer von Asazels Söhnen?« Schlagartig fiel mein wütender Blick nicht mehr auf Julia, sondern auf Bellenas Mutter. »Euch sollte es nicht überraschen, dass er Fehler nur bei anderen sucht. Es gehört auch nicht zu Asazels Stärken. Nachdem was ich gerade über dich gehört habe, sollte ich dich töten.«

Erneut färbten sich ihre Augen in dieses helle Grün. Sofort sprangen alle auf und waren in Alarmbereitschaft. Selbst Toby hatte sich von seinem Sitzplatz erhoben und Nathan stellte sich nun beschützend vor mich.

Sie nahm ihre Hände von Noahs Schultern und ein Lächeln zeichnete sich auf ihren Lippen ab. »Anscheinend würden es deine Freunde nicht gutheißen. Ich befürchte meine Tochter genauso wenig. Sei froh, dass du dich gegen deinen Vater gestellt hast, somit sehe ich von deinem Tod vorerst ab. Aber sei gewarnt, ich kann es jederzeit nachholen.« Das Grün verschwand wieder aus ihren Iriden. »Habt ihr eine Ahnung, wo Lukas mit Bellena hinwollte?«

»Wir vermuten, dass er sie zu Lilith oder Luzifer gebracht hat. Wir wissen es aber nicht genau«, antwortete Nathan. Dies tat er bei solchen Gesprächen immer, denn er ging am diplomatischsten dabei vor.

»Moment. Wollt ihr mir gerade weismachen, dass Lukas ein Dämon ist?« Niemand erwiderte etwas darauf. Zweifelnd sah sie in die Runde, bevor sie die nächste Frage stellte. »Was sollte Luzifer von meiner Tochter wollen?«

»Wir vermuten wegen der Prophezeiung …«

»Welche Prophezeiung?«

»Du weißt nichts über die Prophezeiung oder Bellenas Kräfte?«, fragte Aria ungläubig.

»Meine Tochter hat keine Kräfte.«

»Doch und die haben es in sich. Irgendetwas ist an ihr besonders«, entgegnete jetzt wieder Nathan.

»Das erklärt es womöglich«, mischte sich nun Maro ein. Anscheinend galt die Regel »Nathan klärt das« nicht mehr. »Ihre Mutter ist ein Erzengel und ihr Vater …«

»War ein einfacher Engel. Wir beide sind freiwillig auf der Erde und haben unsere Kräfte abgelegt. Unsere Beziehung wurde nicht geduldet.«

»Warum wundert mich das nicht?«, unterbrach ich Bellenas Mutter, doch sie ließ sich davon nicht beirren.

»Nur wenige wussten darüber Bescheid, wo ich mich aufhielt. Und keines meiner bisherigen Kinder trug Magie in sich.«

»Kinder?« Noah sah seine Mutter ungläubig an und nahm ein paar Meter Abstand.

»Ich lebe schon sehr lange auf der Erde. Immer wenn die Zeit reif war, zogen dein Vater, deine Großmutter ... Lena und ich zu einem anderen Ort. Ich habe viele meiner Kinder und Enkelkinder kommen und gehen sehen.«

»Also war sie gar nicht unsere Großmutter?«

»Für euch schon, aber ihr seid nicht blutsverwandt.«

»Hast du dir nach Lenas Tod keine Gedanken gemacht?«, hakte Julia nach.

»Nein, sie war uns in all den Jahren eine enge Freundin. Natürlich war es für mich ein Schock, als sie mir mitteilte, dass sie bereit war, diese Welt zu verlassen.«

»Sekunde, sie hat ihren Tod freiwillig gewählt? Aber das ergibt doch überhaupt keinen Sinn. Warum kam sie dann ohne Vorwarnung zu mir und sagte, sie hätte keine Zeit mehr, es mir zu erklären?«

»Wie meinst du das, Julia?«

»Sie hat mir ihre Kräfte, Gabe oder was auch immer weitergegeben, in der Nacht bevor sie starb.«

Bellenas Mutter wandte sich schlagartig an Noah. »Ich muss gehen. Du wirst bei ihnen bleiben. Sie werden auf dich aufpassen.«

66

»Ich bin kein kleines Kind mehr, Mum.«

»Noah, das ist keins von deinen Computerspielen. Du wirst tun, was sie dir sagen.«

»Was hast du vor?«, hakte Aria nach.

»Ich werde meine Geschwister aufsuchen. Ich verlasse mich darauf, dass ihr auf ihn achtgebt. Sobald ich Näheres weiß, lasse ich es euch wissen.«

»Warte.« Jetzt mischte ich mich doch ein. »Kannst du uns etwas zur Hölle sagen? Wo sie sich befindet und ob wir Luzifer dort antreffen könnten?«

»Wenn Bellena dort ist, solltet ihr nicht allein nach ihr suchen. Luzifer lässt niemanden grundlos in sein Reich. Ihr findet vielleicht hinein, aber ohne Hilfe nicht wieder hinaus.«

»Wie sieht dieses Reich aus? Ist es unter der Erde?«, fragte Chrissy.

Bellenas Mum seufzte. »Nein, die Hölle besteht aus mehreren Bereichen. Es gibt viele Standorte, in denen er sich gerne aufhält. Doch wenn man Lilith und Luzifer zusammen antrifft, dann meistens auf einer Insel im Meer, die auf herkömmlichen Weg nicht erreichbar ist. Wenn Luzifer sie dort gefangen hält, können nur meine Geschwister und ich sie befreien.«

Dies waren ihre letzten Worte, bevor der Raum von einem grellen Leuchten erhellt wurde und sie verschwand.

»Hast du das gesehen?«, richtete Chrissy ihre Frage an Julia.

»Tja, ich bezweifle, dass sie eine Landkarte zum Eingang ins Himmelreich benötigt.« Das war ein Seitenhieb von mir, den der Rotschopf sofort verstand, denn Julia warf mir einen finsteren Blick zu, bevor sie sich an Nathan wandte. »Und was machen wir jetzt?«

Ich kam seiner Antwort zuvor. »Wir suchen diese verdammte Insel.«

Kapitel 9

Bellena

»*Na, das war ja mal erfolgreich. Nicht einmal eine Miniflamme hast du hinbekommen.*«

»Hat dir schon mal jemand gesagt, dass du nervst, Florian? Ist dir eigentlich klar, was ich da unten durchgemacht habe?«

»*Dass du keinen Spaziergang hinter dir hast, weiß ich. Aber ist dir auch bewusst, dass das noch nicht alles war, was auf dich zukommt? Du glaubst doch nicht ernsthaft, dass es bei diesen kleinen Spielchen bleibt?*«

Resigniert ließ ich mich auf das Bett fallen. »Oh wow, aufbauen gehört ja mal gar nicht zu deinen Stärken.«

»*Ich weiß nicht, was du von mir hören willst. Etwa ein: Super Bellena! Lukas hat dich gequält, geschlagen, beleidigt, verletzt und du hast dagestanden und immerzu gejammert.*«

Ich setzte mich auf, wollte, dass er meine Wut sah. Doch dann wurde mir klar, dass dies nicht möglich war, denn er konnte nur durch meine Augen sehen. *Okay, dann halt so.* »Was hätte ich denn sonst machen sollen?«

»*Deine Kräfte benutzen. Aber nein! Du hast dir lieber den Kopf darüber zerbrochen, ob du ihn dabei verletzen könntest.*« Obwohl seine Worte nur durch meine Gedanken hallten, war der Hohn in Flohs Stimme nicht zu überhören. »*Anscheinend hast du es noch nicht begriffen. Lukas ist nicht dein Freund.*

Wenn du ihn einfach gegrillt hättest, wärst du jetzt wenigstens eine Sorge mehr los.«

»Du hast wohl keine Freunde, was? Aber warum frage ich eigentlich? Hättest du welche, würdest du mir nicht am laufenden Band auf die Nerven gehen.«

»Okay, das war wohl mein Stichwort, dich vorerst in Ruhe zu lassen. Wahrscheinlich hast du vergessen, auf welcher Seite ich stehe.«

Anstatt etwas zu erwidern, verschränkte ich die Arme und brummte.

»Bitte, dann schmoll eben meinetwegen. Ich melde mich lieber erst wieder, wenn du deine Wut gegen dich selbst richtest. Vielleicht kommst du dadurch endlich in die Gänge.«

Somit war er weg und es wurde still in meinem Kopf. Endlich! Eine große Hilfe war er nämlich nicht gewesen. Im Gegenteil. Zwischenzeitlich dachte ich, er würde mit Lukas gemeinsame Sache machen.

Erschöpft ließ ich mich aufs Kissen zurückfallen. Lukas brachte mich in das Verlies und provozierte mich, bis auf Messers Schneide. Zuerst nur mit Worten und Drohungen, doch bereits nach kurzer Zeit verlor er seine Geduld. Ich sah auf meine Unterarme, die mit Schnittwunden übersät waren. Sie waren nicht tief. Trotzdem zuckte ein scharfes Stechen durch meine Haut, gefolgt von einem brennenden Ziehen, so als würde jemand Salz in die Wunde reiben. Allmählich wurde mir klar, dass Floh recht hatte. Sie würden schnell die Geduld verlieren und dann würde Lukas zu weitaus schlimmeren Mitteln greifen. Aber zu welchen?

Es klopfte an der Tür und Amoria kam herein: »Ich soll dir etwas zu essen bringen.«

»Ich habe keinen Hunger.« Wie zu erwarten, ignorierte sie meine Worte und stellte einen Teller auf meinem Nachttisch ab.

»Du sollst dich stärken und etwas essen. Du machst es nicht besser, indem du hungerst.« Ein leichtes Lächeln zeichnete sich auf ihren Lippen ab und erneut überkam mich das Gefühl, dass ich sie von irgendwoher kannte. »Iss. Danach solltest du ein wenig schlafen.«

Sie lief zur Terrasse und schloss die Vorhänge. Als sie sich wieder umdrehte, fiel ihr Blick auf meine Unterarme. Ein mitfühlender Ausdruck huschte über ihr Gesicht. »Ich hole dir etwas zum Verbinden.«

»Das ist nicht nötig.«

Sie ignorierte mich und verschwand durch die Tür. Nach wenigen Minuten kam sie mit einem Verbandskasten zurück. Ungläubig schüttelte ich den Kopf.

»Was?« Amoria sah mich fragend an.

»Ich wundere mich bloß, dass ihr so etwas besitzt.«

»Auch wir haben manchmal Verletzte. Auf den ein oder anderen mag selbst Luzifer nicht verzichten, also …«

»Habt ihr niemanden mit Heilkräften?«

»Heilkräfte sind eine Gabe von positiver Natur. Sie dienen dazu, Wunden zu schließen, Schmerzen zu lindern und Leben zu retten. Dämonen verkörpern das Gegenteil. Sie nähren sich von der Dunkelheit, streben nach Chaos und Zerstörung. Sie hinterlassen nur Leid.« Sie desinfizierte meine Schnittwunden an beiden Armen, deckte sie mit Kompressen ab.

»Weißt du, was sie noch mit mir vorhaben? Ich meine, wenn ich nicht mache, was sie verlangen?«

Sie nickte nur knapp, während sie eine Binde an einem meiner Unterarme ansetzte. »Ich habe eine grobe Vorstellung.«

»Lässt du mich daran teilhaben?«

»Lieber nicht. Es ist besser, wenn du es nicht weißt.«

»Wie beruhigend«, murmelte ich, woraufhin sie nichts erwiderte. Stattdessen blieb es still zwischen uns. Nachdem sie auch meinen anderen Arm verbunden hatte, schmiss sie den Rest zurück in den Verbandskasten.

»Danke«, grummelte ich, woraufhin sie sich erhob. Ihre dunklen Augen starrten mich an. Luft holend setzte sie dazu an, etwas zu sagen, doch stattdessen drehte sie sich wortlos um und verließ das Zimmer.

Ich nahm den Teller vom Nachttisch und stocherte in etwas herum, das aussah wie Erbsensuppe, obwohl ich die Erbsen nicht fand. Angewidert stellte ich den vollen Teller zurück und ließ mich seufzend ins Kissen fallen, während mein Magen knurrte – vermutlich aus Protest, nicht aus Hunger. Manchmal ist selbst der Hunger nicht verzweifelt genug.

Erwartungsvoll stand ich vor Jays Zimmertür. Leise Klavierklänge drangen bis zu mir hinaus. Ich legte die Hand auf die Klinke, zögerte jedoch. So lange hatte ich ihn nicht mehr spielen hören und ich wollte den Moment nicht stören. Also blieb ich stehen, lauschte, wie seine Finger über die Tasten glitten. Ein Teil von mir wollte sofort hinein, ihm sagen, dass ich da war. Der andere wollte einfach nur weiter zuhören und sich in der Musik verlieren.

Doch der Drang, ihn zu sehen, ihn wieder in die Arme zu nehmen, war größer. Behutsam steckte ich den Kopf durch den Spalt und sah in seine Richtung.

Als er mich sah, hörte er nicht auf, seine Hände über die Tasten schweben zu lassen, sondern lächelte mir zu. Mit einer Geste bedeutete er mir, näher zu kommen, woraufhin ich mich zu ihm auf die Klavierbank setzte. Ich lehnte meinen Kopf an seine Schulter und genoss die Klänge von *What was I made for*. Nebenbei ließ ich den Blick durch den Raum schweifen. Alles war noch genauso wie beim letzten Mal. Die hohen Fenster mit den dunklen Vorhängen. Das große Bett mit dem Foto seiner Mutter auf dem Nachttischschrank. Das Bücherregal, mit den Wälzern von Dämonen, Engeln und Magie. Unweigerlich erinnerte ich mich an den Moment, als wir uns an dieser Stelle das erste Mal küssten.

Ich hob meinen Kopf, um Jay zu betrachten. Als meine Hände die seinen suchten, hörte er abrupt mit dem Klavierspiel auf. Seine volle Aufmerksamkeit galt nun mir. Unsere Blicke trafen sich, bevor er mir einen zärtlichen Kuss auf die Lippen hauchte. Als er sich von mir löste, funkelten mich seine türkisblauen Augen an. Mit seiner Hand an meinem Nacken zog er mich näher an sich heran, um den darauffolgenden Kuss weiter zu vertiefen.

Gestoppt wurden wir durch ein kräftiges Hämmern an der Tür. Ohne Erlaubnis trat Jays Vater ein, seine Augen voller Zorn auf mich gerichtet. »Du hast unseren Goldschatz wieder gefunden, Jerahmel.« Seine Stimme triefte vor Hohn.

Jay und ich sprangen auf und er stellte sich schützend vor mich.

»Du wirst dich doch nicht schon wieder gegen mich stellen? Hast du denn nichts gelernt, mein Junge?« Asazel machte mit seiner Hand eine Wischbewegung, wodurch Jay zur Seite geschleudert wurde.

Wut durchströmte mich und ließ all meine Kraft freien Lauf nehmen. Flammen schossen unkontrolliert aus meinen Händen.

»Bellena, komm schon. Das kannst du doch besser«, provozierte er mich weiter, was meinen Zorn mehr und mehr verschlimmerte. Innerhalb kürzester Zeit stand der gesamte Raum in einem Meer aus Flammen. Doch Jays Vater rührte sich kein Stück, obwohl die Feuerzungen ihn ebenso umhüllten wie seinen Sohn und mich. Die Luft wurde immer stickiger und der Rauch bahnte sich seinen Weg in unsere Lungen. »Nicht mehr lange und wir werden bei lebendigem Leib verbrennen. Möchtest du das etwa?« Asazels Stimme war kalt und emotionslos und klang nicht so, als würde er mich drängen, über Leben oder Tod zu entscheiden.

Bevor ich eine Reaktion erwidern konnte, entdeckte ich eine Art Kugel, die aus einer Reihe von Kanten bestand. Sie drehte sich neben ihm, als würde sie von seiner Umlaufbahn angezogen werden. Ich ging einen Schritt auf ihn zu, um das Objekt näher zu betrachten. Doch dann erhob er einen Arm und in dem Moment sprangen die Fenster auf. Ein frostiger Luftzug fegte durch das Zimmer und brachte die Flammen noch mehr zum Lodern, bevor sich eine Eisschicht durch den Raum zog und alles bedeckte. Einschließlich uns. Mein letzter Blick fiel auf Jay, der zu dem Bild seiner Mutter sah und dann zu mir.

Es erklang ein schallender Knall und alles zersprang in Tausende funkelnde Eiskristalle, die wie Sterne durch die Luft schnitten. Ihre scharfen Kanten wirbelten unkontrolliert umher, jedes Einzelne so scharf wie ein Dolch und sie hinterließen eine Spur frostigen Schmerzes.

Ich setzte mich auf. Eine unangenehme Kälte durchzog meinen Körper, kroch mir bis in die Knochen. Die Finger und Zehen fühlten sich taub an und ich zitterte am gesamten Körper. Meine Atmung ging stoßweise und ich erkannte einen feinen, silbrigen Nebel, der vor mir in der Luft schwebte, bevor er sich langsam auflöste. Bei jedem Ausatmen formte sich ein neuer flüchtiger Hauch, der sich mit der Umgebung vermischte. Instinktiv zog ich die Decke enger um mich, versuchte, mich zu wärmen.

»Hast du schlecht geträumt?«, hörte ich Flohs Stimme in meinem Kopf.

Ich seufzte. »Wolltest du mich nicht vorerst in Ruhe lassen?«

»Ich habe es mir anders überlegt. Wir haben schließlich nicht ewig Zeit.«

»Wäre auch zu schön gewesen«, murmelte ich.

»Jetzt tu mal nicht so. Insgeheim bist du froh darüber, meine Stimme zu hören.«

Die Genugtuung, dass er damit recht hatte, gab ich ihm nicht. Stattdessen konzentrierte ich mich darauf, was ich im Traum entdeckt hatte, und versuchte, jedes Detail zu analysieren. Da mir noch immer kalt war, zog ich die Arme und Beine eng an meinen Körper, um die Wärme zu speichern.

»Und? Hast du neue Erkenntnisse gewonnen?«, wollte Floh nach einigen Minuten der Ruhe zwischen uns wissen.

»Allerdings. Ich weiß jetzt, wer sie ist. Ich weiß, wer Amoria ist.«

Kapitel 10

Jay

Während es sich die anderen vor dem Haus am Lagerfeuer gemütlich machten, zog ich mich von der Gruppe zurück. Zurzeit ertrug ich ihre Nähe nur schwer, denn zu viele Missverständnisse standen im Raum. Vor allem Toby traute ich kaum noch über den Weg. Mehrmals war ich drauf und dran, einfach allein weiterzuziehen.

Bevor ich komplett aus dem Sichtfeld der anderen verschwand, drehte ich mich zu ihnen. Womöglich würde ich doch nicht unbemerkt hier wegkommen, denn jeder von ihnen sah mir besorgt hinterher. Selbst Noah hatte ausnahmsweise mal Augen für jemand anderen außer Aria und schaute wie gebannt in meine Richtung. Jedoch fiel sein Blick nicht direkt auf mich. Als ich nachsah, worauf er seine Aufmerksamkeit gerichtet hatte, stockte mir der Atem. Das Bild, das sich mir bot, war mir vertraut. Ich trat näher und sah die Baumlandschaft, die sich kilometerweit vor dem Hang erstreckte. Wie beim letzten Mal wurde sie vom Vollmond angestrahlt und es lag ein weißer Schleier über den Baumkronen, der den Wald erneut mystisch wirken ließ. Mit dem Kopf in den Nacken gelegt sah ich zu den funkelnden Sternen am Nachthimmel. Es war derselbe Anblick aus der Nacht, bevor ich Bellena zu meinem Vater gebracht hatte. Hier war er – der Augenblick, nachdem mir bewusst wurde, dass sie mehr für mich war als nur eine weitere von

Vaters Aufgaben. Der Moment, als ich das erste Mal gegen seinen Willen handelte. Ihn hinterging, indem ich ihm kurz darauf mitteilte, der Schriftzug auf dem Amulett sei nicht sichtbar, obwohl ich wusste, dass es eine Lüge war. Seufzend schloss ich die Augen.

»Wie geht es dir?«

Verwirrt sah ich mich um, nachdem ich eine mir vertraute Stimme vernahm. Mit angewinkelten Beinen saß sie auf dem Boden und sah in die Ferne. Neben ihr ging ich in die Hocke und betrachtete sie von der Seite. »Wieso bist du hier?«

»Ich genieße die Aussicht.« Ihre wunderschönen bernsteinfarbenen Augen trafen direkt auf meine. »Was dagegen, wenn ich dir Gesellschaft leiste?«

Sie lachte. »Auf einmal legst du Wert auf meine Meinung?«

»Ich werde mich nie wieder über sie hinwegsetzen.«

Skeptisch sah sie mich an. »Das sagst du nur, weil du mich vermisst.« Sie legte ihren Kopf schräg, bevor sie ihren Blick erneut in die Ferne richtete.

Ein Windhauch erfasste uns, der sie die Beine näher an ihren Körper heranziehen ließ, um sich zu wärmen. Damit sie nicht fror, setzte ich mich neben sie und legte ihr meine Jacke um, bevor ich sie in meine Arme zog.

Ein leises »Danke« hauchend, bettete sie ihren Kopf an meine Schulter. Einige Minuten blieben wir still beieinander sitzen und beobachteten den Sternenhimmel. »Habe ich dir je von meiner Oma erzählt?«

»Nein, bisher nicht.«

»Sie war etwas ganz Besonderes für mich. Sobald es mir schlecht ging, hatte sie jedes Mal einen passenden Ratschlag parat. Sie waren zwar nicht immer schlüssig, aber trotzdem hilfreich, sodass ich mich besser fühlte.« Nach einer kurzen Pause sprach sie weiter. »Weißt du, was sie mir über die Liebe erzählt hat? Na ja, es war nicht ihre Weisheit. Ich schätze, sie hatte es aus einem Buch oder einem Film. So genau weiß ich es nicht mehr.«

»Okay, und was sagte sie darüber?«

»Die Liebe ist eine kraftvolle Energie, die uns zu außergewöhnlichen Taten treibt. Sie gibt uns die Stärke, auch in schwierigen Zeiten nicht aufzugeben. Durch die Liebe finden wir den Mut, Herausforderungen zu meistern und Veränderungen zu bewirken. Sie verbindet Menschen auf eine Weise, die oft jenseits von Worten liegt und vermittelt uns das Gefühl, dass alles im Leben möglich ist. Um die Liebe lohnt es sich zu kämpfen, denn alles ist so vergänglich wie Gras, auch der Mensch. Es ergeht ihr wie die Blume im Steppenland. Ein heißer Wind kommt, schon ist sie fort und wo sie stand, bleibt keine Spur von ihr. Nur wenn wir lieben, sind wir unsterblich.« Sie löste sich ein wenig aus meiner Umarmung, um mich anzusehen. »Egal, was vorgefallen ist oder noch passieren wird, gib nicht auf. Handle nicht impulsiv und unternimm keine Alleingänge. Sie sind unsere Freunde, unsere Familie. Genau wie du wollen sie mir helfen. Du musst nicht all das allein austragen. Vertraue ihnen, so wie ich dir vertraue. Jay, ich bitte dich, niemals an uns zu zweifeln. Nur so können wir bald wieder zusammen sein.«

»Ich verspreche es dir.« Sanft drückte ich ihr einen Kuss auf die Schläfe.

»Jay?«, erklang es aus der Ferne.

Ich verdrehte die Augen. »Warum kann man hier eigentlich nie seine Ruhe haben?«, murmelte ich.

»Vielleicht ist der Moment noch nicht gekommen, dass wir unsere Zweisamkeit genießen können. Bis dahin gibt es noch so viel zu tun.«

»Jay?«, rief es nun schon deutlich lauter.

Bellena legte mir ihre Hand auf die Wange und raunte: »Du solltest gehen.«

»Aber ich möchte nicht gehen. Ich …«

»Jay, jetzt wach endlich auf.« Unvermittelt stand Nathan über mir, als ich die Augen aufriss. »Bei dir kann die Welt untergehen und du würdest die Zeit immer noch im Traumland verbringen. Steh auf, wir haben ein Problem.«

»Und was für eins! Ich hoffe für dich, dass es wichtig ist, wenn du mich extra dafür weckst.«

»Glaube mir, das ist es. Komm.«

»So groß scheint das Problem aber nicht zu sein, sonst wärst du längst in Panik verfallen. Aber immerhin so wichtig, um mich aus dem Schönheitsschlaf zu holen.«

»Du wirst gleich nicht mehr so gelassen sein.«

Nur widerwillig erhob ich mich und folgte ihm aus meinem Schlafbereich. Bevor wir den Wohnbereich betraten, drehte er sich zu mir und zeigte mit dem Zeigefinger auf meine Brust. »Egal, was jetzt passiert. Schwöre mir, dass du dich zusammenreißt. Keine Drohungen, Magieausbrüche oder Ähnliches. Hast du mich verstanden?«

Ich lachte auf und drängelte mich an Nathan vorbei. »Okay, wen soll ich am Leben lassen?«

»Mich.« Eine süßlich hohe Stimme ließ mein Lächeln ersterben.

Ich sah an Dan vorbei, der zwischen mir und den zwei himmelblauen Augen stand, die mich zögerlich ansahen. »Was hast du hier zu suchen?«

»Jay, du hattest versprochen ...«, warnte Nathan und stellte sich vor mich.

»Gar nichts habe ich.« Erneut drängte ich mich an ihm vorbei und ging einige Schritte auf sie und Dan zu, der sich ihr beschützend näherte. Er hatte schon immer eine Schwäche für das blonde Gift.

»Wie hast du uns gefunden?«

Sie sah auf den Boden und dann für einen flüchtigen Moment zu Toby.

»Das ist nicht dein Ernst? Habe ich dir nicht gesagt, dass ich dich töte, wenn du mir in die Quere kommst? Was hast du daran nicht verstanden, Toby?«, herrschte ich ihn an.

»Es ist wichtig. Jetzt höre dir erst mal an, was sie zu sagen hat«, erwiderte dieser in einer solchen Gelassenheit, dass ich ihn am liebsten am Kragen gepackt hätte.

»Warum sollte ich? Es sind ohnehin alles Lügen.« Ich kam Dara so gefährlich nah, dass kaum ein Blatt zwischen uns passte und sah bedrohlich auf sie herab.

»Ich möchte, dass du von hier verschwindest. Habe ich mich klar genug ausgedrückt?« Mit dem Kopf deutete ich auf Toby. »Den bunten Vogel da nimmst du am besten auch gleich mit.«

Anschließend drehte ich mich um, war kurz davor, den Raum zu verlassen. Keinen von ihnen konnte ich noch länger ertragen.

»Ich weiß, wo Bellena ist und wer uns womöglich helfen kann.«

Das reichte aus, um meinen Abgang noch mal zu überdenken. Hatte sie gerade ernsthaft »uns« gesagt? Bereit, zum Gegenschlag auszuholen, wendete ich mich ihr wieder zu.

Doch sie ließ sich davon nicht beirren und fuhr mit ihren Erklärungen fort. »Ich war ebenfalls vor Ort, als du zu Asazel sagtest, dass du Bellena suchst und sie vor ihm beschützen würdest.« Sie sah mir fest entschlossen in die Augen, als ich mich ihr wieder näherte. »Ich habe die Drohung gehört, die du ihm gegenüber ausgesprochen hast. Ich musste in meinem Versteck bleiben, um nicht aufzufliegen. Bagel kam einige Minuten später zu deinem Vater. Er teilte ihm mit, dass Ananel den Dämonen in die Falle gegangen ist. Er hat ihnen alles über Bellena, dich und Asazels Plänen erzählt. Anschließend wurde er getötet. Er sagte, dass Lukas sie zu Lilith gebracht hat und Luzifer sehr zufrieden mit ihrer Arbeit sein würde.«

»Somit hat sich unser Verdacht bestätigt. Das heißt, wenn wir herausfinden, wo sich Luzifer aufhält, finden wir auch Bellena«, entgegnete Chrissy und vergaß dabei bestimmt, dass genau das der Haken war.

»Habt ihr eigentlich eine Vorstellung, wer sich in Luzifers Nähe befindet? Er wird nicht nur irgendwo alleine herumsitzen und darauf warten, dass wir kommen. Er wird Hunderte, wenn nicht sogar Tausende Dämonen um sich herum gescharrt haben! Unter ihnen Samael und Lilith. Wir können dort nicht so einfach hineinspazieren und erst recht nicht wieder raus«, wies Toby alle in die Schranken, bis auf mich.

»Ihr müsst nicht mitkommen. Ich werde allein gehen, wenn es sein muss.«

Doch die Rechnung hatte ich ohne Nathan gemacht. »Einen Teufel wirst du, Jay. Das läuft mit uns oder gar nicht, damit das klar ist. Du sagtest, dass du weißt, wer uns helfen könnte, Dara?«

»Nun ja, es gibt da jemanden, von dem ich ausgehe, dass er uns helfen wird.«

»Was nun? Ist es eine Hilfe oder nicht?«, fragte ich schroff.

»Das weiß ich nicht. Ich gehe davon, dass sie, sobald sie von dir hört …«

»Sie? Sag jetzt nicht, dass wir von Maja oder einer anderen unterbelichteten Version sprechen«, unterbrach ich Daras Gestotter.

»Nein, Jay. Ich meine deine … Mutter.« Ihr letztes Wort fügte sie so leise hinzu, dass sie kaum jemand verstand.

Selbst ich war mir nicht sicher, ob ich mich verhört hatte. Ich konnte mich doch nur verhört haben. »Ich glaube, dass ich dich nicht richtig verstanden habe? Wie war das?«

»Deine Mutter lebt.«

Okay, dann hatte ich mich doch nicht verhört. Ein bitteres Lachen entwich mir. »Meine Mutter ist tot«, stellte ich deutlich klar, dennoch klangen die Worte in diesem Moment so unwirklich, als würde ich selbst daran zweifeln. Aber es war die bittere, endgültige Wahrheit. Und dennoch, war dieses nagende Gefühl in meiner Brust. *Was wäre, wenn Dara recht hat?*

»Nein, Asazel ließ dich das glauben. Ich habe gehört, wie er Bagael den Auftrag gab, dafür zu sorgen, dass du es auf keinen Fall erfährst. Dein Vater hat sie den Dämonen überlassen. Er wusste die ganze Zeit, dass sie noch lebt.«

»Das ist völliger Schwachsinn.« Ungläubig starrte ich sie an. »Du musst dich verhört haben. Das kann nicht sein.«

»Warum sollte er sonst Bagael den Auftrag geben? Er hatte ihn weggeschickt, obwohl ihm bewusst war, dass es im

Moment nicht sicher für ihn ist. Ananel ist tot, ihr seid weg. Glaubst du, er geht grundlos für eine x-beliebige Person ein solches Risiko ein?«

»Was soll das jetzt heißen?« In meiner Stimme lag ein seltsames Gemisch aus Unglauben, Angst und aufkeimender Wut. »Dass meine Mutter ein Dämon ist?« Das letzte Wort blieb mir fast im Hals stecken.

»Was sie ist und ob sie uns hilft, weiß ich nicht. Aber sie ist nicht tot und laut Aszael, soll sie sich an Luzifers Seite aufhalten. Da, wo sich auch Bellena befindet. Also womöglich ...«

»Ist sie die einzige Chance, die wir haben«, murmelte ich.

Kapitel 11

Bellena

»*Das war hervorragend. Ich bin froh, dass du dich dazu entschieden hast, ein wenig zu trainieren.*« Wow, ein Lob aus Flohs Mund, oder sollte ich eher sagen Gedanken?

»Nach dem Traum konnte ich ohnehin nicht mehr schlafen. Außerdem übe ich lieber allein mit dir, als es vor Lukas zu tun.«

»*Das verstehe ich. Trotzdem solltest du sie nicht ganz leer ausgehen lassen. In absehbarer Zeit musst du ihnen ein wenig von deiner Magie demonstrieren. Du weißt, dass sie …*«

»Ja, ich weiß. Geduld gehört nicht zu ihren Stärken.« Warum musste er immer so pessimistisch sein? Doch ich würde mich von ihm nicht verunsichern lassen. »Okay, was soll ich als Nächstes versuchen? Soll ich etwas anzünden?« An diesem Morgen war ich voller Tatendrang.

»*Lieber nicht. Solange du nur das Feuer herbeirufen kannst, bekommen wir es womöglich nicht in den Griff. Das Risiko, dass wir auffliegen, ist zu hoch. Auf keinen Fall sollten sie erfahren, dass Lilith deine Magie nicht blockieren konnte.*«

»Wir? Also im Moment sehe ich nur mich, denn du bist nicht wirklich da.«

»*Du weißt, wie ich das meine.*«

»Also weiterhin nur ein paar Taschenzaubertricks?«

»*Seine Kräfte hervorzurufen und zu wissen, wie man sie abstellt, würde ich nicht gerade als Zaubertrick bezeichnen.*«

»Aber mit diesen kleinen Tricks werde ich niemals hier herauskommen.«

»Deshalb sage ich es dir noch einmal. Du musst deine Kräfte vor Lukas benutzen. Nur dann kannst du sie richtig trainieren.«

»Ich kann nicht ... ich will das nicht.«

»Bellena, er ist nicht dein Freund. Du hast ihn gehört. Das war er nie. Also höre auf, ihn beschützen zu wollen. Du solltest wütend auf ihn sein, denn er hat dir das angetan. Du bist nur seinetwegen hier. Er hat dich belogen und hierhergebracht. So wie er derjenige sein wird, der dich später wieder holen und quälen wird. Er will es so, also zeig es ihm.« Nach einer kurzen Pause fügte er hinzu: »Am besten, du räumst ihn dabei aus dem Weg, dann ist dieses Drama mit ihm wenigstens vorbei.«

Bei diesen Worten konnte ich mich nicht mehr zurückhalten und eine Feuersbrunst zog sich an meinen Armen entlang.

»Ganz ruhig. Erinnere dich, was wir über das Thema Beherrschung gesagt haben.«

»Dann gib nicht solch einen Blödsinn von dir!«

»Okay, es tut mir leid. Töte ihn nicht, behalte deine Kräfte für dich und wir üben hier weiter an deinen Taschenzaubertricks. Hoffen wir, dass Jay dich retten kommt. Vielleicht setzt du deinen Fokus dann darauf, ihn wieder heil hier herauszubekommen, und kommst endlich in die Gänge. Wir sollten für den Moment Schluss machen. Du hast ja noch einiges vor.«

Das Feuer zog sich zurück, genauso wie Floh. Mitgenommen ließ ich mich aufs Bett fallen. Warum musste er immer wieder von Lukas anfangen? Ständig führten wir dieselbe Diskussion.

Tief ausatmend beschloss ich, eine Dusche zu nehmen. Also huschte ich aus dem Bett und ging zum Kleiderschrank. Dieses Mal brauchte ich mir keine Hoffnung zu machen, dass mein

Rucksack auf mystische Weise den Weg hierher finden würde. Aber die Auswahl war nicht schlecht. Wer auch immer diese Kleidung herausgesucht hatte, schien Geschmack zu haben. Ob es Amoria war?

Ich entschied mich für eine schwarze Leggings und ein dunkelgrünes Shirt. Schließlich ging ich nicht auf einen Ball, sondern zog in die Schlacht. Wer wusste schon, welche Grausamkeiten Lukas heute noch für mich parat hatte? Ich trat zur Terrassentür, zog die Vorhänge beiseite und blickte hinaus. Ein Seufzen entkam mir, denn es war weiterhin nicht die Aussicht, die ich mir erhoffte. Je länger ich in die trostlose Einöde starrte, desto mehr verblasste meine Euphorie, die ich in den letzten beiden Stunden bei meinem Training mit Floh verspürt hatte.

Es war reiner Zufall, dass wir herausfanden, dass Liliths Versuch, meine Magie einzudämmen, nicht bei mir wirkte. *Was würden sie mit mir tun, sobald sie es erfuhren?* Die daraus resultierenden Konsequenzen, wollte ich mir gar nicht vorstellen. Deshalb durfte diese Tatsache unter keinen Umständen zu ihnen durchdringen. Als urplötzlich meine Magie entfachte, erschrak ich zutiefst. Auslöser waren Flohs Provokationen. Er drängte, dass ich mich lieber auf die anderen Hinweise aus dem Traum konzentrierte. Doch die Erkenntnis über Amoria stand bei mir im Vordergrund. Natürlich war mir bewusst, dass Feuer nach wie vor das Einzige war, das ich herbei beschwören konnte. Und da man Feuer nun mal schlecht mit Feuer bekämpfen konnte, war es für meine Flucht, falls es überhaupt jemals dazu kommen sollte, nicht sonderlich hilfreich. Doch Floh war sich sicher, dass das Wasser bald eine neue Rolle für mich spielen würde. Die Kugel, die sich mir zeigte, bestand wohl aus mehreren Ikosaedern – der Form, die diesem Element zugeordnet war. Na ja, so ergab sich vielleicht eine Möglichkeit, dass ich demnächst meine eigenen Flammen löschen konnte.

Erneut fragte ich mich, wie genau es mit diesen Träumen funktionierte und warum er mir nicht einfach sagen konnte, welche meine nächste Gabe sein würde. Jedes Mal, wenn ich mehr darüber wissen wollte, blockte er mich ab. Wusste er es womöglich selbst nicht? Immerhin gab es bisher keine Engelszahlen zu entschlüsseln.

Ein Klopfen riss mich aus meinen Gedanken. Es war Amoria, die durch die halb geöffnete Tür spähte. »Guten Morgen. Du bist schon wach? Dann besorge ich dir besser dein Frühstück.«

»Kannst du etwas für zwei Personen bringen?«, rief ich ihr hinterher, bevor sie die Möglichkeit hatte, die Tür hinter sich zu schließen.

Erneut steckte sie fragend ihren Kopf durch den Türspalt. »Zwei? Hast du solch einen Hunger?«

»Nein, dass Zweite ist für dich. Wir haben eine Menge zu besprechen.«

Schweigend saßen wir an dem kleinen Tisch. Keiner von uns beiden hatte ein Wort gesprochen, seit Amoria zurückkam und ihn für das Frühstück eingedeckt hatte. Sie war es, die diese unangenehme Stille unterbrach. »Ich gehe davon aus, dass du weißt …«

»Du bist Jays Mutter«, fiel ich ihr ins Wort. Bei seinem Namen zuckte sie zusammen und sah beschämend aus dem Fenster. »Wie bist du darauf gekommen?«

»Er hatte ein Bild von dir in seinem Zimmer.«

Erstaunt darüber sah sie mich wieder an. »Er hat ein Bild von mir aufgehoben?«

»Er denkt, dass du tot bist. Wieso glaubt er das? Warum bist du hier?«

»Jays Vater, er … es ist kompliziert.«

»Das ist meine Geschichte auch. Deshalb kenne ich mich mit kompliziert gut aus. Also?«

»Jays Vater war schon immer schwierig. Wenn er nicht bekommt, was er möchte … Na ja, ich glaube, das hast du selbst bereits zu spüren bekommen.«

»Allerdings«, murmelte ich.

»Seit wir auf der Erde lebten, hatte er sich über die Jahre verändert. Anfangs machte es den Anschein, als würde er mit unserem neuen Leben zurechtkommen. Ich würde sogar behaupten, dass wir glücklich waren. Doch mit der Zeit wurde er unzufriedener und in den vergangenen Jahren wurde es immer schlimmer. Er war davon besessen, sich an den Engeln zu rächen. Er fühlte sich ungerecht behandelt und jeder, der sich gegen ihn stellte, verlor auf eigenartige Weise sein Leben. So auch meine Kinder.«

»Moment, er hat seine Kinder getötet?«

Ein Schatten der Traurigkeit zeigte sich in Amorias Zügen. »Vielleicht nicht alle, aber die meisten. Er zeigte nie Trauer darüber, sondern setzte seine Hoffnung in sein nächstes Kind. Besonders Jay war ihm beizeiten ein Dorn im Auge, da er lieber mit mir spielte. Seine Begeisterung fürs Klavierspielen war höher, als mit seinem Vater das Kämpfen zu üben. Er war gerade erst vier Jahre alt, als er ihn …« Eine Träne lief ihr über die Wange. »Doch dann erfuhr er von der Prophezeiung und er ließ ihn leben, denn er brauchte ihn, damit sie sich erfüllte.«

»Vier Jahre? Asazel hat mir erzählt, Jay sei zwei gewesen.«

Amoria zuckte mit den Schultern. »Ich kann dir nicht sagen, warum er in Bezug auf Jays Alter gelogen hat. Vielleicht war ich für meinen Mann zu diesem Zeitpunkt bereits gestorben. Möglicherweise hatte er auch Hintergedanken.«

Ich erinnerte mich an meine ersten Gedanken über Asazel. Ich hatte ihn, mit einem schrägen Nachbar verglichen, vor dem Mütter warnten. Einer, der mit Süßigkeiten lockte, um einen ins Haus zu bekommen. Doch ich fand keine Erklärung dafür, warum er mich bezüglich Jays Alter, in dem er seine Mutter verlor, belogen haben sollte. Vielleicht war es für ihn tatsächlich nur symbolisch. Also ließ ich die Sache auf sich beruhen.

»Ich verstehe das nicht. Ich dachte, dass die Prophezeiung nach deinem Tod, ich mein Verschwinden, ans Tageslicht kam? Und was hat Jay damit zu tun?«

»Ich habe in der Nacht meines Fluchtversuches davon erfahren. Meine einzige Hilfe war ausgerechnet ein Dämon, doch Aszael erfuhr davon und wollte mich deshalb töten. Jedoch brachte er es nicht übers Herz. Er schrie, dass nur die Engel daran schuld seien und ich früher oder später wieder zur Vernunft kommen würde, wenn unser Sohn dafür sorgt, dass sich die Prophezeiung erfüllt. Was er damit meinte, weiß ich nicht. Er wollte mich einsperren, doch mir gelang die Flucht und ich habe hier Zuflucht gefunden.«

Ungläubig schüttelte ich den Kopf. »Und er hat Jay gesagt, dass du tot bist und ihn so erzogen, wie er es für richtig hielt. Aber warum hast du nie versucht, mit deinem Sohn Kontakt aufzunehmen?«

»Die Dämonen vertrauten mir nicht, immerhin war ich Asazels Frau. Leviathan, der Dämon, der mir zur Flucht verhalf, sorgte dafür, dass sie mich am Leben ließen. Sie stellten die Bedingung, dass ich den Ort nicht verlassen durfte. Nach Leviathans Tod zeigte ich mich weiterhin als treue Dienerin, und Luzifer erlaubte mir, mich frei bewegen zu dürfen. Ich hatte mich an das Leben hier gewöhnt und Angst, wieder in die Welt da draußen zu gehen. Vor allem, weil ich nicht wusste, was Asazel aus meinem Sohn gemacht hat.«

»Er ist nicht wie Asazel«, flüsterte ich.

»Ich weiß. Nachdem du hierhergebracht wurdest, habe ich sehr viel über ihn erfahren. Ich weiß, dass er zunächst Asazels Bitte, dich für ihn zu vereinnahmen, nachgekommen ist. Er sich aber am Ende gegen ihn gestellt hat. Wenn es vielleicht zu spät war, hat er es letzten Endes deinetwegen getan.«

Ich wusste nicht, was ich darauf erwidern sollte. Auch wenn ich Jay vermisste und hoffte, dass er mich hier herausholen würde, gab es viel Ungeklärtes zwischen uns. Unsere Wege trennten sich nicht im Guten, und wäre er von Anfang an ehrlich zu mir gewesen, würde ich mich womöglich nicht in der jetzigen Situation befinden.

»Wie steht es um dich? Bist du jetzt auch ein Dämon?«, fragte ich in der Hoffnung, nicht mehr näher auf Jay eingehen zu müssen.

»Es ist kompliziert. Ich habe mich in einen Dämon verliebt, aber nie meinen ganzen Groll gegen alles und jeden gestellt. In mir lebt immer noch Zuversicht und ich glaube an das Gute. Trotzdem geht auch die dunkle Seite nicht spurlos an mir vorbei.«

»Deine Augen. Sie sind dunkler als auf dem Bild«, stellte ich fest.

Amoria nickte.

»Was ist mit Leviathan? Wie hast du ihn getroffen? Wie? Warum?«, stotterte ich, war unsicher, wie ich die Frage formulieren sollte.

»Bellena, wie du vielleicht bereits bemerkt hast, ist nicht immer alles schwarz oder weiß. Es gibt Gefallene, die ihr Leben auf der Erde lieben, ebenso welche, die auf Rache aus sind, wie Asazel zum Beispiel. Genauso gibt es Dämonen, die nicht grundlegend eine dunkle Seite haben. Ja, sie haben sich Luzifer angeschlossen. Auch wenn sie Lilith und Samael dienen, haben nicht alle ihre Engelsseite ganz abgelegt. Sie sind hier, weil sie nicht wussten, wo sie hinsollten. Sie wollten kein normales Menschenleben oder verliebten sich – so wie ich. Die Grenzen zwischen Dämonen, Gefallenen und Engeln sind in den letzten Jahrhunderten nicht mehr ersichtlich. Selbst Engel halten sich nicht mehr an die Regeln, die ihnen noch vor Jahren so wichtig waren.«

»Okay, wenn du sagst, dass nicht jeder hier grundlegend böse ist – kennst du jemanden, der mir vielleicht helfen könnte?«

Amoria erhob sich. »Isst du das noch?«

»Amoria, bitte …«

»Ja, ich kenne jemanden«, seufzte sie. Hoffnung, da ist sie, wie ein zarter Funke in der Dunkelheit, auch wenn sie schwach zu sein scheint. »Und kannst du …«

»Das tut sie bereits.«

»Sie? Wer ist sie?«

»Ich muss jetzt wirklich gehen, bevor jemand misstrauisch wird.« Sie zeigte auf den Tisch, mit dem kaum angerührten Frühstück. »Ich hole das später ab.« Dann lief sie Richtung Tür.

»Amoria!« Sie drehte sich nicht mehr um, sondern verließ auf schnellstem Wege das Zimmer.

»*Was für eine interessante Entwicklung*«, vernahm ich Flohs Stimme in meinem Kopf. Wie konnte ich nur erwarten, dass er unser Gespräch nicht belauschte?

Kapitel 12

Bellena

Zwei Tage später wurde die Tür geöffnet. Anhand der Art und Weise war mir sofort klar, dass es sich nicht um Lukas oder Amoria handelte. Als ich mich umdrehte, sah ich die Frau, die am ersten Tag bei der Besprechung von Luzifer und seinen Anhängern dabei war – die Schwester von Satarel. *O, das bedeutet nichts Gutes.*

»Ich bin hier, um dich abzuholen«, erklärte sie mir.

»Abzuholen? Wofür?«

Sie schloss die Tür hinter sich. »Bellena, mach es uns nicht schwerer als es ohnehin schon ist.«

»Es sieht nicht so aus, als wäre es gerade schwer für dich.«

»Du hast ja keine Ahnung«, murmelte sie. »Bellena, egal, was sie verlangen. Tu es. Wenn du es hinauszögerst, wird es nur schlimmer. Sie werden alles tun, um zu bekommen, was sie wollen.«

»Wieso redest du so, als würdest du nicht dazugehören?«

»Weil ....« Sie seufzte und ihr Erscheinungsbild veränderte sich.

Voller Unglauben sah ich sie an. »Du?«

»Ja, ich.«

»Du hast uns die ganze Zeit verarscht. Ausspioniert und … wir wussten, dass du mit drin hängst, aber so tief? Dass du Luzifers rechte Hand bist? Wieso? Wer bist du wirklich?«

»Tja, was soll ich sagen. Hinter dem nervigen Klugscheißer steckt anscheinend mehr, als du dachtest. Mein Name ist Satariel, aber du kannst mich weiter Maja nennen. Entschuldige, dass ich ihr Aussehen gerne ablegen würde. Als Tarnung war es nicht schlecht, jedoch bevorzuge ich mein tatsächliches Äußeres.« Sie veränderte wieder ihr Erscheinungsbild und von Maja war nichts mehr zu sehen. »Von meinem Auftrag hast du ja bereits gehört.«

»O ja. Anscheinend hast du nicht nur bei uns ein doppeltes Spiel gespielt, Maja.« Ihren Namen zog ich absichtlich in die Länge, um meine Abneigung zu verdeutlichen.

»Ich verstehe, dass du sauer bist. Allerdings ist nicht immer alles schwarz oder weiß.« Sie zwinkerte mir zu.

Skeptisch sah ich sie an. Denselben Satz hatte mir Amoria vor ein paar Tagen gesagt. War sie womöglich die Person, die Amoria meinte? Die Person, die mir helfen könnte? Aber das ergab doch alles keinen Sinn.

»Ich verstehe deine Verunsicherung, doch wir haben jetzt keine Zeit für Erklärungen. Du hast ein Date.«

»Bringst du mich zu Lukas?«

»So lautet der Auftrag.«

⚮

Ohne auch nur ein weiteres Wort mit mir zu sprechen, brachte sie mich direkt in meine persönliche Hölle. So nannte ich den Ort, indem mich Lukas bereits seit drei Tagen folterte. Wortlos öffnete sie die Tür und signalisierte mir, einzutreten. Dann fiel sie krachend hinter mir ins Schloss.

Mit verschränkten Armen lehnte Lukas an der Wand. »Na Süße? Bereit für die nächste Runde?«

»Dir fehlte heute wohl die Zeit, um mich selbst abzuholen.«

Ich drückte mich an die gegenüberliegende Wand, um den Abstand zwischen uns zu vergrößern. Doch wem machte ich etwas vor? Es war zwecklos. Es dauerte nicht lange und er verringerte die Entfernung innerhalb kürzester Zeit.

»Was steht heute auf dem Programm? Hast du ein paar neue Foltermethoden mitgebracht?« Ich wollte mir meine Angst nicht anmerken lassen, doch meine Stimme zitterte, als mir die Worte über die Lippen gingen.

Lukas schien dies ebenfalls nicht entgangen zu sein, denn er verzog seinen Mundwinkel zu einem schiefen Lächeln. »Sei doch nicht so ungeduldig. Wir haben Zeit, den ganzen Tag.« Tief sah er mir in die Augen, in seinem Blick lag mehr als nur Abscheu. Ein Funkeln huschte über seine Pupillen, die sich weiteten, umso näher er mir kam. »Oder die ganze Nacht«, raunte er, bevor er mit seiner Hand über meine Wange strich.

Augenblicklich beschleunigte sich mein Herzschlag. Früher hätte ich diese Berührung zugelassen, sie genossen. Doch die Dinge hatten sich geändert. Jetzt war es Angst, die meinen Körper so auf ihn reagieren ließ.

Er berührte mich häufiger, aber heute war es anders. Der Ausdruck in seinen Augen, sein drängender Ton und die Art, wie er mich anfasste, wirkte intimer. Es war eine Nähe, die ich auf keinen Fall zulassen wollte. Deshalb tat ich das einzig Logische und verpasste ihm eine Ohrfeige. Es schien ihn nicht im Geringsten zu beirren. Mit einem Grinsen im Gesicht packte er meine Hand und drückte mich mit seinem gesamten Körpergewicht gegen die Wand. Beim Versuch, meinen Kopf von ihm wegzudrehen, umfasste seine freie Hand mein Kinn und drehte ihn zurück. »Falls du dachtest, dass mich das aufhält, muss ich dich leider enttäuschen. Im Gegenteil, es gefällt mir.« Dann presste er seine Lippen mit einer solchen Kraft auf meine, sodass es meinen Hinterkopf gegen die kalte Wand stieß und ich keine Chance hatte, ihm zu entfliehen. Ohne groß darüber nachzudenken, tat ich das Erstbeste, was mir einfiel und drückte meine Hand an seine Seite.

»Ah!«, schreckte er zurück und er sah mich wütend an.

»Was ist los, Lukas? War dir das zu heiß?«

Er sah seine Flanke hinab und entdeckte ein Brandloch in seinem Shirt sowie meinen Handabdruck, der sich in seine Haut gebrannt hatte. Im ersten Moment brummte er, doch dann sah er mich mit einem höhnischen Grinsen an. »Hättest du mir gleich gesagt, dass ich nur in dein Bett springen muss, damit du deine Kräfte benutzt, wäre uns viel Zeit für schönere Dinge geblieben. Aber was nicht ist, kann ja noch werden.« Erneut kam er näher auf mich zu und er drückte mich wieder gegen die Wand. Doch dieses Mal hielt ich mich zurück. Die Genugtuung, mich so leicht aus der Reserve zu locken, wollte ich ihm kein zweites Mal geben.

»Das reicht Lukas«, rief eine mir bekannte Stimme aus der dunklen Ecke, woraufhin er ein wenig von mir abließ.

War er die ganze Zeit hier? Warum ist es mir nicht vorher aufgefallen?

»Ich hatte sie fast so weit«, sagte Lukas mit Stolz in der Stimme und hielt mich dabei noch immer mit seinen Händen fixiert.

»Wir brauchen mehr als nur eine kleine Verbrennung«, bremste Luzifer seinen Optimismus. »Du weißt, was zu tun ist?«

Lukas rollte mit den Augen, bevor er mir in mein Ohr flüsterte. »Schade. Ich hoffe, du überlebst, damit wir das hier bald fortsetzen können.« Anschließend gab er mich frei und verließ den Raum.

Luzifer sah auf seinen Gehstock und drehte ihn auf dem Steinboden hin und her. Bei jeder Bewegung hinterließ es ein helles, trockenes Kratzen. Abrupt hielt er inne und schenkte mir seine Aufmerksamkeit. »Ich bin bereit, dir heute ein paar deiner Fragen zu beantworten.«

»Warum? Ist das jetzt der Plot-Twist, den du benötigst, um die Dramaturgie zu erhöhen?«

Anscheinend versuchte er, sein Lachen vor mir zu verbergen, denn er sah erneut auf seinen Gehstock. Doch es gelang ihm nicht, da ich seine Mundwinkel leicht zucken sah. »Ich habe meine Gründe.« Das sollte mir als Antwort genügen. Er ging nicht weiter darauf ein, sondern blickte mich mit ernster Miene an. »Du wolltest wissen, was es mit deinem Freund Toby auf sich hat.«

Ich erstarrte. Lukas' Andeutungen, dass Toby schuld an meiner Situation wäre, hatte ich bisher verdrängt. Es waren so viele Dinge passiert, dass es mir nicht mehr so wichtig erschien. Doch jetzt hatte diese Tatsache meine volle Aufmerksamkeit. *»Toby ist der Verlogenste von uns allen«*, erinnerte ich mich an Luzifers Worte.

»Möchtest du immer noch wissen, was Lukas damit meinte, dass er schuld an deiner Misere sei?«

Ich antworte mit einem kaum merkbaren Kopfnicken.

»Es war Toby, der dein Geheimnis ausgeplaudert hat.«

Der Schock traf mich wie ein Schlag in die Magengrube. Darauf war ich nicht vorbereitet. »Toby? Er soll … aber warum hat er das getan?«

»Das musst du ihn selbst fragen. Er suchte mich auf, erzählte mir oberflächlich von der Prophezeiung und teilte mir deinen Namen mit. Soweit ich weiß, flog er in den Himmel zurück, so als wäre nichts gewesen. Es dauerte nicht lange und meine Brüder erfuhren von seinem Verrat. Er hat von ihnen die schlimmste Strafe erhalten, denn er wurde nicht nur aus dem Himmel verbannt. Sie haben ihm seine Flügel gestutzt. Und da hast du ihn, den wahren Grund für Tobys Flugangst.«

Ich war geschockt und etwas in mir zerbrach, als sich der Gedanke in meinem Kopf schlich - wusste Jay darüber Bescheid? Die Worte formten sich in meinem Kopf, fanden aber nicht den Weg über meine Lippen.

»Als man ihn auf die Erde verbannte, war sein erstes Ziel Asazel. Er erzählte ihm dasselbe und kroch bei ihm zu Kreuze. Der kleine Bastard hat einen Wettstreit um dich entfacht. Dass er ausgerechnet zu deinen engsten Vertrauten gehört, ist schwer zu fassen. Es scheint so, als hätte das Universum einen seltsamen Sinn für Humor.«

Mein Körper fühlte sich fremd an. Die Knie weich, die Hände eiskalt und ein Zittern kroch mir die Arme hinauf. Der Schmerz über seinen Verrat saß tief.

»Du solltest dich lieber setzen, du siehst nicht gut aus. Ein wenig blass ums Näschen«, verhöhnte er mich.

Da ich mich wirklich fühlte, als würde ich jeden Moment den Boden unter den Füßen verlieren, folgte ich seinem Rat. Doch auf keinen Fall wollte ich den Abstand zu Luzifer verringern. Deshalb ließ ich mich langsam an der Wand auf den Fußboden sinken, zog die Beine eng an mich und umschloss sie mit den Armen.

Meine Gedanken kreisten um Toby. Er war derjenige, dem ich es am wenigsten zugetraut hätte und ausgerechnet er sollte mich verraten haben? Hatte er all die Zeit mit mir gespielt, mich womöglich benutzt? Aber warum er? Warum hatte er das getan?

Luzifer stoppte mein Gedankenkarussell, indem er sich seinen Stuhl nahm, ihn über den Boden schleifte und sich mir gegenübersetzte. Um mich besser ansehen zu können, beugte er sich so weit wie möglich nach vorn. »Es sind die Menschen, die wir lieben, die einen am meisten enttäuschen. Dieses Sprichwort zählt für jeden, auch für uns. Toby ist nicht der Einzige, der dich belogen hat. Asazel, Lukas … Jay.« Seinen Namen zog er besonders in die Länge, weshalb ich aufsah. Luzifer grinste mich hämisch an. »Aszael hat dir bestimmt von der Prophezeiung erzählt. Aber hat er auch den Teil erwähnt, den er seinem Sohn zuordnete?«

Ich schwieg.

»Nein? Keine Sorge, Prinzessin, ich hole das gerne für ihn nach. Die Verstoßenen vermissen ihr himmlisches Leben, voller Sehnsucht nach Gabe und Licht, die Gefährten geflügelt wie sie einst waren. Doch der Schöpfer wollte nicht vergeben, das Unglück, das durch ihre Fehler geschah. Da wart geboren, die Lichtgestalt im Verborgenen, die neue Hoffnung gesandt.« Er sah mir tief in die Augen und ich schauderte, denn jetzt kam der Teil, den ich nicht kannte. Und er genoss es. »Unter Schutz der Verstoßenen, die Lichtgestalt entfaltet die geflügelte Kraft. Durch die Liebe des Märtyrers geeint, soll sie wiederbringen, die himmlische Macht.«

Das war also der Grund. Nicht weil Jays Vater mich gefügig machen wollte, sondern weil er sich erhoffte, dass sein Sohn der Märtyrer sei. Ob Jay darüber Bescheid wusste?

Luzifer räusperte sich. »Für mich bedeutet es, dass ich ihn bald zwangsläufig willkommen heißen muss. Vielleicht aber auch nicht? Um ehrlich zu sein interessiert mich die Prophezeiung nicht. Mich würde nur interessieren, was noch in dir steckt. Doch wir könnten es ja erst mal so versuchen, bevor ich ein Liebesnest für euch beide zur Verfügung stelle. Zumal ich an seiner Liebe zu dir zweifle.«

Ich sah ihn an, wollte fragen, warum er zweifelte, doch die Antwort erhielt ich ohne Nachfrage. Ein Hologramm tauchte zwischen uns auf und zeigte Jay, wie er an einem See stand und in die Ferne sah. Er drehte sich um und ich konnte in seine wunderschönen türkisblauen Augen sehen. Jedoch sah er mich nicht direkt an, sondern zu Dara, die geradewegs auf ihn zusteuerte.

Nein, das darf nicht sein. Es musste länger her sein. Womöglich war es nur ein Täuschungsversuch?

Doch Daras Worte brannten sich wie lodernde Flammen in mein Herz. »Ich weiß, du bist enttäuscht von mir. Ich hätte Bellena nichts, von Aszaels Plänen erzählen sollen. Ich mache es wieder gut, versprochen.« Sie legte eine Hand auf Jays Schulter, und seine Augen folgten ihrer Geste. Dann drückte sie ihm einen zarten Kuss auf seine Wange und verfehlte seine Lippen nur um einen Hauch.

Luzifer strich mit seiner Hand durch das Hologramm, sodass es verschwand.

Das war zu viel. Wut brodelte in mir, wie ein unterdrückter Sturm, der jeden Moment losbrechen könnte. Hitze stieg in mir auf. Meine Arme lösten sich aus meiner Umklammerung und ich ballte meine Hände zu Fäusten. Wirre Gedanken rasten durch meinen Kopf. Scharf, unkontrollierbar, getrieben von der aufkochenden Wut, die in meinen Adern pulsierte. Es war, als würde sich ein Feuer in meiner Brust ausbreiten. Heiß, verzehrend und bereit, alles niederzubrennen, was mir in den Weg kam.

»Da wir das geklärt haben und ich mich auf eure Liebelei und Lukas' banalen Versuchen nicht mehr verlassen kann, probieren wir es heute auf meine Art.«

Luzifers Worte sorgten dafür, dass ich mich dazu zwang, meine Wut zu unterdrücken. Ich begriff schnell, dass es sein Ziel gewesen war, diese Emotionen in mir hervorzurufen.

Er stand auf und positionierte sich vor mir. »Folgendes wird jetzt passieren. Ich werde hinausgehen und du hast sechzig Sekunden Zeit, bis sich die Tür ein weiteres Mal öffnet. Dann wirst du rennen oder kämpfen, denn anders wirst du das hier nicht überleben. Ich habe dir etwas zum Spielen besorgt. Drei Spielgefährten, um genau zu sein, und sie brennen darauf, dich endlich kennenzulernen.«

Rechts von mir begann sich die Mauer zur Seite zu bewegen. Mein Blick fiel auf zwei rot glühende Augen, gefolgt von einer Schnauze, die ihre Zähne fletschte und bedrohlich knurrte. Noch bevor die Wand sich komplett geöffnet hatte, starrten mich zwei weitere Ungetüme an.

»Darf ich vorstellen, Prinzessin? Das sind Höllenhunde. Du kennst sie bestimmt aus deinen Serien und Filmen? Nur sind diese hier echt und warten darauf, endlich freigelassen zu werden, um mit dir zu spielen. Ich bin gespannt, wie du diese Aufgabe meisterst. Ich habe den kompletten unteren Bereich räumen lassen, bis auf ein paar wenige Gefangene, für die ich ohnehin keine Verwendung mehr habe. Vielleicht verschaffen sie dir ja einen Vorsprung bei eurem Katz-und-Maus-Spiel?«

»Ich dachte, ihr braucht mich lebend?« Ich ließ diese Viecher nicht aus den Augen, während ich Luzifer diese Frage stellte. Vielleicht war es nur ein Bluff von ihm? Floh war immerhin überzeugt davon, dass sie mich nicht sterben lassen würden.

»Wenn du deine Magie benutzen kannst. Aktuell sehe ich davon nicht viel, daher bedauere ich dein nahendes Ableben nicht. Es wäre bloß schade um dein schönes Gesicht. Ich behalte dich die gesamte Zeit im Auge. Besser, du enttäuschst mich nicht.«

Damit schloss sich die Tür und er ließ mich mit den Höllenviechern alleine. So wie es aussah, hatte Floh sich wohl geirrt.

Kapitel 13

Bellena

Das einzige Hindernis zwischen uns waren die rostigen Gitterstäbe. Sie waren alt und abgenutzt, ihre Schienen ausgeleiert. Die Höllenhunde donnerten unaufhörlich dagegen. Ich fürchtete, dass sie einen Weg zu mir fanden, noch bevor sich die Tür öffnete, an die ich mich presste. Es war ein verzweifelter Versuch, so viel Abstand wie nur möglich zwischen uns zu bringen. Jeden Moment würde sie aufspringen, was bedeutete, dass diese Bestien freikamen.

Die drei Kreaturen fletschten die Zähne und ein zähflüssiger Speichel tropfte ihnen aus der Schnauze. Ironischerweise wurden ihre Körper von Feuer umhüllt, was ihre Präsenz noch Furcht einflößender machte.

Das durfte doch alles nicht wahr sein! Ich war gerade mal drei Tage hier, oder waren es vier? Ihnen schien es nicht schnell genug zu gehen und schon ließen sie mich mit diesen Viechern allein. Was dachten sie eigentlich, wen sie hier vor sich hatten? Gott höchstpersönlich?

»Floh bist du da?« Vielleicht hatte er eine Idee, wie ich unbeschadet aus dieser Sache herauskam. Womöglich wusste er bereits, dass es nur ein Bluff war, und die Hunde würden niemals in die Freiheit gelangen?

»Ich bin hier und ich muss dich leider enttäuschen. Es ist kein Bluff«, hörte ich ihn in meinem Kopf.

Oh, bitte nicht. Fassungslos ließ ich meinen Hinterkopf gegen die Tür fallen. »Hast du einen Ratschlag für mich?«

»*Nicht wirklich, außer: Sieh zu, dass du überlebst.*«

»Und wie soll ich das machen? Hast du gesehen, wie groß sie sind?«

»*Ja und hast du vergessen, welche Kräfte du hast?*«

»Die ich kaum unter Kontrolle habe! Unser Training war ein Witz gegen das, was hier auf mich zukommt.«

»*Sieh es als Chance. Im Zimmer durften wir nicht auffallen, mussten uns zurückhalten. Jetzt gibt es keinen Grund mehr dafür, im Gegenteil. Du bist gezwungen, deine Magie zu benutzen. Nur so wirst du vielleicht überleben.*«

»Vielleicht?!«

»*Na ja, aktuell bekämpfst du Feuer mit Feuer.*«

»Danke, das ist wirklich aufbauend! Sie würden mich hier nicht sterben lassen, oder? Du meintest doch, sie würden mich brauchen?«

»*Ich bin mir da leider nicht mehr sicher.*«

»Was? Aber …«

»*Bellena, du solltest nicht diskutieren, sondern rennen!*«, schrie Floh. Seine Stimme hallte in meinem Kopf nach, als die Tür sich öffnete.

So schnell ich konnte, rannte ich los, mit dem Ziel, erst einmal Abstand zwischen den Höllenhunden und mir zu bekommen. Luzifer hatte nicht gelogen, als er meinte, dass er nicht alle befreit hatte. Der Mann, der seit meiner Ankunft gegenüber der Tür gefesselt war, lag immer noch in Ketten. Ich stürmte an ihm vorbei, lief den Gang geradeaus und drehte mich um, als ein markerschütternder Schrei aus seiner Richtung kam. Sie waren frei und hatten sich zuerst auf ihn gestürzt. Jetzt hing nur noch eine einzelne Hand in den Schellen. Eines der Viecher ließ von ihm ab und sah sich suchend um, bis sein Blick an mir haften blieb. Er knurrte, woraufhin eine gewaltige Flamme sein Maul verließ.

»Lauf, Bellena!«

So schnell ich konnte, stürmte ich davon und bog um die Ecke, bevor die Flammen mich erfassten. Ich lief weiter, eilte um eine weitere Ecke, danach nach links, um in den nächsten Gang zu biegen. Hinter den verschlossenen Türen schrien die Gefangenen, manche hämmerten so heftig dagegen, dass das Metall erzitterte. Doch ich konnte nicht stehen bleiben. Also hetzte ich weiter, weg von hier – rannte um mein Leben.

Als ich nach rechts abbog, wurde mir bewusst, dass ich lief, ohne ein wirkliches Ziel vor Augen zu haben. Jeder Gang sah gleich aus. Wie sollte ich bloß hier hinausfinden? Dies war ein verdammtes Labyrinth. Meine Gedanken kreisten um den nächsten Schritt, doch es wollte mir partout nichts Passendes einfallen.

Hinter mir hörte ich Schreie und ein ohrenbetäubendes Brüllen, also lief ich weiter. Kopflos bog ich um die Ecken, bis das geschah, was früher oder später passieren musste: eine Sackgasse. Sofort drehte ich um, doch ich saß bereits in der Falle. Einer der Höllenhunde tauchte vor mir auf und fixierte mich mit seinen roten Augen. Nackte Angst kroch kalt meine Wirbelsäule hinauf, während mein Herz heftig hämmerte, als wollte es aus meiner Brust ausbrechen. Ich griff zum Erstbesten, das ich fand. Eine Eisenstange, was nicht unbedingt eine der besten Verteidigungswaffen war.

Regungslos stand die Bestie vor mir, seine glühenden Augen bohrten sich wie sengende Nadeln in mich. Langsam kam er auf mich zu und ein tiefes Knurren vibrierte in der Luft. Sein heißer Atem legte sich wie eine brennende Welle auf meine Haut, und der faulige Gestank aus seinem Maul drehte mir den Magen um. Zäher Speichel tropfte auf den Boden, zischte in der Hitze und ließ mich reflexartig zurückweichen. Ein erneutes Knurren fuhr ihm aus der Kehle. Jeder Muskel seines Körpers spannte sich an, bereit zum Sprung. Bereit, mich in Stücke zu reißen. Als das Vieh fast über mir war, rammte ich ihm die Stange in den Hals. Es tötete ihn nicht, aber er fiel zu Boden und das verschaffte mir einen Moment Zeit, um zu fliehen.

Ich rannte, doch ich sah bereits, wie der nächste Hund meine Spur aufgenommen hatte. Er blieb am Ende des Gangs stehen und spuckte mir eine Feuerwelle entgegen, die mich nur knapp verfehlte, da ich im selben Moment um eine Ecke biegen konnte.

»Bellena, Höllenhunde kann man mit Eisen verwunden.«

»Na toll, das sagst du mir jetzt! Ich hatte gerade eine und habe sie beim letzten Mordopfer zurückgelassen!«

»Dann hör auf, wegzulaufen, und benutze deine Kräfte.«

Kaum hatte er es ausgesprochen, stellte sich mir das dritte Ungeheuer in den Weg. Ich entdeckte eine Abzweigung und rannte, so schnell ich konnte, darauf zu. In dem Moment ließ das Vieh einen Feuersturm los und verfehlte mich um Haaresbreite.

Kurz darauf saß ich erneut in der Falle, denn ich lief ein weiteres Mal in eine Sackgasse. Achtsam eilte ich zurück, doch die Lage war aussichtslos. Die beiden hatten mittlerweile zueinandergefunden und blockierten den Ausgang. Ihre Augen glühten und sie trieben sich gegenseitig an, indem sie die Zähne fletschten und immer weiter auf mich zukamen. Feuer war nun nicht mehr ihre erste Wahl. Womöglich bevorzugten sie es, mich qualvoll mit ihren messerscharfen Reißzähnen zu töten.

»Bellena, wenn du jetzt nichts unternimmst ...«, mahnte Floh mich.

Er hatte recht. Ich sah auf meine Hände und ließ das Feuer auf ihnen tanzen. Mir blieb genau eine Chance, denn eine Miniflamme würde mich nicht retten. Deshalb sammelte ich all meine Kraft, die ich hatte. Alarmiert ließen die beiden Höllenhunde eine Feuerflamme in meine Richtung los, der ich mich dieses Mal entgegenstellte. Es war eine unheimliche Energie, die durch meinen Körper schoss. Voller Entschlossenheit drängte ich die Flammen direkt auf die Hunde zurück. Und nicht nur das – das Flammenmeer suchte sich seinen Weg durch die abzweigenden Gänge, sodass ich von gewaltigen Feuermassen eingeschlossen wurde. Zu allem Überfluss kämpften sich die Bestien durch das Feuer, direkt auf mich zu.

Der Rauch suchte sich einen Weg durch meine Lungen, und ich sank kraftlos zu Boden. Schwer atmend schloss ich die Augen. Das war mein Ende. Die Gewissheit, dass ich der Hölle nicht entkommen konnte, fraß sich wie eisige Klauen in mein Bewusstsein und ließ jede Hoffnung in mir zerbersten. Egal, wohin ich rannte. Egal, wie sehr ich kämpfte. Die Bestien würden mich immer wieder finden.

Doch tief in mir flackerte ein Funke. Zu viel hatte ich schon erreicht, um jetzt einfach aufzugeben. Gesichter, Stimmen, Erinnerungen und Jay tauchten vor meinem inneren Auge auf. All das, wofür es sich zu kämpfen lohnte. Wut mischte sich mit meiner Entschlossenheit und mein Herz schlug nicht mehr nur vor Angst, sondern vor Widerstand. So durfte es nicht enden.

Wenn die Höllenhunde mich holen wollten, dann nicht, ohne das Letzte von ihnen abzuverlangen. Ich war nicht bereit, aufzugeben. Nicht heute und erst recht nicht so!

Kälte erfasste mich und ein eisiger Schauder fuhr meine Wirbelsäule entlang. Sie kroch durch meinen Adern, tastete sich bis zu den Fingern voran und ließ selbst die kleinsten Verzweigungen meines Körpers erstarren. Als ich die Augen wieder öffnete, sah ich, wie sich eine Eisschicht einen Weg über den Boden bahnte. Flügel bogen sich leicht um meinen Körper und mein Blick fiel auf das Amulett. Darauf erkannte man deutlich die Form des Ikosaeders, das in einem Strahlenden saphirblau aufleuchtete. Es hob sich dezent von der Farbe des Eises ab, das sich weiter seinen Weg durch den Gang bahnte. Mittlerweile hatte es die Höllenhunde erreicht, die allmählich zu eisigen Skulpturen erstarrten. Die Eisschicht suchte sich weiter seinen Weg durch die Gänge und streckte das Flammenmeer nieder.

Ungläubig starrte ich auf die Eismassen, die sich vor mir auftürmten. Die Luft brannte kalt in meinen Lungen, während mein Blick über die zerklüfteten Brocken glitt, die noch vor wenigen Minuten nicht existiert hatten. Ein Zittern fuhr durch meinen Körper, nicht nur wegen der Kälte, sondern wegen der Erkenntnis, die mich erschütterte. Ich hatte das getan. *Ich*, mit meinen eigenen Kräften.

Als ich mich erhob, um der Straße aus Eis zu folgen, erklang Flohs Stimme in meinem Kopf. »*Das bleibt lieber unser Geheimnis.*«

»Ich habe gerade drei Höllenhunde zur Strecke gebracht. Wäre da ein wenig Anerkennung zu viel verlangt?«

Die Antwort blieb aus. Stattdessen erstarrte ich, da plötzlich Maja vor mir stand. Sie legte einen Zeigefinger auf ihre Lippen. Mit einer Eisenstange bewaffnet lief sie an mir vorbei, um sie auf die beiden Hunde niederzulassen, die augenblicklich in Tausende Einzelteile zerbarsten. Anschließend kam sie auf mich zu und ließ mit einer einzigen Handbewegung das gesamte Eis um uns herum verschwinden. Was zum Teufel hatte das zu bedeuten?

Meine Flügel waren mittlerweile ebenfalls verschwunden und ich spürte, dass mir die letzten Stunden zugesetzt hatten. Erschöpft stütze ich mich mit einer Hand an der Wand ab. Sie kam auf mich zu und fuhr mir sanft über den Rücken, als unerwartet Lukas zornige Stimme durch den Gang hallte.

»Maja! Wer hat dir erlaubt, dich einzumischen?«

Sie hob ihren Blick zur Seite und funkelte Lukas an. »Luzifer.«

Etwas benommen vernahm ich, wie die beiden sich angifteten.

»Luzifer befahl mir, auf keinen Fall einzugreifen.«, giftete er Maja an.

»Er hat eben seine Meinung geändert. Lebend würde sie ihm vorerst mehr bringen.«

»Und dann schickt er ausgerechnet dich, um sie zu retten?« Er sah an ihr vorbei, doch von den Höllenhunden war nichts mehr zusehen – genauer gesagt von dem, was von ihnen übrig war. »Wie konntest du sie retten?«

»Hör mal zu, du glaubst vielleicht, dass du bei Luzifer an erster Stelle stehst, aber so ist es nicht …«

Die Stimmen wurden zunehmend leiser und ein dumpfes Rauschen legte sich über meine Ohren. Erst leise, dann lauter, bis es alle anderen Geräusche verschluckte. Keuchend lehnte ich mich gegen die Wand, bevor ich langsam zu Boden sank. Schwarze Punkte tanzten vor meinen Augen. Mit einem letzten flackernden Gedanken an Jay ließ ich los und versank in der Dunkelheit.

Kapitel 14

Jay

Tage später saßen wir immer noch an diesem verdammten Ort fest. Zum Glück sah es Julias Tante lässig und freute sich, dass sie so viele Freunde zu Besuch hatte. Wie gut, dass das Haus über so viele Schlafzimmer verfügte. Trotzdem wurde die Situation von Tag zu Tag unerträglicher. *Sie* wurden unerträglicher. Zunehmend verlor ich die Geduld, da wir uns nur im Kreis drehten.

Von Bellenas Mum hatten wir seit ihrem Aufbruch nichts mehr gehört. Dabei hatte ich gehofft, dass sie so schnell wie möglich Licht ins Dunkel bringen würde. Nun saßen wir auf der Terrasse und durchforsteten ein weiteres Mal die Bücher, die uns am Ende kein Stück voranbrachten. Julia hatte den Wälzer von Bellenas Oma schon das dritte Mal gelesen. Trotzdem blieb sie auf der Suche nach neuen Hinweisen erfolglos.

Frustriert raufte ich mir die Haare und sprang vom Stuhl auf. Ich entfernte mich etwas von der Sitzgruppe und somit von Julia, Chrissy, Dan, Maro und Dara. Mein Weg führte mich näher zum Wasser heran, das in der Nachmittagssonne funkelte wie tausend kleine Diamanten und sanft in leichten Wellen ans Ufer schwappte.

Aus dem Augenwinkel entdeckte ich Aria und Noah, die aus ihrem Liebesnest, ein wenig abseits des Hauses, zurückkamen. Sie alberten herum und neckten sich, während sie auf uns zukamen. Instinktiv sah ich zu Chrissy, die versuchte, sich auf die Bücher zu konzentrieren. Doch ihr Gesichtsausdruck verriet mir, dass ihr dies nur schwer gelang.

»Ist er noch nicht zurück?«, fragte Aria beiläufig, bevor sie auf Noahs Schoß Platz nahm, der sich direkt neben Julia setzte. Nathan war wieder mal allein unterwegs. Sein Ziel? Mehr über meine Mutter herauszufinden, die laut Dara angeblich noch lebte. Insgeheim wusste ich, dass er sich den Weg hätte sparen können. Egal, was wir versuchten, das Ergebnis blieb dasselbe – es war aussichtslos. Bei der Vorstellung, dass sie all die Zeit unter Luzifers Fittichen stand, drehte sich mir der Magen um. Ausgerechnet in sie setzte ich jetzt meine ganze Hoffnung. Im Moment waren mein einziger Lichtblick Bellenas Mutter und meine, obwohl sie uns all die Jahre belogen hatten. Ihre Mum war ein verdammter Erzengel und meine hatte die Seite zu den Dämonen gewechselt. Und wer wusste darüber null Bescheid? Ihre Kinder. Es war ja nicht so, dass die Informationen wichtig für uns gewesen wären. Schließlich hatte es ja nur unser gesamtes, bisheriges Leben beeinflusst.

Wenige Minuten später tauchte Nathan auf. Etwas anderes hätte mich auch gewundert. Seit wir hier waren, hatte er sich nie länger als sechs Stunden von uns entfernt. Allmählich wurde mir bewusst, wo er die letzten Monate die meiste Zeit verbracht hatte.

Anstatt direkt Bericht zu erstatten, begrüßte er Julia mit einem flüchtigen Kuss auf die Schläfe. Auch Aria konnte einfach nicht die Finger von Noah lassen. »Hattet ihr nicht schon genug Körperkontakt? Euren Austausch von Körperflüssigkeiten müsst ihr nicht allen anderen unter die Nase reiben.«, giftete ich die beiden an.

Aria warf mir daraufhin einen verärgerten Blick zu, jedoch ignorierte ich sie und wandte mich stattdessen an Nathan. »Und du? Bist du dann endlich so weit, uns zu berichten, was es Neues gibt? Oder müsst ihr auch kurz aufs Zimmer verschwinden? Gar kein Problem! Wir haben alle Zeit der Welt.«

Nathan zog scharf die Luft ein, doch Julia berührte ihn am Unterarm und schüttelte kaum merklich den Kopf.

Hörbar klappte Dan sein Buch zu. »Ich brauche eine Pause und gehe mir die Beine vertreten. Kommst du mit?« Seine Frage richtete sich an Dara.

Das darf doch wohl nicht wahr sein! »Ihr seid wohl jetzt das nächste Traumpaar? Sind wir hier auf Liebesurlaub oder was ist hier los? Chrissy, du und Toby? Wollt ihr nicht auch noch ein wenig miteinander herum turteln? Ach nein, ich vergaß. Toby steht ja eher auf meine Freundin.«

Toby erhob sich, kam auf mich zu und drückte mir seinen Zeigefinger auf die Brust. Wütend sah ich an die Stelle, die er damit berührte. Der Junge war wirklich mutig, oder einfach nur dumm. »Wenn du glaubst, dass sie nach all dem noch deine Freundin sein will«, drangen seine Worte an mein Ohr und ich sah rot.

Mein Kopf schnellte nach oben und ich packte ihn am Kragen. »Sag das noch mal. Hatte ich dir nicht gesagt, du sollst mir nicht in die Quere kommen?«

»Jay? Beruhige dich.« Da Nathan seine Hand auf meine Schulter legte, drehte ich mich um, ohne meinen Griff zu lockern. »Hatte ich dir nicht untersagt, deinen Beruhigungsscheiß bei mir anzuwenden?!«

»Hast du, aber da wusste er nicht, dass du dich wie dein Vater benehmen würdest«, antworte Dan für Nathan und stellte sich zu seinem Freund.

Das war zu viel. Wutentbrannt ließ ich einen Blitz direkt neben uns einschlagen. Chrissy erschrak so sehr, dass sie laut aufschrie und vor Schreck hochfuhr, sodass ihr Stuhl laut zu Boden krachte.

»Super Jay! Los, gleich noch mal. Zeig uns allen, dass du hier das Sagen hast«, provozierte mich Dan erneut.

»Dan«, ermahnte Nathan ihn.

»Was? Ich verstehe, dass er frustriert ist. Aber das sind wir auch.«

»Davon merke ich nicht viel. Du machst ja lieber Spaziergänge bei Sonnenuntergang, Aria vergnügt sich den halben Tag mit Noah. Was Nathan so treibt, bin ich mir nicht so sicher. Vielleicht hat er ja noch mehr heimliche Freundinnen? Von Toby brauchen wir gar nicht erst anzufangen. Julia schaut in ihre Bücher und hat keine wirkliche Ahnung, was sie da vor sich hat, und Chrissy träumt vor sich her. Und von Maro können wir noch nicht viel erwarten.«

»Vergiss mich dabei nicht.« Dara erhob sich und näherte sich mir mit verschränkten Armen.

Daraufhin ließ ich Toby los und schenkte nun ihr meine volle Aufmerksamkeit. Wenn ich jemanden noch weniger ertragen konnte als den bunten Vogel, war sie es. Statt ihr zu antworten, funkelte ich sie an und ließ einen weiteren Blitz direkt neben ihr nieder.

»Okay, das reicht! Wir verstehen, dass dir die Situation zusetzt. Aber du kannst nicht alle so vor den Kopf stoßen«, stellte Nathan klar. »Wir alle wollen Bellena helfen. Aber du bist zurzeit wie eine Dampfwalze, die alles niederreißt. Wir alle sind dir gefolgt, haben unser Zuhause verlassen, sitzen seit Tagen hier und lesen in Büchern. Recherchieren. Ich habe Kontakt zu Dämonen aufgenommen, um mehr von deiner Mutter zu erfahren ...«

Das konnte ich mir nicht länger anhören. Ich entfernte mich von der Gruppe, doch Nathan folgte mir und stellte sich mir in den Weg. »Stopp. Du wirst jetzt nicht einfach davonlaufen.«

Ein weiterer Blitz schoss mit einem ohrenbetäubenden Krachen nieder und traf einen Baum, nur wenige Meter von uns entfernt. Die Eiche explodierte förmlich unter der Wucht des Einschlags. Im nächsten Augenblick loderten Flammen an ihrem Stamm empor. Bevor sich das Feuer weiter ausbreiten konnte, hob Maro die Hände. Mit einer fließenden Bewegung formte sich über seiner Handfläche ein Wasserball, der in hohem Bogen durch die Luft schoss und auf den brennenden Baum schwappte.

»Du bist ja doch zu etwas nütze, Maro«, sagte ich mit einem trotzigen Hohn in der Stimme.

»Reiß dich zusammen, Jay«, rügte Nathan mich an.

Ich ballte die Hände zu Fäusten. »Ich kann nicht.« Es war nur ein Flüstern, trotzdem vernahm Nathan es deutlich.

»Warum nicht?«

»Weil ich das Gefühl habe, dass ich der Einzige bin, der es verbockt hat.«

»Was? Wieso du?«

»Ach komm schon. Bellena wäre nicht abgehauen, wenn sie nicht an mir gezweifelt hätte.«

»Jay, das war dein Vater und ...«

»Dara. Genau. Sprich es nur aus. Und jetzt ist sie hier. Was sagt das über mich aus, wenn ich ausgerechnet ihr vertraue? Wenn sie an meiner Seite ist? Diejenige, die mit ihren Lügen erst den Keil zwischen uns getrieben hat.«

»Jay, ich habe mich doch bereits entschuldigt«, rief Dara.

»Das hilft mir aber nicht! Hilfe hin oder her. Wenn ich sie endlich wieder bei mir habe, möchte ich keine Diskussion darüber führen müssen, dass ausgerechnet du dabei geholfen hast und immer noch hier mit herumlungerst.«

»Wow, wie süß! Dass du dir darüber Gedanken machst«, ertönte eine hoch klingende Stimme hinter mir und ließ mich herumfahren. Langsam bewegte sie sich mit schwingendem Hüftschwung auf uns zu, während sie unverblümt weitersprach. »Aber keine Sorge, Jay. Sie weiß es bereits und war nicht gerade glücklich darüber. Allerdings glaube ich, dass sie zurzeit schlimmere Probleme hat, als sich den Kopf über deine Ex-Freundin zu zerbrechen.« Sie zeigte mit dem Finger auf Dara und es zeichnete sich ein höhnisches Lächeln auf ihrem Gesicht ab. »Sie war doch deine Freundin, oder?«

Meine Freunde hatten mittlerweile zu mir aufgeschlossen, während Noah, Toby, Chrissy und Julia sich lieber im Hintergrund hielten.

Die Unbekannte blieb dicht vor mir stehen und sah mich herausfordernd an. »Entschuldige Jay, das war nicht nett von mir.« Obwohl ich sie nie zuvor gesehen hatte, kamen mir ihre Stimme und Gesichtszüge vertraut vor. »Aber seien wir doch mal ehrlich – ich mag dich nicht und du magst mich nicht. Also verzeih mir meinen Hohn.«

»Wer bist du?«, kam mir Nathan mit der Frage zuvor.

»Oh, entschuldigt. Ich vergaß ....« Sie strich sich eine Haarsträhne hinters Ohr und sah zu Boden, bevor sich ihr Äußeres veränderte. Zuerst sah man die ungepflegten, fettigen Haare. Nachdem sie langsam den Kopf angehoben hatte, waren es die Hornbrille und Pickel, die sie für uns unverwechselbar machten – Maja.

Meine Freunde entfernten sich ein paar Schritte von ihr und nahmen ihre Verteidigungsposition ein. Nur ich blieb starr wie eine Salzsäule vor ihr stehen.

»Schön, euch alle wiederzusehen«, sagte sie in die Runde. Zum Gruß hob sie die Hand und winkte Julia und Chrissy freudig zu.

»Wir wünschten, wir könnten dasselbe von dir sagen.« Mit diesen Worten unterbrach ich ihre Begrüßung und ihr Lächeln erstarb.

»Oh, ihr werdet eure Meinung bestimmt gleich ändern und froh sein, dass ich da bin. Ich bin nämlich hier, um euch zu helfen.«

»Helfen? Wir sollen ausgerechnet dir vertrauen? Vielleicht erzählst du uns zuerst, wie du uns überhaupt gefunden hast.«

»Jay, das fragst du wirklich? Hast du nicht gerade davon gesprochen, dass du es verbockt hast? Nun, herzlichen Glückwunsch. Es ist deine Schuld, dass ich euch so schnell gefunden habe. Schickst drei Blitze los und glaubst, es würde unbemerkt bleiben? Aber alles halb so schlimm, mein Lieber. Ich war euch ohnehin auf den Fersen. Du hast mir die Suche nur dezent erleichtert. Außerdem gibt es keinen Grund, sich noch mehr Vorwürfe zu machen, denn dieses Mal zahlt sich dein Wutausbruch für dich aus.«

»Dazu musst du schon einiges bieten, dass ich mir deinetwegen keine Sorgen mache.«

Dan und Nathan entfernten sich ein wenig und suchten unterdessen die Umgebung ab. Aria, Maro und Dara blieben weiterhin an meiner Seite.

Sie schnalzte mit der Zunge, bevor sie Dan und Nathan hinterherrief. »Keine Angst, ich bin allein. Mir ist auch niemand gefolgt.«

»Das sollen wir dir glauben?«, entgegnete Nathan.

»Ja, das solltet ihr. Nach jemandem wie mir habt ihr nur gesucht.« Sie kam mir näher und lächelte süffisant. »Ich weiß nämlich, wo deine Bellena ist.«

Alle erstarrten. Keiner von uns sagte etwas. Sollten wir es ihr wirklich glauben? Zu allem Überfluss fügte sie noch eine Behauptung hinzu. »Ein weiterer Pluspunkt, der für mich spricht: Ich weiß, wie ihr zu ihr kommt und wer euch bei eurer kleinen Mission unterstützen würde. Aber wenn ihr nicht wollt ...«

»Wer soll dieser Helfer sein?« Ich vertraute ihr nicht, aber sie hatte augenscheinlich genau die Informationen, nach denen wir die letzten Tage gesucht hatten.

»Entschuldigt, ich würde mich zuvor gern wieder zurückverwandeln. Als Tarnung war es ja ganz nett, aber ich fühle mich mit meinem eigentlichen Aussehen wohler.«

»Wir uns auch«, murmelte Maro neben mir und ich warf ihm einen tadelnden Blick zu. »Was? Du willst doch nicht ernsthaft behaupten, dass du es anders siehst?«, flüsterte er mir zu.

Ich ignorierte seine Frage, aber er hatte recht. Die Person, die jetzt vor uns stand, war um einiges attraktiver und erinnerte kaum noch an Maja aus der Schule. Auch ihr Kleidungsstil hatte sich deutlich verändert. Den lässigen Schlabberlook hatte sie gegen ein dunkles, hautenges Kleid getauscht, das ihren Kurven schmeichelte. Trotzdem war sie immer noch Maja und somit die Person, die uns allen etwas vorgemacht hatte. Wie eng stand sie wirklich im Kontakt mit den Dämonen und Luzifer? Wir werden es hoffentlich gleich erfahren.

»Also bekommen wir jetzt eine Antwort?«, Dans Frage riss mich aus meinen Gedanken.

Ihre dunklen, grünen Augen fielen auf mich. Immerhin waren sie nicht ganz schwarz und somit schien sie nicht gänzlich der Dunkelheit verfallen zu sein. Hoffnung keimte in mir auf, dass sie wirklich hier war, um zu helfen. »Deine Mutter ist der rettende Engel. Sie kümmert sich rührend um Bellena. Man hat das Gefühl, dass sie glaubt, sie könnte so wieder etwas bei dir gut machen.«

Meine Mutter war bei Bellena? Sie lebte tatsächlich noch? Die Erkenntnis traf mich wie ein Faustschlag, schmerzhaft und knallhart. Es änderte alles, in nur einem Moment.

»Warum hilfst du uns?«, fragte Julia, die sich nun ebenfalls mit den anderen näherte. Offenbar hatten sie sich dafür entschieden, Maja zu vertrauen.

»Ich habe meine Gründe.«

»Und die wären?«, bohrte Chrissy nach.

»Die gehen dich nichts an.«

»Hmm, du warst schon immer neugierig, hast dir aber selbst nie in die Karten sehen lassen.« Julia ging auf Maja zu, doch Nathan hielt sie am Arm zurück. Allerdings ließ sie sich davon nicht beirren, löste sich aus seinem Griff und näherte sich ihr, bis sie ganz dicht vor ihr stand. »Mittlerweile ist uns allen klar, warum.«

Eins musste man dem Rotschopf lassen, Mumm hatte sie.

»Jay, das könnte eine Falle sein. Was, wenn sie nicht dort ist, wo sie behauptet?« Außer mir hatte zumindest Dan ebenfalls seine Zweifel.

»Hört zu. Ich muss hier nicht sein. Habt ihr eine Vorstellung, was für ein Risiko ich eingehe? Ihr habt jetzt genau zwei Möglichkeiten. Entweder ihr glaubt mir oder ich gehe wieder und ihr könnt selbst sehen, wie ihr vorankommt. Wie ich feststelle, seid ihr bisher sehr weit gekommen. Ich wette, ihr habt euch wie ein Brummkreisel schön um die eigene Achse gedreht«, zog sie uns auf.

Ich war kurz davor, sie zu erwürgen oder einen Blitzschlag auf sie niederzulassen. Doch der nächste Moment hinderte mich an meinen Vorhaben. Was dann kam, war wie ein Schlag in die Magengrube – unerwartet und mit einer solchen Wucht, dass mir die Luft wegblieb.

»Vielleicht hilft euch das ja bei eurer Entscheidung«, drangen ihre Worte an mein Ohr, doch ich hatte nur Augen für das, was vor mir geschah.

Maja hatte ein Hologramm projiziert, auf dem Lukas zu sehen war, der Bellena bedrängte. Er drückte sie gegen die Wand und seine Worte brachten mein Blut zum Kochen. »Falls du dachtest, dass mich das aufhält, muss ich dich leider enttäuschen. Im Gegenteil, es gefällt mir.« Als wäre es nicht genug, drückte dieser Mistkerl gegen ihren Willen seine Lippen auf ihre. Ich ballte die Hände zu Fäusten.

»Oh, Jay. Ich weiß, das ist verstörend für dich. Aber es ist noch harmlos zu dem, was Bellena die letzten Stunden durchmachen musste.«

»Was meinst du?«, ergriff Dan das Wort, da ich noch immer unfähig war, etwas zu sagen.

Unerbittlich starrte ich auf das Hologramm, das ausgerechnet an der Stelle gestoppt hatte, als Lukas sie küsste. In meinen Gedanken malte ich mir aus, was ich mit ihm machen würde, sobald ich ihn in die Finger bekam. Doch dann veränderte sich das Bild schlagartig. Bellena hatte sich an eine Wand gedrückt und sah panisch in alle Richtungen, suchte einen Ausweg aus ihrer Lage. Was war es, dass ihr eine solche Angst machte? Ich vernahm ein Knurren und meine Befürchtungen bestätigten sich, als Maja mit einer Handbewegung das Bild erneut veränderte.

»Höllenhunde!«, stieß Maro entsetzt neben mir aus.

»Höllenhunde?«, wiederholte Chrissy und hoffte anscheinend, dass sie sich verhört hatte.

»Da habt ihr leider recht.« Maja zeigte drei Finger nach oben. »Um genau zu sein, drei Stück. Sie haben Bellena ein wenig durch das Untergeschoss gejagt. Es war knapp, aber sie hat es bis auf ein paar kleine Verletzungen und einen Schwächeanfall überlebt. Du kannst stolz auf sie sein, Jay.«

Für mich gab es nun keinen Zweifel mehr. »Okay, wie geht es jetzt weiter?«

»Jay, wir können ihr nicht so einfach vertrauen.« Wieder war es Dan, der seine Vorbehalte deutlich klarmachte.

»Ich vertraue ihr auch nicht, aber wenn es nur eine einprozentige Chance gibt, ihr da rauszuhelfen, ist es mir egal. Oder hast du einen besseren Vorschlag?«

Während wir alle noch darüber diskutierten, richtete Maja ihre Worte an Julia. »Was ist los? Du bist so blass.«

»Das war nicht Lukas.« Sagte sie so laut, dass sie unsere Diskussionen über Maja in den Schatten stellte. Ihre Worte waren so einschneidend, dass wir uns alle zu ihr umdrehten.

»Na sicher war er das. Man hat ihn doch deutlich gesehen«, stellte Chrissy klar.

»Nein, was er da tut, wie er sich verhält. Mein Gefühl sagt mir eindeutig, dass er es nicht war.«

»Für deine Intelligenz habe ich dich immer bewundert. Aber jetzt bist du eine Bewahrerin und du entwickelst zunehmend ein Gespür für Engel und Dämonen«, richtete Maja ihre Worte an Julia, bevor sie sich uns zuwandte. »Julia hat recht. Es ist nicht Lukas, sondern nur seine Hülle. Er handelt ... nennen wir es ... ferngesteuert.«

»Aber wie ist das möglich?«, stotterte Chrissy, während der Rest von uns die Antwort bereits kannte.

Kapitel 15

Bellena

Langsam kehrte mein Bewusstsein zurück. Wie aus den Tiefen eines dunklen, formlosen Traums. Mein Körper fühlte sich schwer an, so als würde er mir nicht ganz gehorchen. Obendrein breitete sich ein pochender Schmerz in meinem Kopf aus, begleitet von einem benommenen Schwindel. Der Geschmack von Metall lag mir auf der Zunge, während mein Magen sich unangenehm zusammenzog. Durch den Nebel der Verwirrung vernahm ich dumpfe Stimmen. Die Lider fühlten sich schwer an, als würden sie von unsichtbaren Fesseln gehalten werden. Ein schummriges, grelles Licht drängte sich hindurch. Ich zwang mich dazu, die Augenlider zu öffnen, als erneut eine vertraute Stimme an mein Ohr drang. Zuerst war es nur ein Blinzeln, doch mit jedem Atemzug gewöhnten sich meine Augen an das Licht. Schatten wurden zu Gegenständen, Gestalten zu vertrauten Formen. Nach und nach kehrte die Klarheit zurück und mit ihr die Erkenntnis, wo ich war – in der Hölle.

»Wie geht es dir?« Amorias Stirn war in tiefe Falten gelegt. Ihre geweiteten Augen suchten mich unruhig ab, so als könnte sie dadurch eine Antwort erzwingen.

»Könnte besser sein. Wie lange war ich …«

»Das weiß ich nicht. Er hat dich erst vor ein paar Minuten hergebracht«, unterbrach sie mich. Ihre Gesichtszüge entspannten sich ein wenig und sie half mir beim Aufsetzen.

Das Zimmer drehte sich für einen Moment, und ich stieß ein Brummen hervor. Mit dem Handballen drückte ich gegen meine Stirn, in der Hoffnung, so das Karussell in meinem Kopf stoppen zu können. »Wer hat mich hergebracht?«

»Lukas.«

War ja klar. Warum frage ich überhaupt?

Ich machte Anstalten aufzustehen, doch Amoria bremste mich, indem sie mich an der Schulter zurückhielt. Ihre braunen Augen sahen mich mahnend an und verliehen ihren Worten zusätzlich Ausdruck. »O nein, du ruhst dich aus!«

»Ich habe keine Zeit zum Ausruhen. Ich muss …«

»Was musst du?«

»Ach nichts.« Nachdenklich nestelte ich am Verband meines linken Unterarms. Bis auf ein Brennen verspürte ich kaum Schmerzen. So wie es aussah, hatte ich keine ernsthaften Verletzungen davongetragen. In Anbetracht der Tatsache, dass ich von drei Höllenhunden gejagt wurde und nur knapp dem Tod entkommen war, fühlte ich mich erstaunlich gut. »Wie spät ist es?«

»*Ernsthaft, das ist jetzt deine wichtigste Frage?*«, meldete sich Floh zu Wort, was ich prompt gedanklich beantwortete. »Ich habe mich bloß gefragt, wie lange ich da unten war.«

»Wir haben es gleich halb drei. Du warst etwas über drei Stunden dort«, beantworte Amoria meine Frage. Okay, das war doch länger, als ich erwartet hatte.

»*Für das, was du da unten durchgemacht hast, hast du erstaunlich wenig Schaden genommen*«, säuselte Flohs Stimme in meinem Kopf. Ich ignorierte ihn und wandte mich stattdessen an Amoria.

»Du wirst es nicht glauben, aber ich habe tatsächlich Hunger.«

Ihre Augen weiteten sich. »Das ist das erste Mal, dass ich dich das sagen höre. Was soll ich dir bringen?«

»Eine Megaportion Spaghetti Bolognese.«

»Okay, das sollte kein Problem sein.«

»Danke.«

»Ruhe dich noch etwas aus.« Sie lächelte mir zu, bevor sie zur Tür ging und sie hinter sich schloss.

»*Du bestellst dir eine Portion Spaghetti Bolognese? Hier? Bist du dir sicher mit deiner Essensauswahl? Mich würde es nicht wundern, wenn wir hier nicht von einer klassischen Bolognese sprechen. Dämonenfleisch soll hier eine echte Delikatesse sein.*«

»Danke Floh. Bis zu diesem Moment habe ich mich noch auf meine Portion gefreut.«

»*Das war nur ein Scherz. Du warst heute großartig.*«

»Ja, ganz toll. Ich habe mich dabei köstlich amüsiert.«

»*Bellena, ist dir eigentlich klar, dass du ein weiteres Element deiner Magie freigesetzt hast?*«

»Ja, ich war dabei. Freut mich, dass du zufrieden bist.«

»*Wir müssen weiter daran arbeiten und die nächste Kraft freisetzen.*«

»Nächste Kraft? Ich dachte, ein Engel beherrscht im Normalfall nur ein oder zwei?«

»*Ja, ein herkömmlicher Engel. Aber das bist du nicht.*«

»Und was bin ich dann?«

»*Alles zu seiner Zeit.*«

»Natürlich, es dreht sich ja bloß um mich. Da kann man mit Antworten ruhig sparsam umgehen. Und was denkst du, wie viele Elemente noch dazu kommen? Zwei von fünf habe ich bereits.«

»*Um ehrlich zu sein, kontrollierst du bereits drei.*«

»Drei?«

»*Ja, was glaubst du, warum wir kommunizieren können? Das Element Äther ist eine unglaubliche Kraft. Wenn du erst einmal verstanden hast, was du damit alles bezwecken kannst und sie beherrschst, wird sie dir für deine zukünftige Aufgabe äußerst nützlich sein.*«

»Und du bringst es mir bei?«

»*Später. Vorerst hat sie nicht die oberste Priorität. Die nächsten zwei Elemente haben Vorrang. Ich denke, es dauert nicht mehr lange, bis du alle fünf beherrschst.*«

»Fünf? Ich soll alle fünf Elemente können?«

»*Richtig und wir sollten besser keine Zeit mehr verlieren. Bist du bereit?*«

»Was? Etwa jetzt? Ich habe gerade erst einen Höllenkampf hinter mir.«

»*Ja, genau jetzt. Fangen wir an, bevor Amoria dein gebratenes Dämonenfleisch bringt. Also Feuer mit der rechten Hand!*«

Ich seufzte und ließ das Feuer über meine Handflächen tanzen.

»*Und Eis auf der anderen Seite.*«

Es klappte sofort und ich musste zugeben, dass ich ein wenig stolz war. Ich sah auf meine Hände und betrachtete die beiden Elemente, die sich so nah waren, dass sie fast zusammen tanzten.

»*Gute Idee. Lass sie tanzen und verbinde sie miteinander. Das heißt, das Feuer muss bestehen bleiben.*«

Ich hasste es, dass ich keinen Gedanken mehr vor ihm geheimhalten konnte. Es musste doch eine Möglichkeit geben, es abzustellen?

»Bellena! Konzentriere dich«, hallte es ungeduldig in meinem Kopf.

Mit einem genervten Seufzen ließ ich das Eis wachsen. Es kroch wie kalte Finger zum Feuer und schlang sich darum, bis die Flamme in einem Käfig aus Frost gefangen waren. Sie erlosch fast, doch dann setzte ich meinen Fokus mehr auf das warme Element, und es klappte. Begeistert betrachte ich das Schauspiel.

»Die Kunst ist es, die Waage zu halten, dann kannst du sie immer miteinander verbinden. Alle Elemente ergänzen einander und zusammen bilden sie eine Einheit.«

»Wenn ich alle Elemente gleichzeitig verbinden kann, dann...«

»... Wäre das eine unbeschreibliche Macht. Aber darüber erfährst du alles noch früh genug«, stoppte er meine Euphorie.

»Wieso erzählst du es mir nicht jetzt?«

»Weil wir im Moment keine Zeit dafür haben. Du hast doch gesehen, was heute geschehen ist. Ohne die anderen Elemente spielt es ohnehin noch keine Rolle. Also, gleich noch mal.«

Ich schaffte es weitere dreimal, Feuer und Eis zu verbinden. Floh erhoffte sich zwar mehr, doch ich war mit meinen Leistungen zufrieden.

»Wir setzen das später fort«, sagte er, als Amoria mit meiner Portion Spaghetti zurückkam.

»Klar, ich freue mich darauf«, schoss ich ihm in meinen Gedanken hinterher. Er war nervig, doch ich war dankbar, ihn an meiner Seite zu wissen.

Ich setzte mich an den kleinen Tisch und Amoria stellte den Teller vor mir ab. »Hm, das sieht großartig aus.« Flohs Aussage mit dem Dämonenfleisch schoss mir wieder durch den Kopf. »Hast du es selbst zubereitet?«

»Ja, warum?«

»Du hast doch hoffentlich herkömmliche Zutaten benutzt? Ich meine, Fleisch vom Schwein oder Rind?«

»Wie bitte?« Sie lachte. »Du glaubst nicht ernsthaft, dass ich das erstbeste Fleisch genommen habe, das im Weg herumlag?«

Ihr herzhaftes Lachen erinnerte mich an das von Jay, denn es zeichneten sich ähnliche Fältchen an den Augenwinkeln ab. *Jay ... ob es ihm gut geht? Was er wohl gerade macht?*

»Was ist?«

»Du hast mich nur an ... Jay erinnert.« Traurigkeit lag in meiner Stimme. »Meinst du, dass er nach mir sucht?«

Sie setzte sich mir gegenüber und ergriff meine Hand. »Da bin ich mir ganz sicher. Er wird nichts unversucht lassen, dich zu befreien.«

»Was ist mit dir? Kommst du mit uns?«

»Bellena, ich gehöre nicht mehr in deine Welt. Ich habe diesen Ort seit fast fünfzehn Jahren nicht mehr verlassen.«

»Aber bist du gar nicht neugierig auf Jay? Du hast so viel verpasst. Möchtest du ihn nicht kennenlernen?«

»Das würde ich gern, aber ich bezweifle, dass er das möchte.«

»Er vermisst dich. Außerdem weiß er nicht, dass du noch lebst. Da bin ich mir sicher. Bitte komm mit. Denke wenigstens darüber nach.«

Knapp nickte sie. »Okay, ich werde darüber nachdenken und jetzt iss. Lass mich nicht umsonst in der Küche gestanden haben.« Während ich den ersten Bissen nahm, ging sie auf die Tür zu.

»Bleibst du gar nicht?«

»Ich habe leider noch einige Aufträge zu erfüllen. Wir sehen uns später.«

Lange, nachdem ich mit dem Essen fertig war, blieb es eigenartig ruhig. Weder Lukas noch Floh buhlten um meine Aufmerksamkeit, selbst Amoria ließ sich nicht blicken. Deshalb nutzte ich die freie Zeit und setzte mich an den Klavierflügel.

Ich spielte Lieder von Florian Christl und wünschte, Jay wäre bei mir, sodass ich mich an seine Schulter lehnen und seinem Spiel lauschen könnte. Doch wie ging es überhaupt mit uns weiter? Nach allem, was mit seinem Vater und Dara vorgefallen war? Sie war bei ihm, aber wieso? Oder war es nur eine Täuschung? Immerhin war es Luzifer, der es mir zeigte. Sollte ich ihm wirklich glauben? Was er über Toby und die Prophezeiung erzählt hatte … war es vielleicht nur ein Trick? So viele Gedanken schossen mir durch den Kopf und es fiel mir schwer, mich auf das Spielen zu kontrollieren.

Ich beendete gerade *"What was I made for"*, da applaudierte es plötzlich. Ruckartig drehte ich mich in die Richtung, aus der es gekommen war, und sah Luzifer, der auf einem der Stühle vor der Terrasse Platz genommen hatte. Sein Gehstock lehnte lässig am Tisch. »Ich wusste, es lohnt sich, einen Flügel hier unterzubringen.«

Stumm und regungslos blieb ich sitzen.

»Du warst heute beeindruckend, Prinzessin.«

Hatte er gesehen, was ich getan hatte? Maja hatte versucht, alles so schnell wie möglich zu beseitigen, aber was, wenn er mich beobachtet hatte? Wenn er wusste, dass ich eine weitere Magie freigesetzt hatte? »Mir blieb ja kaum eine Wahl. Hättest du mich da unten wirklich sterben lassen?«

»Nein, dafür bist du viel zu wertvoll.«

»Gut zu wissen. Vielleicht beruhigt mich das fürs nächste Mal? Wie sind denn die weiteren Pläne? Noch mehr Höllenhunde? Womöglich Riesen, Vampire, Orks oder Voldemort?«

»Dafür, dass du dich in einer Situation befindest, die für dich tödlich ausgehen könnte, hast du ein ganz schön freches Mundwerk.«

»Sagtest du nicht gerade, ich wäre zu wertvoll, um mich zu töten?«

»Ja, das sagte ich. Aber nicht jeder teilt diese Meinung. Wie du vielleicht bemerkt hast, bin ich hier nicht der Einzige. Gewisse Personen halten sich nicht immer an meine Anweisungen. Würden sie es tun, wärst du jetzt nicht hier.«

»Du willst mir ernsthaft weismachen, dass der mächtige Luzifer seine Anhänger nicht unter Kontrolle hat? Wie ironisch, dass du früher auf der anderen Seite standest und derjenige warst, der sich nicht an die Befehle gehalten hat.«

»Das nennt man dann wohl Karma.«

»Du erwartest jetzt hoffentlich kein Mitleid von mir?«

»Nein, Mitleid ist nicht das, worauf ich aus bin.«

»Was ist es dann?«

»Ich möchte, dass wir Freunde werden.«

Freunde? Hatte ich mich gerade verhört?

Er sah mich mit seinen dunklen stechenden Augen an und ein leichtes Lächeln zeichnete sich auf seinen Lippen ab. »Lust auf einen Spaziergang durch die Hölle, Prinzessin?«

Kapitel 16

Bellena

Wir verließen das Gebäude durch einen der Seiteneingänge. Der Weg dorthin war so verwirrend, dass ich ihn auf keinen Fall allein wiederfinden würde. Ich glaubte, genau deswegen hatte er ihn gewählt. Der Spaziergang diente sicherlich nicht dazu, dass ich mich hier zurechtfand und frei umherirrte. Still lief ich neben Luzifer her. Was bezweckte er nur mit diesem Ausflug?

Der Gestank war beißend und faulig, eine Mischung aus verbranntem Fleisch und Schwefel, die auch an der offenen Luft auf meiner Lunge lastete. Dichte Rauchschwaden und feiner Ruß trübten die Sicht. Der Himmel war von einem unheilvollen Rot durchzogen. Es wirkte, als hätte sich das Firmament selbst entzündet.

Der Boden unter meinen Füßen bestand aus einem schroffen, dunklen Gestein. Er war rissig und spröde, als hätte die Erde unter der Hitze gelitten. Immer wieder zogen sich glühend rote Spalten hindurch. Es war die pulsierende Lava, die sich in Strömen von den Bergen hinabwälzte. Das Grollen der Vulkane war allgegenwärtig, so wie die qualvollen Schreie, die aus allen Richtungen widerhallten. Sie waren voller Schmerz. Selbst in dieser brennenden Hitze ließen sie mir das Blut in den Adern gefrieren.

Wir näherten uns unzähligen Häuserruinen, die unmöglich bewohnt sein konnten. Doch ich irrte mich. Die Gebäude erhoben sich aus schwarzem, zerklüftetem Stein. Er glänzte an manchen Stellen, als wäre er von der Hitze geschmolzen und dann wieder erstarrt. Einige Bauten erinnerten an hoch aufragende Türme, die sich wie Klauen in den rot glühenden Himmel bohrten. Andere sahen aus wie gewaltige Festungen, mit dicken Mauern, die von feurigen Adern durchzogen wurden. Die Fenster waren keine normalen Öffnungen, sondern düstere Löcher, aus denen flackernde Lichter drangen. Es hatte den Anschein, als würden die Gebäude von innen heraus brennen. Manche Türen bestanden aus verdrehtem Metall und waren mit dämonischen Symbolen verziert, während andere Eingänge wie gähnende Schlünde im Gestein klafften. In allen Ecken entdeckte man groteske Verzierungen. Verzerrte Gesichter, die in den Stein gemeißelt waren und den Eindruck erweckten, sie könnten jeden Moment zum Leben erwachen.

»Keine Sorge, Prinzessin. Wir müssen nicht hindurch. Ich kann deine Angst förmlich riechen.«

Auch wenn ich es ihm gegenüber nicht zugab, war ich dankbar, dass Luzifer eine Route fernab von diesem Areal wählte. Stattdessen lenkte er mich zu einem Weg, der an einem der erloschenen Vulkane entlang nach oben führte. Dennoch blieben wir nicht unbemerkt. Aus den Augenwinkeln beobachtete ich, wie sie uns hinterher sahen, als wir die Strecke antraten.

Nachdem ich mich sicher fühlte – so sicher, wie man sich neben Luzifer fühlen konnte – sah ich nach unten, um einen weiteren Blick auf den Ort zu werfen. Zwischen den Gebäuden zogen sich enge, gewundene Gassen, in denen die Schatten zu leben schienen. Es waren Dämonen, mit ledrigen Flügeln, glühenden Augen und bizarren Gesichtern. Ihre Bewegungen waren geschmeidig, aber unnatürlich. Einige krümmten sich am Boden, andere schritten mit einem düsteren Lächeln die Straßen vorwärts, während ihre Klauen über das Gestein kratzten. Unter ihnen entdeckte ich einen Mann, der neben einem der Eingänge eines Turmes angekettet war und mich musterte. Auf den ersten Blick wirkte er menschlich. »Wer sind diese Leute hier? Ich meine, sind sie tot?«

»Die Hölle ist in Wirklichkeit kein Ort, wie ihr ihn aus euren Bibelgeschichten kennt. Wer tot ist, ist tot. Alle, die hier sind, haben sich mir angeschlossen oder sind Verräter. Sie müssen eine Schuld begleichen, entweder nur an einen Einzelnen, an eine Gruppe oder an mich. Der dort vorn ...« Mit einem knappen Nicken deutete er auf den Mann, der mich noch immer fest im Blick behielt. »Er begleicht sein Verschulden an einem Einzigen. Was er mit ihnen macht, ist allein seine Sache. Häufig werden sie als Haustiere oder Sklaven gehalten.«

»Für wie lange?«

»So lange, bis sie freigegeben werden, bis zu ihrem Tod, manche auch für immer. Du solltest kein Mitleid mit Ihnen haben. Sie gehören nur selten zu den Guten. Meist sind es Mörder, Betrüger oder Sexualverbrecher. Sie haben sich die falschen Opfer ausgewählt oder den falschen Komplizen ausgesucht. Einige wenige sind einen Deal eingegangen. Aber es waren selten Dinge dabei, die etwas Positives bewirkten. Kein Mensch mit guten Absichten würde jemals einen Handel mit einem Dämon eingehen. Nicht nur aus Prinzip, sondern auch, weil er nicht einmal wüsste, wo er einen auftreiben sollte. Falls er es doch tut, dann nur, weil er egoistisch ist oder längst den Glauben an das Gute verloren hat. Er lässt sich von seinen eigenen dunklen Begierden leiten und ist bereit, seine Seele für ein vermeintliches Ziel zu opfern.«

»Ist Amoria deshalb noch hier? Weil sie den Glauben an ihr Gutes Ich verloren hat?«

»Es stand ihr bereits vor vielen Jahren frei, zu gehen. Doch all das, was sie über Asazel und Jay erfahren hatte, ließ nicht ihren Glauben an sich selbst zerbrechen, sondern an ihre Familie, ihrem eigenen Sohn. Sie war allein. Das, meine Liebe, ist der feine Unterschied.«

»Jay hätte sie mit offenen Armen empfangen und sich von seinem Vater abgewandt.«

»Da sei dir mal nicht so sicher. Du magst vielleicht glauben, dass er nichts von seiner Mutter wusste, aber was ist, wenn ihr Tod für ihn nur symbolisch ist? Du weißt selbst, dass er für seinen Vater alles tun würde, weil er ihn mit seinen Lügen vergiftet hat. Was, wenn seine Mutter für Jay nur tot ist, weil sie an dem Ort ist, den er so verabscheut?«

»Selbst wenn Jay es wüsste, hat er nur nie nach ihr gesucht, weil sein Vater ihn belogen hat. Womöglich hat er ihm sogar erzählt, dass seine Mutter ihn nicht wollte und ihm versichert, dass er der Einzige ist, den er noch hat?«

Luzifer blieb stehen und drehte sich zu mir. »Er hatte *dich* und trotzdem ist seine erste Wahl auf seinen Vater gefallen.«

»Aber er kam zurück. Er wollte mir helfen. Bagael hat ihn nur daran gehindert.«

»Blut ist dicker als Wasser.«

»Es hat dich nicht daran gehindert, dich gegen deine Familie zu stellen und einen Krieg zu entfachen. Die Geschichte ist doch wahr, oder?«

»Ja, das ist sie.«

»Siehst du? Du hast dich für deine Überzeugung gegen deine Familie gestellt. Auch wenn es nicht gerade die beste deiner

Ideen war. Der Menschheit wäre viel Leid erspart geblieben. Trotzdem hast du es getan, genauso wie Jay es tun wird.«

»Meinst du wirklich, dass die Welt besser dran wäre, wenn ich es damals nicht getan hätte? Es muss immer ein Gleichgewicht geben. Mein Vater wusste damals schon, dass es unter den Menschen auch das Böse hervorbringen würde. Was glaubst du, warum er mich die Hölle hat erschaffen lassen? Sie war nicht nur für diejenigen, die sich gegen ihn stellten und somit auf meiner Seite waren. Sie war auch für die Menschen, die du da unten siehst. Sieh sie dir an! Sieh dir *ihn* an! Wie er in seinen Fesseln hängt. Siehst du Reue? Ich sehe nichts dergleichen. Soll ich dir sagen, was er getan hat? Er hat seine Familie getötet. Seine Geschwister, die noch Kinder waren.«

»Das mag sein. Aber auch ihr habt viel Unheil über die Welt gebracht. Jay hat mir erzählt, wie oft ihr versucht habt, die Welt in ihr Verderben zu stürzen. Du, Samael und Lilith ...«

»Dann hast du bestimmt gehört, dass es meistens Liliths Verdienst war.«

»Aber du hast dabei zugesehen und bist nicht eingeschritten. Du wusstest, warum sie es tat. Weil sie um deine Zuneigung kämpfte. Du hättest viel Leid verhindern können, wenn du ihr die gewünschte Aufmerksamkeit gegeben hättest.«

Er lachte laut auf. »Oh, Bellena. Du bist noch so naiv. Ich hatte viele Frauen, aber Lilith war die Schlimmste. Sie konnte nie genug bekommen. Sie ist egoistisch, selbstverliebt und von jeher bösartig. Du glaubst, ich hätte es verhindern können? Nun, meine Liebe, da irrst du gewaltig. Sie tut, was sie will. Das hat sie schon immer.«

»Aber es heißt, dass sie dich liebt ...«

»Das ist ein Märchen. Eine Geschichte, die sie als ihre Rechtfertigung nutzt. Lilith liebt nur sich selbst. Ihre Liebe zu anderen dient nur zum Schein. Wenn du vor jemandem Angst haben solltest, dann vor ihr, denn sie ist unberechenbar. Sie ist wie ein Sturm, der ohne Vorwarnung aufzieht. Ein Sturm, den selbst ich nicht kontrollieren kann.«

»Warum wirst du sie dann nicht einfach los?«, murmelte ich.

Langsam senkt er den Blick, als ob die Worte eine Last auf seinen Schultern drückten. Ein tiefes Seufzen entwich ihm, als er sich umdrehte und den Weg weiter nach oben lief.

Er hatte versucht, sie loszuwerden. Da war ich mir sicher. *Ja, das hat er«*, hörte ich Flohs Stimme in meinem Kopf.

»Aber …«

»Zerbreche dir lieber nicht den Kopf darüber. Nutze die Chance für andere Fragen.«

Ich folgte Luzifer, beschleunigte meine Schritte, bis ich ihn einholte. Er sah kurz zu mir und ein leichtes Lächeln umspielte seine Lippen.

»Was ist mit Samael? Liebt sie ihn auch nicht?«, fragte ich ihn, während wir weiter nebeneinanderher liefen.

»Er ist nur einer von vielen. Wir leben hier nicht monogam. Stattdessen nehmen wir uns, wen und was wir wollen.«

»Was ist mit dir? Was ist mit deinen anderen Frauen?«

»Ich habe sie gehen lassen. Sie sind frei. Gelegentlich sehen wir uns, wenn mir danach ist.«

»Dann hast du auch Kinder?«

»Ja.«

»Und hast du Kontakt zu ihnen?«

Er lächelte. »Natürlich. Ich behaupte von mir, dass ich ein guter Vater bin. Jedenfalls besser als manch andere.«

»Hmm, ich glaube, das würden nur sie ehrlich beantworten. Verrate du mir, wer sie sind? Dann kann ich sie für dich fragen.«

»Du bist wirklich amüsant. Vielleicht bist du ja eins von meinen Kindern?« Schelmisch sah er mich an.

»Der Teufel versucht, witzig zu sein. Das wird mir bestimmt niemand glauben. Also stimmt es nicht, dass du dich von Lilith abgewendet hast, weil eure Kinder ...?«

Die Frage blieb unbeantwortet, da plötzlich eine Feuerfontäne neben mir in die Höhe schoss. Luzifer konnte mich gerade noch rechtzeitig von ihr wegziehen, bevor sie mich erwischte. Mit brachialer Gewalt schoss sie in den dunklen Himmel empor. Das Grollen der Erde begleitete das Schauspiel, während Funken wie glühende Insekten in alle Richtungen stoben. Wir entfernten uns so weit wie möglich von der Feuersäule und liefen erst weiter, als sich die Fontäne wieder zurückzog.

»Danke. Das wäre beinahe schiefgelaufen.«

Er brummte bloß und setzte mit starrem Blick den Weg fort. Einem das Leben zu retten, gehörte höchstwahrscheinlich nicht zu den Dingen, die er oft tat. Mit dem Töten sah es da schon anders aus.

Ich versuchte mein Glück erneut. »Du bist doch der König der Hölle?«

Er zog die Augenbrauen nach oben.

»Warum tötest du nicht einfach Lilith und Samael, wenn sie sich nicht an deine Regeln halten?«

»So einfach ist es nicht.«

»Und eine andere Erklärung bekomme ich nicht?«

»Damit musst du dich vorerst zufriedengeben. Lass uns zur Abwechslung über dich reden.«

»Okay, gute Idee. Wer bin ich?«

»Du bist Bellena.« Er versuchte tatsächlich, witzig zu sein. Okay, zweiter Versuch.

»Woher komme ich? Ich meine, ich bin anscheinend ein Engel und soweit mir bekannt ist, meine Eltern nicht.«

»Was macht dich da so sicher?«

»Ich hätte es doch gemerkt, wenn sie ... also, wenn meine Mutter«, stammelte ich. Ich nahm einen tiefen Atemzug und bereute es sofort, als sich die Gase einen Weg durch meine Lungen suchten. Ich wurde von einem heftigen Hustenreiz geschüttelt.

Luzifer kümmerte es nicht. Er lief einfach weiter, bis er oben angekommen war. Dann drehte er sich abwartend zu mir um.

Nachdem ich mich von meinem Anfall erholt hatte, holte ich zu ihm auf. »Du wolltest, dass wir Freunde sind?«

»Das ist richtig.«

»Sollten wir dann nicht offen miteinander sprechen? Ich meine so ein "ich vertraue dir, du vertraust mir und deshalb können wir uns alles sagen" Ding.«

»Weißt du, was der Nachteil an den Personen ist, denen wir vertrauen?«

Er wartete ab, ob ich etwas sagte. Doch ich wusste keine Antwort darauf.

»Es sind diejenigen, die uns verraten können. Vergiss das niemals.« Er entfernte sich ein Stück von mir und stellte sich an den Rand der Klippen. »Beeindruckend, nicht wahr? Wir befinden uns hier auf einer Insel, um uns herum nichts, außer dem Meer. Hierher gelangt man nicht so einfach. Die Felswände erstrecken sich im Übrigen um die gesamte Insel. Manche wurden durch die Natur, andere wiederum künstlich durch uns angelegt. Durch meine Helfer«, flüsterte er den letzten Satz und zwinkerte mir zu.

Ich sah an ihm vorbei. Ein wenig abseits von uns ergoss sich heiße Lava in breiten Kaskaden über die steilen Klippen. Sie fiel in brodelnden Wellen, wo sie mit lautem Zischen auf das aufgewühlte Meer traf. Die Wellen schlugen mit unbändiger Kraft gegen die Felsen, während die Lavazungen ins Wasser sickerten und in gewaltigen Explosionen verdampften. Ein wilder Tanz aus Feuer, Rauch und Wasser spielte sich vor meinen Augen ab.

»Ich hatte mir die Hölle größer vorgestellt«, sagte ich, hielt meinen Blick aber wie gebannt auf das tosende Wasser gerichtet.

»Das hier ist nur ein Bruchstück. Es ist sozusagen der abgeschottete Teil. Hier kommt man her, wenn man nicht gefunden werden möchte oder wenn man vorhat, jemanden gut zu verstecken.« Ein höhnisches Grinsen zeichnete sich auf seinem Gesicht ab. »Die einzelnen Areale sind durch unterirdische Gänge miteinander verbunden und werden von meinen Lieblingstierchen bewacht – den Höllenhunden.«

»Ich hoffe, die Drei von heute Morgen gehörten nicht zu deinen Wachen? Nicht auszudenken, würde einer der Eingänge unbewacht bleiben.«

»Keine Sorge, selbst wenn es so wäre, würde dein Jay trotzdem ohne Hilfe nicht hierher finden. Ich erwähne es nur, falls du es dir erhofft hast. Die Tunnel sind ein einziges Labyrinth. Und solange er nicht weiß, wo du dich befindest, ist es, als würde er die Nadel im Heuhaufen suchen. Das bedeutet, du wirst es hier noch eine ganze Weile aushalten müssen. Wer weiß? Vielleicht sogar für immer, als mein persönliches Haustier?«

Er sah nun zum Landesinneren und sein Blick fiel zu dem Turm, der sich in seiner vollen Pracht zeigte, bedrohlich und faszinierend zugleich. Er erhob sich bis zum Himmel und wirkte, als wäre er ein Relikt aus einer vergessenen Ära. Jedoch besaß er eine moderne, fast surreale Note. Sein Fundament war massiv, aus schwarzem Basalt. Durch unzählige feine Risse flackerte rötliches Licht, so als würde das Bauwerk von innen glühen. Am Fuße des Turmes erstreckte sich eine gewaltige Treppe. Die Stufen bestanden aus dunklem, glattem Stein. Zu beiden Seiten ragten schlanke, gemeißelte Säulen, aus denen vereinzelte Flammen loderten. Die Treppe endete vor einem gigantischen Portal, dessen Türen aus einem beinahe lebendig wirkenden Metall bestanden. Der Turm selbst war von einer Vielzahl von Terrassen durchzogen, die sich vereinzelt um das Bauwerk wanden. Jede Plattform ist in einer unterschiedlichen Größe, mit Geländern aus dunklem Metall gefertigt. Das Auffälligste waren die Fenster. Riesige, moderne Glasfronten, die sich mit einer Eleganz in das finstere Bauwerk fügten. Manche davon reichten über mehrere Stockwerke, waren schlank mit hohen Schlitzen, die wie wachsame Augen wirkten.

»Ein beeindruckendes Gebäude, nicht wahr? Es gehört zu meinen Schönsten. Ich habe auf der ganzen Welt einen Platz, aber hier halte ich mich am liebsten auf. Du hast es bislang nicht gesehen, da wir uns nicht ganz oben befanden. Vielleicht zeige ich es dir irgendwann, denn von meinen Gemächern aus kann man das gesamte Meer überblicken. Der einzige Nachteil ist, dass Lilith sich dort ebenfalls am liebsten aufhält.«

»Vielleicht solltest du dir einen neuen Lieblingsort suchen?«

Augenblicklich wurde seine Miene ernst. »Wenn wir gerade dabei sind, von anderen Orten zu sprechen. Morgen hast du einen Tag Pause. Ich werde noch heute abreisen, bin aber spätestens morgen Abend zurück. Lukas wird dich auf meinen Befehl hin in Ruhe lassen.«

»Weil er ja so gut auf deine Befehle hört.«

Er brummte. »Lass das mal meine Sorge sein.«

Kapitel 17

Bellena

Das Wasser tobte wild und unbarmherzig gegen die Klippen, so als wollte es mich verschlingen. Hinter mir hallten die Schritte der Dämonen über den Boden. Sie kamen näher. Nur noch wenige Atemzüge, dann würden sie mich erreichen. Mein Herz raste und meine Gedanken überschlugen sich.

Ich stand an der Kante, den Blick in den Abgrund gerichtet. Wenn ich sprang, würde mich das Wasser verschlucken und in die Tiefe reißen? Oder würde die glühende Lava mich sofort verzehren? War dies wirklich mein einziger Ausweg? Würde dies mein Ende sein und ich würde Jay nie wieder sehen?

Plötzlich heulte der Wind auf, doch es war nicht nur eine Brise. Es war ein Sturm, der gewaltig und unbändig über die Insel fegte und die Wellen in die Höhe trieb. Mit erbarmungsloser Kraft schlugen sie gegen die Klippen, bis der Boden unter meinen Füßen erzitterte. Risse zogen sich durch den Felsvorsprung und fraßen sich unaufhaltsam weiter. Jeden Moment könnte die Barriere zwischen der Insel und den brodelnden Wassermassen brechen.

Ich hörte meinen Namen rufen und mein Blick flog instinktiv zum Dämonenturm. Ein Zeichen ragte über ihm auf. Ein Oktaeder, das Symbol des Elements Luft.

Der Boden bebte nun so heftig, dass ich kaum noch stehen konnte. Mit einem markerschütternden Krachen begann die

Erde unter mir, zu brechen. Felsblöcke lösten sich und stürzten in die Tiefe.

Erneut hörte ich meinen Namen rufen und dann war da nur noch Dunkelheit.

Ich schreckte hoch und sah in zwei stahlgraue Augen, die mich taxierten. »Lukas?«

Instinktiv zog ich die Decke über meinen Körper und rutschte zur Seite, um so viel Abstand wie möglich zwischen uns zu bringen. Was wollte er hier? Hoffentlich nicht fortsetzen, was er heute Morgen - nein gestern Morgen - begonnen hatte, denn ein Blick auf die Uhr verriet mir, dass es fast 5 Uhr morgens war.

Ich sah zur geöffneten Terrassentür. »Bist du über die Terrasse hereingekommen?«

Wie aufs Stichwort lief er darauf zu, um sie zu schließen. »Nein, sie ist plötzlich aufgesprungen, kurz bevor du aus deinem Traum geschreckt bist.«

»Woher weißt du, dass ich geträumt habe?«

»Du hast von Jay gesprochen, deshalb ...« Er senkte seinen Blick.

Etwas war anders. Lukas wirkte nicht mehr so selbstbewusst, nicht mehr so furchteinflößend. Er erweckte den Eindruck, der Lukas von früher zu sein. Doch so einfach ließ ich mich nicht beirren. »Was willst du, Lukas? Fangen wir jetzt schon mitten in der Nacht an, mit deinen Quälerein?«

Kaum merklich zuckte er zusammen. »Bellena. Ich ... Es tut mir leid.«

Okay, das war merkwürdig. Warum entschuldigte er sich? Er lief um das Bett herum und setzte sich auf die äußere Kante. Es schien, als würde er meine Bitte nach Abstand akzeptieren. »Ich war das nicht. Also ich war das schon, aber...«

»Was aber?«

»Ich wollte das nicht, aber ich hatte keine Chance. Ich habe alles mitbekommen. Alles, was ich dir angetan habe, aber ich konnte nichts dagegen unternehmen.«

Was er da stammelte, war so verwirrend. »Lukas, wovon redest du?«

Mit gesenktem Blick suchte er nach den richtigen Worten. »Sie kam in der Nacht zu mir. Es war wie ein Sog und dann ...« Er hob seinen Kopf und sah mir fest in die Augen. »Sie war schön und ich verfiel ihr. Sie wünschte, dass ich Dinge tat, die ich nicht wollte. Leonie, ich wollte nie mit ihr zusammen sein. Ich wollte nie, dass wir uns streiten. Aber sie wollte es, sie verlangte es, und ich hatte keine Wahl. Mein Körper reagierte wie ferngesteuert.«

Jays Worte drangen in mein Bewusstsein. *»Sie gilt als die Königin der Nacht. Sie verführt Männer zu sexueller Zügellosigkeit und Betrug. Es heißt, dass sie nachts in ihre Schlafzimmer eindringt, um sich der Männer zu bemächtigen.«* Die Erkenntnis traf mich mit der Wucht einer Welle, die an den Felsen bricht. »Lilith.«

»Es tut mir so leid, Bellena. Alles.«

»Seit wann?«

»Es war kurz nach dem Tod deiner Oma. Sie war noch nicht mal unter der Erde.«

»Aber warum jetzt? Warum darfst du jetzt hier sein und es mir erzählen?«

»Sie ist gestern Abend abgereist. Ich dachte erst, dass es an der Entfernung liegt. Doch ich glaube nicht an Zufall. Sie muss es gewusst haben. Ich glaube, dass sie will, dass ich es dir erzähle.«

Ich blieb stumm. War das eine Falle? Was, wenn das alles nur Teil einer Show war? Wenn sie wollten, dass ich ihm glaube? Aber was, wenn er die Wahrheit sagte? Doch warum ließen sie ihn einfach hier herumlaufen? Wollten sie ihn nicht mehr gegen mich benutzen? Ich konnte mir nur schwer vorstellen, dass sie ihn einfach hier hinausspazieren lassen würden. Es war völlig ausgeschlossen, dass sie ihn gehen lassen. *Nein, sie werden ihn weiter gegen mich benutzen.*

Plötzlich verstand ich es und mein Herz setzte einen Schlag aus. Sie zielten darauf ab, mich zu brechen, indem sie ihn … Deshalb durfte er mir alles erzählen, damit ich von seiner Unschuld erfuhr.

»Ich werde nicht mehr gebraucht. Ich nütze ihnen nichts mehr. Ich glaube, sie geben mir die Chance, mich von dir zu verabschieden«, sagte er nüchtern.

Wie konnte er dabei so ruhig bleiben? Nein, das konnte ich unmöglich zulassen. Ich sprang aus dem Bett und zog mir etwas über. Mein Atem ging stoßweise. Die Wände schienen näher zu rücken und Panik krallte sich in meine Brust. Fieberhaft ließ ich meinen Blick durch das Zimmer huschen, suchte verzweifelt nach einem Ausweg.

»Was machst du?«

»Ich ziehe mir etwas an und dann verschwinden wir.«

»Wir kommen hier nicht raus. Das weißt du genauso gut wie ich.« Lukas packte mich an die Schulter und versuchte, mich zu beruhigen, doch ich riss mich los. Meine Brust hob und senkte sich, während mein Blick überall und nirgends verweilte. »Das kann nicht wahr sein. Sag mir, dass das nicht wahr ist!« Meine

Knie wurden weich, meine Beine drohten nachzugeben, doch ich kämpfte dagegen an. »Es ist vorbei, oder?« Meine Stimme war kaum mehr als ein Flüstern. Ich wusste es mit jeder Faser meines Körpers. Genau wie er es wusste.

Lukas hob beschwichtigend die Hände und trat einen Schritt näher. »Es ist okay.«

»Wie kannst du so ruhig bleiben? Ich meine ... du weißt, was sie vorhaben und trotzdem ...«

Reumütig senkte er seinen Blick. »Ich habe dir so viel Grauenhaftes angetan. Ich kann damit nicht leben. Ich ...«

»Lukas, das warst du nicht.«

»Ich kann es nicht vergessen. Was ich gesehen habe, was ich getan habe. Ich habe meine Eltern verletzt. Es sind Menschen gestorben, und ich habe ihnen dabei zugesehen. Jeder, der sich Lilith, der sich mir in den Weg gestellt hatte. Es waren Dutzende. Leonie ...«

»Was ist mit Leonie?«

»Sie kam und stellte mich nach der Abschlussfeier zur Rede. Lilith war so wütend, dass du mir entkommen bist. Sie ist tot.«

Ich riss die Augen auf und schluckte schwer. »Du hast Leonie getötet?« Verdammt, hatte ich gerade gesagt, dass er es war? »Ich meine, Lilith. Sie hat sie getötet?«

»Bellena, hör auf. Wenn es dir schon schwerfällt, es auszusprechen, was glaubst du, wie schwer es erst für mich ist? Ich habe das getan. Ich habe gesehen, wie das Licht aus ihren Augen verschwunden ist, und ich habe dabei einfach nur zugesehen.«

Tränen liefen über meine Wangen. Er kam auf mich zu und blieb mir gegenüber stehen. »Aber du warst nicht du selbst«, wisperte ich.

»Es spielt keine Rolle.« Seine Worte waren nur ein Flüstern. »Es spielt für mich keine Rolle mehr, denn ich kann nicht damit leben.«

Schluchzend schlang ich meine Arme um seinen Hals und presste ihn so fest an mich, wie ich nur konnte. Er erwiderte es und drückte mir einen Kuss auf den Kopf, bevor er sein Kinn darauf ablegte.

»Es ist okay, wirklich. Aber du musst mir etwas versprechen. Egal was passiert, gib ihnen nicht, was sie verlangen. Behalte deine Magie für dich. Versprichst du mir das?«

Ich nickte und schluchzte weiter. »Ich liebe dich, Lukas. Du bist mein bester Freund. Ich ...«

Plötzlich versteifte er sich und ließ von mir ab. »Ach Süße, das von dir zu hören, tut so gut.«

Sofort löste ich mich von ihm und sah, wie sich das Rot aus seinen Augen zurückzog. Rote Augen, so wie die von Lilith.

»Schluss mit der Verabschiedung. Es gibt noch einiges zu erledigen, bevor wir zum großen Finale kommen. Du solltest noch etwas schlafen. Du wirst deine Kraft heute brauchen.«

Wie versteinert stand ich vor ihm und konnte mich nicht bewegen. Selbst als er eine Hand an meine Wange legte. »Sei nicht traurig meine Süße. Es wird nicht lange dauern, bis wir uns wiedersehen.« Mit diesen Worten verließ er den Raum und ich sank zu Boden. Mein Herz war gebrochen.

»Floh«, rief ich, doch in meinem Kopf blieb es ruhig. Ich schrie erneut, doch da war nichts außer Leere. Ich rang nach Fassung, doch die Verzweiflung schnürte mir die Kehle zu. Jeder Atemzug fühlte sich an, als würde es meine Lungen zerreißen. Meine Hände zitterten, während ich sie zu Fäusten ballte und sich meine Fingernägel in die Handflächen bohrten. Vielleicht würde der Schmerz mich ablenken, wenigstens für einen Moment, doch es half nichts. Ich würde meinen besten Freund endgültig verlieren. Daran bestand nun kein Zweifel mehr.

Kapitel 18

Bellena

Nachdem Lukas weg war, blieb es ruhig. Zu ruhig. Verzweifelt versuchte ich, Floh zu kontaktieren, doch all die Bemühungen halfen nichts. Ich war mit meinem Schmerz allein. Er füllte jeden Atemzug und jede Faser meines Körpers. Die Gedanken kreisten immer wieder um das Gespräch mit Lukas. Seine Worte, seine Entscheidung.

Ich suchte nach Ablenkung und trainierte. Versuchte, meine Kräfte zu kanalisieren, doch es gelang mir nicht. Es war, als wäre mein Körper leer, eine Hülle, die sich nur noch mit Mühe am Leben hielt. Alles fühlte sich fremd an, als hätte ich mich in einer Welt verloren, die ich nicht mehr verstand.

Stunden später wurde ich von Lukas abgeholt. Bis dahin blieb ich allein. Selbst Amoria brachte mir kein Frühstück. Wusste sie Bescheid? War ihr klar, dass ich bei dem, was Lukas bevorstand, ohnehin keinen Bissen herunter bekommen würde? Oder war sie zu feige, mir unter die Augen zu treten?

Ich hoffte so sehr, dass Lukas und ich nicht recht behielten und sie ihn doch noch benötigten. Und wenn es nur für Botengänge wäre. Ihn jetzt so zu sehen, ließ mein Herz schwer werden.

»Lukas?«

Er ignorierte mich, während wir den Gang nach unten gingen. Er war nicht er selbst. Trotzdem versuchte ich, zu ihm durchzudringen. »Erinnerst du dich daran, wie wir uns kennengelernt haben?«

»Könntest du deine Klappe halten? Deine Gefühlsduselei kümmert mich nicht.«

»Aber …«, setzte ich an, bis er mich abrupt gegen die Wand drückte, mit der Hand an meiner Kehle. Diese plötzliche Gewalt ließ meinen Körper erstarren. Die Luft wich mir aus den Lungen und ich versuchte verzweifelt, einen klaren Gedanken zu fassen.

»Ich will, dass du den Mund hältst. Hast du mich verstanden?«

»Ja«, brachte ich in einem Flüstern heraus. Ich sah in seine stahlgrauen Augen, die mich bedrohlich musterten, bevor er endlich locker ließ. Mein gesamter Körper zitterte und ich spürte, wie mir eine Träne über die Wange lief. Genervt packte er mich am Oberarm und zog mich durch die Gänge, sein Blick dabei starr geradeaus gerichtet.

Vor der mir bekannten Tür hielten wir an. Nichts erinnerte an die Vorkommnisse von gestern. Sie hatten alles beseitigt. Dabei hatte ich angenommen, dass sie die verbrannten Knochen oder sonstige Überreste, als Mahnmal für mich zurücklassen. Doch da war nichts. Nicht einmal die Handschellen, die der Kerl bis gestern um seine Handgelenke trug.

Lukas öffnete die Tür und schubste mich hinein, bevor er sie krachend hinter sich ins Schloss fallen ließ. Diese mal würde ich nicht den gleichen Fehler machen und daran glauben, wir wären nur für uns. Deshalb glitt mein Blick in jede noch so dunkle Ecke. Doch ich entdeckte nichts. So wie es aussah, waren wir wirklich allein.

Ich ging das Risiko ein, versuchte, ein weiteres Mal zu Lukas durchzudringen, indem ich ihm in die Arme fiel. Aber er blieb nur mit hängenden Schultern stehen, rührte sich nicht und sagte kein Wort. Seine Emotionen waren kalt wie ein Eisklotz. Ich ließ von ihm ab und sah ihn eindringlich an, doch seine grauen Iriden starrten mich nur ausdruckslos an.

Einen tiefen Atemzug nehmend wandte ich mich von ihm ab und schloss die Lider. Tränen liefen mir über die Wangen, aber ich wischte sie schnell beiseite. Ich wollte nicht, dass er sie sah, geschweige denn Lilith. Nein, ich würde stark bleiben. Für Lukas, für mich. »Du warst ein Freund, der einst an meiner Seite war, der meine Sorgen kannte und mein Leid. Dafür danke ich dir«, murmelte ich.

Sein verächtliches Schnauben hallte durch den Raum, woraufhin ich mich zu ihm drehte. »Und wie geht es jetzt weiter, Lukas?«

»Wir warten.«

»Worauf?«

»Auf die anderen.«

»Damit meinst du bestimmt Lilith und ihr Anhängsel. Ich dachte, sie sei abgereist?«

Er blieb still und setzte sich stattdessen auf einen Stuhl.

Es verging einige Zeit, bis sich die Tür erneut öffnete und Lilith, Samael und Majas Bruder Satarel eintraten. Letzterer sah mir kaum in die Augen. Ob er über Majas doppeltes Spiel Bescheid wusste? War er in ihre Pläne involviert? Wusste er mehr, als er zugab?

»Schön, dich wiederzusehen, Bellena. Wobei ich das nach gestern nicht erwartet hätte. Höllenhunde lassen nur die wenigsten am Leben.« Samaels höllischer Blick glitt an mir herab. »Aber du scheinst nicht mal einen Kratzer davon getragen zu haben.«

»Sie haben mich nicht am Leben gelassen. Ich bin ihnen nur zuvorgekommen.« *Sei stark, Bellena!* »Ich dachte, dass Luzifer euch befohlen hat, mich in Ruhe zu lassen, so lange er mit Abwesenheit glänzt?«

»Du solltest nicht alles glauben, was man dir erzählt.«

Ich lachte kurz auf. »Ich dachte schon, dass ihr euch mal wieder nicht an die Regeln haltet.«

»Du hast ein verdammt großes Mundwerk, dafür, dass du dich in so einer ausweglosen Lage befindest«, erwiderte nun Lilith. »Ich bezweifle, dass du gleich immer noch so cool sein wirst.« Sie grinste breit. »Kommen wir doch gleich zur Sache. Lukas, mein Junge, komm zu mir.«

Er gehorchte sofort, wirkte wie ferngesteuert und trat auf sie zu. »Ach mein Goldjunge. Habt ihr euch heute Nacht gut unterhalten?«

Lukas blieb still.

Samael und Satarel verzogen sich in die hinterste Ecke und überließen Lilith die Bühne.

»Du musst das nicht tun. Ich mache alles, was ihr wollt. Bitte, lass ihn gehen!«, flehte ich Lilith an.

»Du machst, was wir wollen? Dass ich nicht lache. Bisher warst du dabei aber nicht sehr erfolgreich. Gut, gestern hast du uns überrascht. Aber wie du es geschafft hast, die drei Höllenhunde zu überleben, ist uns ein Rätsel. Wenn Luzifer zurück ist, wird er es uns hoffentlich erklären. Und ebenso, was euer kleiner Ausflug sollte. Bis dahin, lass uns doch ein wenig spielen.« Sie wandte sich Lukas zu und strich ihm mit der Hand über die

Wange, bevor sie ihm einen zarten Kuss auf den Mund hauchte. »Du bleibst ganz ruhig, mein Junge.«

Sie drehte ihn zu mir, sodass sich unsere Blicke trafen. In seinen Augen lag eine unsagbare Wärme, die mein Herz berührte. Er sprach ohne Worte, ein stilles Gespräch, das nur wir beide verstanden. Die kleine Pause zwischen den Blicken verriet mehr, als Worte je sagen konnten.

»Lukas«, flüsterte ich, woraufhin er zaghaft lächelte. »Bitte, ich flehe dich an, Lilith.«

»Hört ihr das, Jungs? Auf einmal ist sie nicht mehr so kleinlaut«, rief sie über ihre Schulter hinweg, bevor sie sich wieder mir zuwandte. »Da hattest du für einen Moment deinen besten Freund wieder und schon ist vergessen, was er dir die letzten Monate zugemutet hat? Kannst du wirklich so leicht ignorieren, dass er dich hierher gebracht hat? Zu uns?«, säuselte sie. »Gut, zugegeben, er hat es nicht ganz freiwillig getan. Aber ich bin mir sicher, dass es ihm manchmal gefallen hat, eine solche Macht über dich zu besitzen. Dir so nah sein zu dürfen, ohne sich Gedanken über die Konsequenzen machen zu müssen. Immerhin hatte er die perfekte Ausrede – mich.«

Lukas schloss die Augen. Eine Geste, die mir bewusst machte, dass Lilith mit ihren Worten einen wunden Punkt getroffen hatte.

»Du hättest ihn erleben sollen, als er von dir und Jay erfahren hat. Und wie glücklich sein Herz war, als ich ihm erlaubte, dich zu holen. Weg von Jay. Ich weiß, dass er dir erzählt hat, dass ich wütend über sein Versagen war, aber er war es genauso. Leonie war nicht nur meine Emotionsdeponie. Nein, es war auch seine. Jeder Tritt, jeder Stich. Er hat es so genossen.«

»Was hast du mit der Beziehung zu Leonie überhaupt bezwecken wollen?«

»In erster Linie zu meinem Spaß. Es war wunderbar, dich so traurig zu sehen. Du musst wissen, wenn ich etwas Grausames plane, darf eines niemals fehlen: ein Hauch von Dramatik. Dass du in ihn verliebt warst und Leonie keine deiner Freundinnen war ... besser hätte man ein Theaterstück nicht schreiben können. Es war ein perfektes Spiel, das nie zu deinen Gunsten laufen konnte.« Sie neigte leicht den Kopf und flüsterte mit einem höhnischen Lächeln in sein Ohr. »Findest du nicht auch, Lukas?«

Er hielt die Augen weiterhin geschlossen, war nicht in der Lage, mich anzusehen. Er blieb stillstehen, hielt den Kopf gesenkt. Seine Schultern hingen schlaff nach vorn, als ob bereits sämtliche Energie aus ihm gewichen wäre. Es schmerzte, ihn so zu sehen.

»Kannst du ihm das wirklich verzeihen? Er selbst kann das nicht.« Lilith ergriff seinen Oberarm und zog ihn enger an sich, drückte seinen Rücken an ihre Brust, indem sie ihre rechte Hand auf seinem Oberkörper ablegte. »Weißt du, der Goldjunge und ich hatten viel Spaß miteinander. Sogar eine Menge Spaß. Aber eines Tages hat auch das Schönste mal ein Ende.«

Er verzog das Gesicht vor Schmerz, und ich trat instinktiv einen Schritt näher.

Ihre roten Augen fixierten mich. »Sag Lebewohl zu deinem besten Freund.« Mich weiterhin im Blick behaltend, flüsterte sie ihm ins Ohr. Worte, die mich erstarren ließen. »Du wirst mir fehlen, mein Goldjunge.« Dann durchfuhr Lukas einen Ruck und er sackte mit weit aufgerissenen Augen zusammen.

Triumphierend hielt Lilith sein Herz in ihrer Hand, drehte es langsam, während sie mich noch immer mit einem teuflischen Lächeln ansah. Dann ließ sie es achtlos neben ihm zu Boden fallen.

Kapitel 19

Bellena

»Lukas!« Ich stürmte zu ihm und sank auf den Boden, griff nach seiner Hand, rüttelte ihn und flehte darum, dass es nur ein schrecklicher Traum war. Doch es war keiner – es war vorbei.

Dumpf hörte ich Lilith lachen. Alles in mir schrie, mein Herz raste, während mein Körper immer tauber wurde. Die Verzweiflung kam schleichend und riss mir den Boden unter den Füßen weg. Tränen brannten in meinen Augen, doch ich blinzelte sie weg. Das Blut, das sich unter mir ausbreitete, roch nach Eisen und Endgültigkeit. Ich schluchzte, konnte nicht begreifen, dass mein Freund leblos, mit leerem Blick vor mir lag. Verzweiflung brach wie eine Welle über mich ein, unaufhaltsam und erdrückend zugleich. Ein hoffnungsloser Schrei kam über meine Lippen, bevor ich mich auf seinen leblosen Körper sinken ließ. Ich blieb auf ihm liegen, war wie erstarrt und unfähig, mich zu rühren. Nie wieder wollte ich ihn loslassen.

Alles um mich herum spielte sich in Zeitlupe ab. Die Welt verschwamm zu einem verzerrten Albtraum. Dumpf nahm ich wahr, wie Luzifer den Raum betrat, etwas zu mir sagte und dann herumschrie. Ich hörte Schreie, Explosionen und Kampfgeräusche im Hintergrund, doch ich blieb liegen und weinte. Ich weinte um meinen besten Freund.

Luzifer schüttelte mich, wollte mich von ihm losreißen. Doch ich ließ nicht locker, ich würde Lukas nicht loslassen, niemals.

»Bellena«, hörte ich immer wieder meinen Namen rufen, wurde an meinen Schultern gepackt. »Bellena, sieh mich an! Ich bin es«, hörte ich es gedämpft sagen.

Doch ich war nicht fähig dazu, sondern klammerte mich nur noch fester an seinen leblosen Körper.

»Jay, wir müssen uns beeilen und sie endlich hier herausbringen!«, hörte ich es rufen.

»Jay«, murmelte ich leise.

»Ja, ich bin hier, Bellena.« Es rüttelte wieder an mir. Dieses Mal ließ ich etwas von Lukas ab und zwei vertraute Hände umfassten mein Gesicht. Trotz meiner verschleierten Augen erkannte ich seine Umrisse.

»Jay?«, wisperte ich, woraufhin er seine Stirn an meine legte. »Ich bin hier. Wir holen dich hier raus.«

»Aber Lukas ...«

»Wir können nichts mehr für ihn tun. Wir müssen ihn hierlassen.«

»Nein!«, schrie ich, versuchte, mich aus Jays Griff zu befreien, doch er hielt mich fest und zwang mich dazu, ihn anzusehen.

»Hör mir zu. Wir müssen gehen. Noah und deine Freundinnen sind da draußen und ich weiß nicht, wie lange Toby sie beschützen kann.«

»Noah? Er ist hier? Sie sind alle hier?«

»Sind sie, deshalb müssen wir jetzt gehen.«

»Jay, was ist denn nun?«, hörte ich eine quietschende Frauenstimme, die ich eindeutig Maja zuordnen konnte. Mein Kopf schnellte zu ihr herum, doch es war Dara, die vor mir stand. Ihr Blick fiel auf Lukas und dann zu mir. Für einen Moment sah ich Mitgefühl in ihren Augen aufblitzen.

Doch es blieb keine Zeit, sich darüber Gedanken zu machen, denn im nächsten Augenblick gab es einen furchtbaren Knall und eine der Mauern zersprang in seine Einzelteile. Was sich dahinter verborgen hatte, war alles andere als gut, denn mindestens einhundert Dämonen starrten uns kampfeswütig an.

Ohne dass ich groß darüber nachdenken konnte, schnappte sich Jay meine Hand, zog mich von Lukas weg und hinaus in den Gang. Zeitgleich ließ Aria ein Beben durch den Raum fahren, doch was genau geschah, konnte ich nicht erkennen, da mich Jay so schnell wie nur möglich von dort wegbrachte.

Es dauerte nicht lange und Dan, Nathan, Maro, Aria und Dara folgten uns. Letztere überholte uns und zeigte uns den Weg. »Wir müssen hier entlang!«

Im nächsten Moment stellten sich uns die nächsten Dämonen in den Weg und stürmten kreischend auf uns zu. Ihre Klauen so scharf wie Dolche mit Körpern, die verzerrt und unförmig waren. Manche krochen auf allen vieren, andere schlugen mit gewaltigen Flügeln und ließen Staub und Asche aufwirbeln, während ihre Augen wie Brandmale glühten. Ihre Schreie hallten durch die Luft, ein Klang aus Wut, Hunger und unstillbarer Gier nach Zerstörung. Die fünf umkreisten mich, als wäre ich ein kostbarer Juwel, den sie unbedingt beschützen mussten. Vor allem Jay ließ mich nicht aus den Augen, genauso wenig, wie er meine Hand losließ.

Ich sollte ihnen helfen, doch ich war nicht in der Lage, mich zu fokussieren. Immer wieder kreisten meine Gedanken zu Lukas und dem Moment, als Lilith ihm sein Herz herausriss und er schlaff zu Boden ging. Ich konnte mich kaum daran erinnern, was danach geschah. Alles war so verschwommen. Doch in einem war ich mir sicher. Luzifer war da und redete auf mich ein, doch ich schottete mich vor ihm ab. So wie alles andere auch, bis Jays Name wie aus weiter Ferne an meine Ohren drang. Er war da. Sie alle waren da und riskierten ihr Leben für mich. Wenn ihnen jetzt etwas passieren oder ich einen Weiteren von ihnen verlieren würde, wäre das mein Untergang. Es durfte nicht noch mal geschehen. Ich versuchte, mich auf meine Magie zu konzentrieren, doch es gelang mir nicht. Während die anderen jeden einzelnen Dämon besiegten, war ich wieder an dem Punkt, wo ich mich vor ein paar Wochen befand. Ich war nutzlos und musste gerettet werden. Dabei hatte ich die Kraft, sie alle zu retten.

Jay ließ meine Hand los und umfasste mein Gesicht. »Geht es dir gut?«

Mir war es nicht möglich, seine Frage zu beantworten. Egal wie sehr ich es wollte.

»Ich glaube, sie steht unter Schock«, hörte ich es neben mir sagen. Ob es Dan oder Nathan war, konnte ich nicht zuordnen.

»Aria?«, rief Jay.

Ich war mir sicher, dass er sie darum bitten wollte, nach mir zu sehen, doch ich kam ihm zuvor. Meine Worte waren nicht mehr als ein Flüstern. »Es geht mir gut.«

»Du siehst aus, als würdest du gleich umkippen.« Diese Stimme würde ich unter Tausenden erkennen. Maja. Wieder war es Dara, die sich an allen anderen vorbeischob und neben Jay stehen blieb. »Wir müssen weiter. Es ist nur eine Frage der Zeit, bis …«

Den Satz konnte sie nicht beenden, denn es rollte bereits eine nächste Welle von Angreifern an.

»Was jetzt?«, hörte ich Maro fragen.

»So kommen wir mit ihr nicht weit.« Dara ergriff meinen Arm und zerrte mich um die Ecke.

»Was machst du? Das ist eine Sackgasse!«, stellte Jay irritiert fest.

»Richtig und so lange wir sie verteidigen, kommt ihr keiner zu nahe!«, warf Dara über ihre Schulter zurück.

»Und wie lange sollen wir das durchhalten?« Nathans Stimme klang kampfbereit.

»So lange es nötig ist.«

»Das ist Selbstmord!«, schrie Dan.

»Vertraut mir. Ich habe euch bis hierher gebracht. Es ist nicht meine Absicht, euch kurz vor dem Ziel sterben zu lassen.« Sie drückte mich an die Wand und rüttelte an mir. »Jetzt reiß dich zusammen! Ich weiß, dass es schwer ist. Er war dein Freund, aber wir könnten hier wirklich deine Hilfe gebrauchen. Ich weiß, wozu du fähig bist.«

Woher? Verwirrt sah ich sie an. Etwas passte nicht zusammen. War das wirklich Dara?

Ich wollte sie fragen, doch dann hörte ich Kampfgeschrei. Angst schnürte alles in mir zu und ließ mich nach Jay suchen, doch Dara forderte weiterhin meine Aufmerksamkeit ein. »Du bleibst hier und ich versuche in der Zeit, deinen Freunden zu helfen.« Dann ließ sie mich zurück und holte zu den anderen auf.

»*Sie hat recht*«, hörte ich die vertraute Stimme in meinem Kopf. Erneut schossen mir die Tränen in meine Augen, bevor ich ihm ein »Verschwinde« entgegenbrachte.

»*Nein, das werde ich nicht.*«

»Du warst nicht da, als ich dich gebraucht habe. Jetzt will ich dich nicht mehr.«

»*Du wirst mir jetzt zuhören!*«, donnerte Floh.

In diesem Moment gab es einen Grollen. Offenbar hatte Aria ein weiteres Beben durch den Gang geschickt. Leider mit der Wirkung, dass sich riesige Risse an den Wänden und der Decke entlangzogen, die letzten Endes brach und mich von den anderen abschnitt.

Es dauerte einen Augenblick, bevor ich realisierte, was geschehen war. Vor mir türmte sich eine Mauer aus Steinen auf, die jeden Moment zusammenzubrechen drohte. Meine Finger zitterten, als ich über die kalte Oberfläche der Wände strich. Keine Tür, kein Fenster. Ich war eingesperrt und meine Freunde kämpften um ihr Leben. Jede Sekunde zählte, doch ich war machtlos. Die Verzweiflung kratzte an mir.

Doch dann hörte ich Jay meinen Namen rufen und spürte die Erleichterung in seiner Stimme, nachdem ich ihm geantwortet hatte. »Gott sei Dank! Wir versuchen, dich da herauszuholen!«

Ich schloss die Augen. Raunte mir zu, dass ich seine Hilfe nicht bräuchte.

»*Bellena*«, hörte ich Floh erneut in meinen Kopf.

»Ich habe jetzt keine Zeit für deine Geschichten!«, keifte ich gedanklich zurück.

»Jay, Höllenhunde!«, hörte ich Aria plötzlich rufen und die Panik überrollte mich erneut. *O Gott. Nein!* Ich schloss die Augen, kanalisierte meine Kräfte, doch es gelang mir einfach nicht. *Verdammt, reiß dich zusammen!*

»*Bellena, hör mir nur einen Moment zu.*«

»Warum lässt du mich nicht einfach in Ruhe? Siehst du nicht, dass ich andere Probleme habe?«, schrie ich.

»Das weiß ich. Genau deshalb ist es so wichtig, dass du mir jetzt zuhörst. Es gibt da etwas, das ich dir sagen muss.«

Kapitel 20

Jay

Das darf doch alles nicht wahr sein! Ich hatte Bellena gerade mal fünf Minuten an meiner Seite und schon wurde sie mir erneut entrissen. Uns trennte eine dicke Steinwand voneinander, und wir hatten keine Zeit, sie zu befreien. Ununterbrochen wurden wir von Dämonen attackiert und zu guter Letzt auch noch von Höllenhunden. Der einzige Vorteil, wenn man es überhaupt so nennen konnte: Diese Mistviecher nahmen uns einen Teil der Arbeit ab. Bevor sie sich den Weg zu uns bahnten, rissen sie einige der Höllenbewohner in den Tod. Jedenfalls die, die sich nicht rechtzeitig vor Ihnen schützen konnten. Kaum zu glauben, dass Bellena mit drei Höllenhunden allein fertig geworden war, während wir hier zu fünft mit sechs von ihnen kämpfen mussten. Und es war alles andere als einfach. Wie zum Teufel hatte sie das geschafft?

Maro formte einen Wasserball und schleuderte ihn dem vordersten Vieh entgegen. Gerade rechtzeitig, um uns vor dem grell aufleuchtenden Feuerstrahl zu schützen, der uns sonst geröstet hätte. Ich spürte, wie Energie durch meinen Körper jagte, und schickte direkt einen Blitz hinterher. Der Hund und alle in seinem Umfeld sackten zu Boden.

»Das war knapp«, hörte ich Maro erleichtert sagen, dabei war es nicht mal ansatzweise vorbei. Die nächste Angriffswelle rollte bereits über uns hinweg und drei weitere Höllenhunde stürmten auf uns zu. Ihre Augen glühten wie Kohlen, ihr

Hecheln klang wie das Kreischen verdammter Seelen. Wir hatten kaum Zeit zum Atmen. Während ich eine weitere Attacke vorbereitete, dachte ich nur an eines: Wir müssen Bellena da herausholen.

»Ich weiß nicht, wie lange wir das hier noch durchhalten«, keuchte Nathan neben mir, seine Stimme rau vor Anstrengung. Schweiß lief ihm über die Stirn und vermischte sich mit Blut. »Wir müssen hier raus!«

Ich wirbelte herum und schleuderte einen Feuerblitz auf einen Dämon. »Und Bellena zurücklassen? Das kannst du vergessen!« Meine Stimme war schärfer, als ich beabsichtigt hatte. »Dann müsst ihr ohne mich gehen.«

Nathan wehrte eine weitere Welle des Ansturms ab. Seine Bewegungen wurden langsamer, aber der Trotz in seinen Augen brannte heller als je zuvor. »Glaube ja nicht, dass wir dich allein hier zurücklassen.«

Aria zögerte. Seit dem Einsturz hielt sie sich mit ihren Kräften zurück. Doch manchmal blieb es nicht aus. Mit einem gezielten Ruck zog sie einen schmalen Spalt am Boden entlang und die Erde bebte leicht unter unseren Füßen.

Instinktiv sah ich zur Mauer, hinter der sich Bellena befand. Die Angst, dass sie einstürzen und sie unter sich begraben könnte, nagte unaufhaltsam an mir.

Maro reagierte und füllte den Riss mit einem Schwall Wasser, der in Wellen über die nächsten Gegner hinweg rollte. Ich konzentrierte mich, fühlte die Energie in mir aufsteigen und schickte einen Blitz hinterher. Das Zischen war ohrenbetäubend. Einige Dämonen fielen, ihre Schreie hallten durch den Gang.

»Wir brauchen einen Plan, wie wir zu Bellena gelangen können. Einen, der uns nicht umbringt!«, rief ich den anderen zu.

Plötzlich schoss eine Wurzel durch den Gang, dick und kräftig, bevor sie alles in ihrem Weg mit sich riss. Sie durchbrach die Reihen der Dämonen, zerbrach Knochen, bevor sie mit einer ruckartigen Bewegung die Höllenhunde in den Tod zog. Das Krachen ihrer Schädel hallte wider, während sich die Wurzel zurückzog, als wäre sie da nie gewesen.

»Das wurde auch Zeit«, hörte ich Maja neben mir sagen, die nach wie vor das Aussehen von Dara angenommen hatte, damit ihr doppeltes Spiel nicht aufflog.

Es dauerte einen Moment, bis sich der Nebel aus zerfallenem Staub und Asche lichtete und eine Frau, mit kurzen dunklen Haaren, auf uns zugelaufen kam. Ihr Blick fiel als Erstes auf mich.

»Mutter«, sprach ich es aus, ohne groß darüber nachzudenken.

»Hallo, mein Junge.« Sie blieb stehen und einen Moment lang sahen wir uns nur an. »Wir müssen weiter. Es sind noch mehr Dämonen auf dem Weg.« Sie verstummte, sah durch unsere Reihen. »Wo ist Bellena?«

»Ich bin hier.« Alle Köpfe drehten sich zur Steinmauer, in der jetzt ein großes Loch klaffte. Umgeben von Eis, das sich wie Fäden an der Mauer entlangzog.

Sie trat aus dem Schatten und eine Welle der Erleichterung durchströmte mich. Ich wollte zu ihr, doch ihre Körperhaltung ließ mich erstarren. Sie stand da, die Hände zu Fäusten geballt. Ihr Blick war zornig, wild und entschlossen. Sie lief an uns vorbei und blieb vor Maja stehen. »Du solltest gehen.«

Maja lächelte ihr zufrieden entgegen, nickte knapp und verschwand ohne ein weiteres Wort. Dann sah Bellena zu meiner Mutter. »Hast du dich entschieden?«

»Wofür entschieden?«, fragte ich.

Bellena antworte mir, ohne mich anzusehen. »Ob sie mit uns kommt.«

Unsicher sah meine Mutter zuerst in die Runde, bis sie von mir zu Bellena sah.

»Klar kommt sie mit«, nahm ich ihr die Entscheidung ab, woraufhin meine Mutter mich nur ungläubig ansah und dann kaum merklich nickte. Ich spürte eine Welle von Zufriedenheit in mir. Ich hatte sie gerade erst wieder gefunden und wollte wissen, was damals wirklich vorgefallen war. Warum sie mich bei meinem Vater zurückgelassen hatte. Dafür benötigten wir Zeit. Zeit, die wir hier nicht hatten, aber später hoffentlich finden würden.

Wir folgten dem Gang, in den Maja sich davon gemacht hatte, bis ein weiterer Schwarm aus Dämonen auf uns zukam. Während wir uns kampfbereit machten und ich mich schützend vor Bellena stellte, lief diese an mir vorbei und den Dämonen direkt entgegen. Ihre Haltung war aufrecht, sie wirkte, als wäre sie jedem hier überlegen. Was war bloß hinter den Mauern passiert? Erst war sie zerbrechlich, stand unter Schock und jetzt hatte man den Eindruck, als wäre sie nicht mehr sie selbst. Als wäre es nur ihre Hülle, die wie ferngesteuert läuft. Wäre es möglich, dass Lilith oder jemand anderes, Besitz von ihr ergriffen hatte? Aber wenn es wirklich so wäre, warum sollten sie uns helfen?

Meine Mutter schien sich jedenfalls nicht zu wundern und folgte Bellena, ohne zu zögern. Die zwei kämpften sich mit ihren Kräften durch die Menge und ich fragte mich, was wir die letzten Minuten hier eigentlich getrieben hatten. Mit den beiden war es auf einmal so leicht. Fast wie ein kleiner Hindernisparcours, den man auf jedem Spielplatz finden konnte. Bellena nutzte ihre Magie, als hätte sie nie etwas anderes getan und sie hatte sich eine weitere angeeignet. Neben dem Feuer konnte sie nun alles um sich herum zu Eis gefrieren lassen. *So hat sie sich also befreien können,* dachte ich beeindruckt.

Es dauerte nicht lange, bis sie und meine Mutter uns aus dem Labyrinth aus Gängen führten und wir wieder in der Eingangshalle standen. Doch seltsamerweise war hier keine einzige Seele zu sehen. Sollte es wirklich so einfach sein?

Bellena drückte die Tür auf und wir traten nach draußen.

Am Eingang zur Insel hatten wir den Rest unserer Gruppe zurückgelassen. Sie warteten auf einer Klippe, mit freier Sicht auf den Dämonenturm, wo wir die geringste Gefahr für sie vermuteten. Ein Blick nach oben zeigte mir, dass es den anderen gut zu gehen schien. Sobald sie uns gesehen hatten, stellten sie sich an den Rand und Toby ließ den Schleier fallen, der sie vor Angreifern schützen sollte. Wenigstens darauf konnte man sich bei ihm verlassen.

»Okay, lasst uns so schnell wie möglich zu den anderen gehen und dann von hier verschwinden«, trieb Dan uns an, wo ich ihm nur zustimmen konnte.

Doch etwas beunruhigte mich. Wir waren allein. Keine Wachen, keine Dämonen, kein Widerstand. Niemand stellte sich uns in den Weg. Wo waren bloß alle? Würden sie uns so einfach hier hinausspazieren lassen?

Wir stürmten die Treppe hinab und schlugen den Weg zu den anderen ein. Allerdings blieb ich wachsam. Immer wieder warf ich einen Blick über meine Schulter, erwartete einen weiteren Angriff.

Bellena, die vorausging, ließ sich allmählich zurückfallen. Ich vermutete, dass sie meine Nähe suchte, da ich mich am Ende der Gruppe befand. Doch dann blieb sie stehen, drehte sich zurück und sah nach oben in Richtung des Turms.

»Was ist?« Sie sagte nichts und fixierte mit ihren Augen einen festen Punkt. Als ich ihrem Blick folgte, sah ich, wie sich etwas von einem der Fenster distanzierte.

Als ich ihr Handgelenk berührte, blickte sie mich gelassen an. Ihre Mundwinkel verzogen sich zu einem warmherzigen Lächeln. »Vertraust du mir?«

Ich sah sie an, konnte nicht verstehen, dass ausgerechnet sie mir diese Frage stellte. Trotzdem gab es darauf nur eine Antwort für mich. »Ja, natürlich.«

»Dann geh.«

»Was?«

»Du sollst gehen.« Ihr Blick war entschlossen, doch ihr Lächeln blieb.

»Was ist mit dir?«, fragte ich ungläubig. Was hatte das zu bedeuten?

Mittlerweile hatten auch die anderen bemerkt, dass wir stehen geblieben waren. Nathan und Aria kamen zu uns zurück. »Was ist los?«, fragte er, während Aria abwartend zwischen Bellena und mir hin und her sah.

Ich ignorierte die beiden und wartete gespannt auf Bellenas Antwort.

Erneut sah sie an die Stelle, wo niemand mehr zu sehen war. »Ich habe noch etwas zu erledigen und mir wäre es lieber, ihr wärt dafür in Sicherheit.«

»In Sicherheit? Wir sind hier, um dich zu beschützen, um für deine Sicherheit zu sorgen«, erinnerte ich sie.

»Ich benötige euren Schutz nicht.«

Fassungslos sah ich sie an. Ich musste mich verhört haben. »Wie bitte?«

»Du hast richtig gehört, Jay.« Sie ergriff meine Hand und berührte mit der anderen meine Wange. »Ich kann auf mich selbst aufpassen. Ich möchte, dass ihr zu der restlichen Gruppe geht und dort auf mich wartet. Ich habe nur eine Bitte. Aria, könntest du auf mein Zeichen die zwei Dämme brechen lassen? Sie befinden sich dort hinten.«

Ungläubig sah sie Bellena an. »Ja, aber …«

»Gut«, schnitt sie ihr das Wort ab. »Dann wisst ihr ja jetzt, was ihr zu tun habt.«

»Ich gehe nicht ohne dich«, stellte ich klar. Ich wusste nicht, was sie vorhatte. Was es auch war, sie würde es nicht allein tun. *Und wenn ich mit ihr gemeinsam untergehe.*

Sie seufzte, wollte anfangen, zu diskutieren. Doch ich ließ es nicht so weit kommen. »Das ist nicht verhandelbar.«

Resigniert schloss sie für einen Moment die Augen und ich signalisierte mit einer Kopfbewegung, dass die anderen ihrem Befehl folgen sollten. Flüchtig sah ich zu meiner Mutter und ein dezentes Lächeln zog sich über ihre Lippen. Ehe ich genauer darüber nachdenken konnte, hörte ich Bellenas Namen.

Ich suchte die Richtung ab, aus der die Stimme erklang, und erkannte sofort, wer da weiter oben auf einem der Balkone stand. Lilith.

»Meine süße Bellena. Was hast du bloß getan?« Ihre Worte trieften vor Sarkasmus.

Direkt neben ihr stand eine dunkel gekleidete Person, die uns selbstsicher entgegen lächelte. Mit den Unterarmen stütze er sich auf der Brüstung ab. Deutlich konnte ich ein Horn auf seiner rechten Kopfseite erkennen. Das musste Samael sein.

»Du bist weit gekommen, aber jetzt ist es für dich an der Zeit, zurückzukehren. Wir kommen dir auch entgegen. Dein kleiner Freund ist herzlich eingeladen«, hallten seine Worte zu uns.

Hinter uns versammelte sich eine Armee von Dämonen. Jetzt kam der Angriff, den ich die ganze Zeit befürchtet hatte. Instinktiv sah ich zu meinen Freunden, die fast bei Toby und den anderen angekommen waren.

»Keine Sorge, kleiner Bastard, um deine Freunde kümmern wir uns später. Die sind erst mal nicht so wichtig. Mit ihren kleinen Zaubertricks werden wir leicht fertig.« Schrill lachte Lilith auf und lehnte sich selbstbewusst an Samael.

Hinter ihr trat Maja hervor und ein Kerl mit unglaublich hellem Haar. Er stellte sich an ihre Seite und sie sahen zufrieden aus.

Maja sah zu Bellena und machte eine zustimmende Kopfgeste. Anscheinend verlief alles so, wie sie es sich erhofft hatte. Auch Bellena zeigte keinerlei Zurückhaltung. Wusste Maja, was sie vorhatte? Falls ja, wann hatten sie diesen Plan ausgeheckt? War es in dem Moment, als sie Bellena in diese Sackgasse drängte? Aber war sie dort überhaupt fähig dazu, einem klaren Gedanken zu folgen? Meine Intuition sagte mir, dass wir in eine Falle getappt waren. Doch schlimmer war das nagende Gefühl, dass Bellena anscheinend genau wusste, in welche.

Kurz drückte sie meine Hand, die ich immer noch festhielt. Sie lächelte mich an, bevor sie losließ. Dann sah sie hinter sich.

Als sie Aria entdeckte, gab sie ihr ein eindeutiges Zeichen, das keinerlei Zweifel ließ.

In den nächsten Sekunden begann der Boden unter unseren Füßen zu vibrieren. Zunächst kaum merklich, doch das Zittern wurde stärker, grollte wie ein Unwetter unter uns hinweg. Ein gewaltiges Dröhnen breitete sich aus, gefolgt von dem Tosen der Wassermassen, die sich unaufhaltsam und mit zerstörerischer Wucht ihren Weg direkt auf uns zu bahnten.

Ich hatte kaum Zeit, das Geschehen zu begreifen, als sich Bellenas Flügel mit einem Ruck entfalteten und sie sich in die Lüfte erhob. Ihre Augen färbten sich in ein grelles Grün und leuchteten wie ein aufblitzender Stern.

Hinter uns türmte sich das Wasser zu einer meterhohen Wand auf. Ein rascher Blick zu Lilith und Samael genügte, um zu erkennen, dass dieser Moment nicht Teil ihres Plans war. Panik spiegelte sich in ihren Gesichtern, bevor sie sich hastig zurückzogen, gefolgt von Maja und dem jungen Mann neben ihr. Auch die Dämonen um uns herum gerieten in Aufruhr. Sie stürmten auseinander, flohen in alle Richtungen, während die gewaltige Flutmasse unaufhaltsam näher rückte.

Meine Augen suchten die meiner Freunde. Bewegungslos starrten sie auf das, was uns zu verschlingen drohte. Doch Bellena blieb vollkommen ruhig, zeigte keine Spur von Angst, sondern Entschlossenheit.

Ich drehte mich ein letztes Mal um und in dem Moment, als das Wasser uns zu erfassen drohte, geschah das Unfassbare. Die Wasserwand teilte sich. Mit einer beinahe ehrfürchtigen Eleganz strömten die Wassermassen rechts und links an uns vorbei. Ihr Ziel war klar: der Turm, der dunkel und einsam aus dem Boden ragte.

Doch Bellena reichte es nicht. Gerade als das Wasser auf das Gebäude traf, lenkte sie es nach oben und schleuderte es in Richtung Himmel. Eine schimmernde Wassersäule stieg empor. Und dann, mit einer kaum wahrnehmbaren Geste, ließ sie die restlichen Wassermassen in unserer Nähe zu Eis gefrieren. Das Wasser erstarrte wie ein Strahl, der durch den Strom schoss. Innerhalb von Sekunden waren der Turm und die Umgebung mit einer dicken, glitzernden Eisschicht überzogen.

Langsam sank Bellena zurück auf die Erde. Ihre weißen Flügel falteten sich anmutig zusammen. Als sich unsere Blicke trafen, erkannte ich, dass sich ihre Augen allmählich von einem klaren, tiefen Blau in den warmen Bernsteinton zurück verfärbten. *Feuer, Luft und Wasser. Die Augen rot, grün und blau.* Sie beherrschte tatsächlich drei Elemente, die so stark waren wie die eines Erzengels. Aber wie war das nur möglich?

»Ein Blitzschlag sollte reichen«, sagte sie ruhig, doch in ihrer Stimme lag eine Macht, die keinen Widerspruch duldete. Ich verstand, worauf sie hinaus wollte. Dafür waren keine weiteren Worte nötig.

Ihre Augen färbten sich erneut. Dieses Mal in einem flammenden Rot. Ich verlor mich in ihnen, während ein grollendes Donnern durch die Luft riss, als ich meine Macht entfesselte. Der Schlag war so gewaltig, dass der Turm erbebte und im nächsten Augenblick förmlich explodierte. Wie in Zeitlupe flogen Tausende Eissplitter durch die Luft – direkt auf uns zu. Mit einer lässigen Bewegung hob sie die Hand und vor uns flackerte eine lodernde Feuerwand auf. Die Splitter schmolzen, kaum dass sie sie berührten.

»Okay«, murmelte ich mehr zu mir selbst, »Ich glaube, meine Hilfe brauchst du wirklich nicht mehr.«

Kapitel 21

Bellena

Jay und ich standen uns einfach nur gegenüber und sahen uns fassungslos an. Keiner von uns wusste, was er sagen sollte. Worte hätten ohnehin nicht ausgereicht, um das zu beschreiben, was wir gerade miterlebt hatten.

Unsere Brustkörbe hoben und senkten sich schnell vom Adrenalin. Kaum zu glauben, aber ich hatte es wirklich geschafft. Der Turm existierte nicht mehr. Nur eine gewaltige Schneise aus Schutt, Eis und dampfenden Trümmern zeugten noch von dem Ort, an dem er gestanden hatte.

Um uns herum herrschte Stille und für einen flüchtigen Moment lag Frieden über dem Ort. Doch während auf der einen Seite unsere Freunde zu uns liefen, zeichnete sich hinter uns ein ganz anderes Problem ab. So wie es aussah, hatten es tatsächlich ein paar Dämonen rechtzeitig aus dem Turm geschafft und die sammelten sich direkt vor den Ruinen.

Ein Stück abseits entdeckte ich Maja und Satarel. Für den Bruchteil einer Sekunde begegnete mir ein Lächeln. Doch dann verschwand es, als hätte es nie existiert. Stattdessen spiegelte sich in ihren Zügen dieselbe gereizte Kälte, wie in den Gesichtern von Samael und Lilith, die sich mit energischen Schritten durch die versammelte Menge drängten.

»Das wirst du noch bereuen!« Samaels Stimme klang nicht ganz so selbstbewusst wie sonst. Lilith funkelte mich nur an. Sie sah einen Moment zu den Ruinen des Turms und dann wieder zu mir. Sie blieb still, doch ihr Blick sagte mehr als tausend Worte. Ihre Rache würde kommen.

Plötzlich spaltete sich die Gruppe, denn Luzifer trat aus der Menge hervor. Starr stand er da, hatte den Blick auf die Spitze seines Gehstocks gerichtet. Er drehte ihn auf dem Boden hin und her, so wie er immer tat, wenn er sich seine nächsten Schritte überlegte. So gut kannte ich ihn mittlerweile.

Als er nach vorn trat und den Kopf langsam anhob, stellte sich Jay schützend vor mich. Er konnte es einfach nicht lassen.

Ein schnaubendes Lächeln entfuhr Luzifer, bevor er sich an Lilith und Samael wandte. »Wir sind für heute fertig. Lasst sie gehen.«

»Das ist nicht dein Ernst?«, schrillte Lilith' Stimme bis zu uns durch und trat auf Luzifer zu. »Du lässt sie einfach damit davonkommen?«

Er tätschelte ihre Schulter und ein boshaftes Lächeln kam über seine Lippen. »Ich weiß, was ich tue. Du wirst deine Rache bekommen, aber alles zu seiner Zeit.« Sein letzter Blick traf mich kalt und ausdruckslos, ehe er sich umdrehte und wortlos verschwand.

Dunkler Rauch kroch über die Dämonen, umhüllte sie, und im nächsten Moment war nichts mehr von ihnen übrig. Auch von Lilith und Samael fehlte jede Spur.

»*Das hast du sehr gut gemacht*«, hörte ich eine zufriedene Stimme in meinem Kopf. Doch eine konkrete Antwort von mir blieb aus, da in diesem Moment die anderen zu uns aufschlossen.

Die Erste, die mich in eine Umarmung zog, war Chrissy, während der Rest nur dastand. Sie hatten noch nicht realisiert, was gerade passiert war. Als sie mich losließ, fiel Noah mir in die Arme und drückte mich so fest, dass mir fast die Luft wegblieb.

»Das war unglaublich«, staunte Dan neben mir, während mein Bruder nicht gewillt war, mich jemals wieder loszulassen. »Wie hast du das gemacht? Ich meine ...«

Ich entzog mich aus Noahs Umarmung. »Später, ich brauche erst mal einen Moment Ruhe.« Mit diesen Worten entfernte ich mich aus der Gruppe und lief ein Stück in Richtung des Platzes, wo vor wenigen Minuten noch der Höllentower in den Himmel ragte. Ich spürte ihre Blicke im Rücken, doch ich hatte nicht die Kraft für Erklärungen, geschweige denn für fröhliche Umarmungen. Ich wollte Ruhe, ich brauchte Ruhe. Und die gaben sie mir, obwohl ich wahrnahm, dass Jay einige Schritte auf mich zuging, aber mit etwas Abstand stehen blieb.

Eine Träne lief mir über das Gesicht, als ich mich an die letzten Tage, die letzten Stunden und an den Tod von Lukas erinnerte. Meinen besten Freund, den ich unter den Eismassen beerdigt hatte. Die Vorstellung, dass er die vergangenen Monate so unter Liliths Hand gelitten hatte, jagte mir eine Gänsehaut über den Rücken. Wie sollte ich das alles nur erklären? Was sollte ich überhaupt erklären und was lieber für mich behalten?

Nachdem ich mich einigermaßen gefasst hatte, ging ich wortlos an Jay vorbei. Ich wusste, dass es ihm gegenüber nicht fair war, aber ich hatte keine Ahnung, wie ich ihm gegenübertreten sollte.

Schweigend liefen wir alle gemeinsam in Richtung Freiheit. Amoria führte uns durch die Tunnel. Direkt neben ihr Nathan, der ständig auf der Hut und für jeden Angriff gerüstet war, doch niemand stellte sich uns in den Weg. Den Abschluss der Gruppe bildete Jay mit Maro.

Es dauerte eine gefühlte Ewigkeit, bis wir der Helligkeit näher kamen. Als das erste Grün zu sehen war, löste sich mein beklemmendes Gefühl ein wenig, doch die Unsicherheit, wie es weitergehen sollte, blieb.

Nathan schlug vor, eine kurze Rast zu machen, um die nächsten Schritte zu planen. Da ich davon nichts hören wollte, ließ ich mich auf einen entfernten Baumstamm nieder, von wo aus wir uns aber dennoch im Blick hatten. Ihre Worte drangen jedoch nicht bis zu mir durch. Immer wieder sahen sie zu mir. Als Julia und Chrissy mir einen geschockten Blick zuwarfen und anfingen zu weinen, war ich mir sicher, dass sie von Lukas Tod erfahren hatten. Auch wenn der Kontakt nur durch mich bestand, hatten sie ebenfalls viel Zeit mit ihm verbracht. Wir hatten so vieles miteinander aufzuholen. Aber was wollte Noah hier? Wie waren sie auf Julia und Chrissy gestoßen? Wie hatten sie mich gefunden? Und was hatte Toby zu seiner Verteidigung zu sagen?

Jays Blick fing mich immer wieder ein. Einige Male sah er verstohlen zu seiner Mutter.

Nachdem weitere Minuten verstrichen und ich mir Gedanken über meine Vorgehensweise gemacht hatte, beschloss ich, dass es Zeit für eine Aussprache war. Als ich auf die anderen zuging, sahen mich alle erwartungsvoll an. »Ich denke, wir haben einiges zu klären.«

Ich ließ mich zwischen Jay und Dan nieder. Aus den Augenwinkeln sah ich, wie Ersterer mich musterte. Auch wir hatten viel zu besprechen, doch das war ein Gespräch, das ich definitiv nicht vor den anderen abhalten wollte. Das war eine Sache zwischen uns beiden.

Er sah das allerdings anders. »Bellena, was da bei meinem Vater passiert ist …«

»Darüber möchte ich jetzt nicht sprechen«, bremste ich ihn aus, ohne ihn anzusehen. Stattdessen sah ich zu Toby, der beschämt den Kopf zur Seite drehte. »Hast du mir etwas zu sagen?« Alle sahen zu ihm. Er erhob und wandte sich von uns ab. »Drehe mir jetzt ja nicht den Rücken zu. Du bist mir eine Erklärung schuldig.«

»Ich verstehe nicht«, sagte Dan, während sich Jay deutlich neben mir versteifte.

Jetzt warf ich doch einen Blick auf ihn. »Hast du es gewusst?«

Ohne etwas zu erwidern, sah er mich an. Sein Ausdruck war mir Antwort genug. Und dann dämmerte es mir. »Du musst es gewusst haben. Du hast mir das Märchen mit der Höhenangst aufgetischt.«

»Was hat er gewusst? Würde uns vielleicht mal jemand aufklären?«, forderte Dan.

Seufzend lehnte sich Toby an einen Baum. »Ich war es, der Bellenas Namen an Luzifer und Asazel weitergab. Das ist der Grund, warum ich verbannt wurde und keine Flügel mehr habe. Metatron war so wütend, dass er sie mir herausriss und mich persönlich auf die Erde stürzte.«

»Das meintest du also damit, dass du Tobys kleines Geheimnis kennst«, stellte Maro fest und sah dabei zu Jay, der weiterhin nur still da saß und auf den Boden sah.

»Bellena, es tut mir leid. Ich …«, setzte Toby zu einer Entschuldigung an.

178

»Warum?«

»Ich weiß nicht. Ich habe es zufällig mitbekommen, als darüber gesprochen wurde. Ich war damals wütend, weil die Erzengel so ungerecht waren. Sie haben mir jemanden genommen, der mir sehr wichtig war. Und dann bin ich zufällig auf Luzifer getroffen. Als die Erzengel davon erfuhren … Ich wollte mein schlechtes Gewissen beruhigen und glaubte, dass Asazel das Wissen für gute Zwecke einsetzen würde. Dass er mir helfen würde … Ich wusste nicht, dass er …«, stammelte Toby. »Ich wollte dich nur vor den Dämonen beschützen, aber das genaue Gegenteil ist passiert.«

»Kennst du die ganze Prophezeiung?«, fragte ich.

»Die ganze?« Jay schien sichtlich irritiert und damit stand fest, dass auch er nicht in alles eingeweiht war.

»Nein, ich hatte nur Bruchstücke mitbekommen.«, beantwortete Toby meine Frage.

»Was heißt, die ganze Prophezeiung?«, wollte Dan wissen.

»Die Prophezeiung besagt, dass ich nur durch die Liebe zu einem Märtyrer meine Kraft entfalten kann.«

Jay zog die Luft ein, weshalb ich mich ihm zuwandte. »Deshalb wollte dein Vater, dass wir uns näher kommen. Er wollte, dass du dieser Märtyrer bist.«

»Das heißt, nur weil ich dich gefunden habe, mich in dich verliebt habe, bist du in diese Situation hinein geraten? Das hier ist also alles meine Schuld?«

»Es ist nicht deine Schuld, Jay.«

»Na klar, ich habe meinem Vater den entscheidenden Tipp gegeben. Ich habe ihm bei der Suche geholfen. Ich habe mein gesamtes Leben nur danach gestrebt, dich zu finden. Ich habe dich in die Höhle des Löwen gebracht.«

Hilfe suchend sah ich zu Amoria, die mir sofort aushalf. »Jay, dein Vater hat dich die ganze Zeit belogen und wusste von Anfang an, was er tat.«

»Warum sollte ich dir das glauben? Du warst nicht da. Du hast mich zurückgelassen.«

Ich schritt ein und drehte mich zu Jay. »Deine Mutter wollte nicht ohne dich gehen. Dein Vater wollte euch beide töten. Der einzige Grund, warum er dich am Leben gelassen hat … Jay, hätte dein Vater in dieser Nacht nicht durch Toby von der Prophezeiung erfahren, würdest du jetzt nicht mehr leben.«

Kapitel 22

Jay

Ungläubig sah ich Bellena an. Ihre Worte hallten in meinem Kopf wider, aber sie fügten sich zu nichts, dass ich wirklich begreifen konnte. Die Wahrheit, die so groß, so schmerzhaft war, wollte mein Verstand einfach nicht annehmen.

»Was meinst du damit?« Meine Stimme war kaum mehr als ein Flüstern.

Bellenas Augen lagen schwer auf mir. Ihr Blick zeigte kein Mitleid, kein Bedauern, sondern stilles Mitgefühl. »Dein Vater wollte dich töten, bevor er von der Prophezeiung erfuhr.«

Ich bemühte mich, zu verstehen, was sie mir da gesagt hatte, doch je mehr ich es versuchte, desto weniger ergab es Sinn.

Zweifelnd sah ich zu meiner Mutter. »Dein Vater wusste mehr, als er je zugegeben hat. Ich glaube, dass er das Geheimnis bereits kannte. Toby hat ihm nur noch die fehlenden Puzzleteile geliefert. Ich weiß nicht, woher oder wie lange er schon Bescheid wusste, da er mir längst misstraute…«

»Weil du ihn betrogen hast«, unterbrach ich meine Mutter.

»Das stimmt, aber ich wollte dich niemals verlassen. Ich kannte die Signale, wenn Asazel sich von unseren Kindern abwandte. Dann sah er sie nur noch als Belastung. Ein Ballast, den er nicht länger brauchte. Du warst nicht der Sohn, den er wollte. Du hast lieber Zeit mit mir als mit ihm verbracht, hast lieber Klavier gespielt, als zu kämpfen. Er warf es mir täglich vor und als er mir sagte, dass auch du nicht würdig bist … Ich wollte nicht wieder ein Kind verlieren, also beschloss ich, mit dir zusammen zu fliehen. Als Toby kam, war es die perfekte Ablenkung, doch Bagael stellte sich mir in den Weg. Dein Vater war furchtbar wütend und schrie mich an, dass ich ihm seinen Sohn nicht nehmen würde. Er war wie verwandelt, was dich anging. Da erfuhr ich von der Prophezeiung und welche Aufgabe er für dich vorgesehen hatte.«

»Was hast du ihm erzählt, Toby?«, wollte Nathan wissen.

»Dass es eine Prophezeiung gäbe, über ein Mädchen namens Bellena, das auf der Erde lebt. Ein Mädchen, das dazu bestimmt ist, sich in einen Märtyrer zu verlieben, damit sich ihr Schicksal erfüllt, das alles verändern kann. Die Erzengel sprachen darüber, dass Bellenas Geheimnis niemals ans Licht kommen dürfe. Dass sie unter dem Schutz einer Bewahrerin steht und dass sie sicher sei, solange der Märtyrer oder die Dämonen sie nicht finden.«

»Und trotzdem hast du mein Geheimnis verraten? Warum? Warum hast du das getan?« Toby sah betreten auf den Boden.

Ob sie eine Antwort erhalten hatte, erfuhr ich nicht, da ich mich bereits von der Gruppe entfernt hatte. Es dauerte nicht lange, bis Bellena mir folgte, weshalb ich meine Schritte verlangsamte, damit sie zu mir aufholen konnte. Eigentlich hatte ich mir erhofft, allein zu sein, aber es gab zu viel, das zwischen uns stand. Obwohl ich es mir zunächst anders gewünscht hätte, war ich insgeheim dankbar, dass sie mir gefolgt war.

Schweigend liefen wir eine Weile nebeneinander her. Lauschten dem Zwitschern der Vögel sowie dem Rauschen der Baumkronen, die durch den Wind sanft schaukelten.

Als wir eine kleine Lichtung erreichten, ließ ich mich auf einem der umgestürzten Baumstämme nieder. Nach kurzem Zögern setzte sie sich neben mich.

»Was mit mir bei deinem Vater passiert ist, war nicht deine Schuld«, begann sie und brach damit das Schweigen. Ausdruckslos sah ich sie an. »Ich weiß von Bagael und dass er dich deiner Kräfte beraubt hat, als du mir helfen wolltest.«

»Woher?«

»Lukas hat es mir erzählt, als er mir selbst die Kräfte nahm.«

»Bagael hat mit Lukas zusammengearbeitet?«

Sie schüttelte den Kopf. »Nein, er hatte mir Handschellen angelegt, die eine ähnliche Wirkung hatten. Dabei erzählte er mir von ihm und was er getan hatte. Bis zu diesem Moment glaubte ich, du hättest dich für deinen Vater und gegen mich entschieden und dass deine Gefühle zu mir nie echt waren.«

»Vielleicht waren sie es auch nie. Unsere Gefühle zueinander sind vorherbestimmt. Was ist, wenn wir sie nur deshalb haben? Wenn sie wirklich nicht echt sind?«

»Sag so etwas nicht.« Eine Träne lief ihr über die Wange. »Es gab keinen Tag, an dem ich nicht an dich gedacht habe, von dir geträumt habe. Ich mir gewünscht habe, dass du bei mir wärst und mich retten würdest.«

»Dabei hattest du meine Hilfe gar nicht nötig. Das Einzige, was du brauchtest, waren meine Gefühle zu dir.«

»Du weißt, dass das nicht stimmt. Auch wenn unsere Liebe vorhergesagt wurde, heißt es nicht, dass unsere Gefühle zueinander nicht echt sind.« Unter Tränen sagte sie mir: »Meine sind echt und ich habe dich so vermisst.«

»Ach wirklich? Ich dachte, die Mädels, die sich mit mir abgeben wollen, haben keinen Geschmack?«

Jetzt lachte sie kurz auf und sie wischte sich mit dem Handballen die Tränen aus den Augen.

»Ich wusste schon damals, dass dir gefällt, was du siehst«, raunte ich ihr mit einem schiefen Grinsen zu.

Eine einzelne Träne war an ihrer Wange hängen geblieben, die ich mit meinem Daumen wegwischte. Ihre geröteten Augen trafen auf meine, und als ich das leuchtende Goldbraun in ihren Iriden sah, war es um mich geschehen. Wie konnte ich auch nur eine Minute daran zweifeln, dass meine Gefühle zu ihr nur zu einem Spiel zwischen Himmel und Hölle gehörten? Wie konnte ich nur annehmen, dass dieses Mädchen, das mein Herz höherschlagen ließ, lieber in den Armen von Lukas oder einem anderen lag?

»Ich habe dich auch vermisst. Ich habe mir solche Vorwürfe gemacht. Du kannst die anderen fragen, ich war unausstehlich. Manche sind nur knapp mit dem Leben davongekommen.«

Sie lächelte und ich konnte nicht anders, als meine Hände an ihre Wangen zu legen. »Ich verspreche dir, dich nie wieder allein zu lassen«, flüsterte ich. »Egal was passiert, ich werde immer bei dir bleiben.«

»Immer diese Drohungen«

Wir beide lachten herzlich und dann, ohne zu überlegen, küsste ich sie. Der Kuss war zuerst vorsichtig, doch dann wurde er tiefer. Meine Hand wanderte zu ihrem Nacken, während ihre Finger sich in mein Shirt klammerten. Das war mehr als ein Kuss. Es war ein Versprechen.

Als wir uns voneinander lösten, lächelte sie mich an. »Mal ehrlich, wie viele Blitze hast du neben ihnen herunter gejagt?«

»Wie kommst du darauf, dass ich so etwas getan habe?«

Sie zog eine Braue nach oben. »Du kannst mir nichts vormachen.«

Ich schnaubte. »Es waren nur drei. Ich glaube, deine Freundinnen haben jetzt Angst vor mir.«

»Hmm, ich glaube, mittlerweile nicht nur vor dir. Mit mir sollte man sich auch nicht mehr anlegen.«

»Allerdings.« Ich drückte ihr einen verhaltenen Kuss auf die Lippen. »Aber etwas Gutes hatte das Ganze. Maja konnte uns durch meinen Wutanfall leichter finden. Magst du mir erzählen, was da vorgefallen ist? Sie hat uns Aufzeichnungen gezeigt. Von Lukas, dir und den …«

Bellena zog sich ein wenig von mir zurück. Ihre Schultern versteiften sich. »Den was?« Ihre Stimme klang kalt und distanziert.

»Höllenhunden«, murmelte ich.

Sie seufzte. »Es war … die meiste Zeit haben sie mich alle in Ruhe gelassen. Deine Mutter hat sich viel um mich gekümmert. Schlimm wurde es nur, wenn ich auf Lukas … Lilith traf.« Der letzte Satz kam so nebenbei, als wäre er nichts weiter. Aber er traf mich wie ein Schlag.

»Er hat dich angefasst. Ich habe es gesehen.«

»Es war nur ein Kuss und es war nicht Lukas.« Mit jedem Wort wurde ihre Stimme lauter und schärfer als zuvor.

»Ich weiß. Julia hat es sofort erkannt.«

»Julia? Aber wie?«

Oh, Mist. »Das sollte sie dir selbst sagen.«

Bellena musterte mich aufmerksam und ich beschloss, das Thema von Julia wegzulenken. »Und Luzifer?«

Sie schwieg eine Weile und ich wurde das Gefühl nicht los, dass sie ihre nächsten Worte mit Bedacht wählte. »Den habe ich kaum zu Gesicht bekommen. Er war das geringste Problem. Was meinte Toby eigentlich vorhin mit der Bewahrerin?«

»Ich glaube, er meinte deine Oma.«

»Und wer sind diese Bewahrer?«

»Sie ...«

Plötzlich betrat Nathan die Lichtung. »Sorry, ich wollte euch nicht stören. Wir haben beschlossen, dass es vielleicht besser wäre, wenn wir uns zum Haus aufmachen. Toby hat sich mit den Mädels, deiner Mutter und Noah auf den Weg zum Auto gemacht. Wir dachten, dass Bellena ja jetzt mit uns fliegen könnte.«

»Fliegen, ich? Den Unterricht hatte ich bisher nicht.«

»Unterricht?«, fragte ich skeptisch.

»Ach nichts weiter. Das war nur so dahergesagt.«

»Du beherrschst drei Elemente und da willst du mir sagen, dass du erst Flugunterricht benötigst?«, sagte Dara empört, als auch die anderen zu uns aufschlossen. Alle sahen sie an. »Ich meine, dass das doch ein Kinderspiel für dich sein müsste ... Sorry, ich wollte nur lustig sein.«

»Lustig? Du?«, warf ich ihr zu.

»Ja, du weißt doch. Ich will die neue, verbesserte Dara sein.«

»Dara, bleib lieber die Alte. So hast du mir besser gefallen«, sagte Bellena und stieg mit ihren weißen Flügeln majestätisch in den Himmel empor. »Kommt ihr?«, rief sie uns wartend von oben zu.

Da war sie – mein Engel. Die, die mein Herz wieder schlagen ließ.

186

Kapitel 23

Bellena

Der Flug dauerte etwa eine Stunde. Unter mir dehnten sich die Städte aus, wie ein lebendiger Teppich aus Lärm, Farbe und Bewegung. Alles war klein von hier oben. Die Häuser, die Autos, die Menschen – so winzig wie in einem Modell. Der Wind rauschte an mir vorbei, doch ich fror nicht. Stattdessen fühlte es sich an, als würde der Himmel selbst mich tragen. Jede Bewegung war Leichtigkeit, jede Böe ein Versprechen von Freiheit. Mit jedem Flügelschlag ließ ich ein Stück von dem zurück, was die letzten Tage geschehen war. Ich glitt lautlos, meine Flügel schlugen kaum, sodass ich mich vom Wind tragen ließ. Ich fragte mich, ob die Menschen uns sehen konnten? Spürten sie, wenn ich vorbeizog? War es für sie, wie ein flüchtiges Gefühl von beobachtet werden?

Nachdem wir am Ferienhaus von Julias Tante gelandet waren, lobte mich Dan. »Nicht schlecht für deinen ersten Flug.«

»Wenn man es genau nimmt, war es mein Zweiter. Beim ersten war die Landung nur nicht so graziös. Jedenfalls soweit ich mich erinnere.«

»Warum? Hast du Bruchpilot gespielt?«, neckte mich Maro.

Ich lachte und schämte mich ein wenig, die nächsten Worte auszusprechen. »Ich war eine fliegende Fackel, also ...«

»Lass mich raten. Du bist in den See geflogen?«

Ich nickte Maro mit einem unterdrückten Grinsen zu. So peinlich es mir auch war, war es irgendwie auch witzig.

»Mach dir nichts draus. Ich erinnere mich noch an Maros erste Landung. Der Baum sieht heute noch völlig entstellt aus«, scherzte Jay, woraufhin ihm Maro die Zunge herausstreckte und sie anfingen, miteinander herumzublödeln.

»Wieso können die Menschen uns beim Fliegen nicht sehen?«, fragte ich Nathan, der sich neben mich stellte und den beiden beim Raufen zusah.

»Solange sie uns nicht erlauben, in ihr Leben einzugreifen, und wir für sie nur Legenden sind, wie Figuren in alten Büchern, ihr Glauben nicht reicht, um über das Sichtbare hinauszusehen, werden sie uns nicht erkennen.«

»Das heißt, nur wenn ein Mensch zulässt, dass ein Engel an seinem Leben teilnimmt und er wahrhaftig an ihn glaubt, kann er ihn auch sehen? In seiner wahren Gestalt?«

»Richtig.«

»Also können Noah, Chrissy und Julia alles sehen, was um sie rum geschieht, weil sie an uns glauben?«

Nathan warf einen flüchtigen Blick zu Jay, der sich gerade wieder an meine Seite gestellt hatte, bevor er mir antwortete. »So ist es.« Dann lief er einfach fort. Anscheinend wollte er das Gespräch nicht weiter vertiefen.

Fragend sah ich zu Jay, doch auch er wich meinem Blick aus. Stattdessen lief er in Richtung Haus und rief mir über die Schulter zu. »Du hast bestimmt Hunger. Mal sehen, ob wir ein paar Zutaten für Spaghetti Bolognese finden.«

Ich grinste und schüttelte ungläubig den Kopf. »Du willst doch nicht etwa für mich kochen?«

»Nein, wenn dann für alle. So schwer kann es nicht sein.«

»Wir warten lieber hier draußen, falls die Küche explodiert«, erwiderte Aria beiläufig, als wir an ihr vorbeiliefen. Da sie gebannt auf ihr Handy starrte und uns allen klar war, auf wessen Nachricht sie wartete, nutzte Jay die Chance, um zu fragen, wie lange Toby noch bräuchte. Natürlich konnte sie es uns sofort beantworten. »Circa fünfundvierzig Minuten.«

»Das dürfte für unsere Kochsession reichen«, antworte Jay siegessicher und lief ins Innere des Hauses. Am Türrahmen drehte er sich zu mir. »Kommst du? Ich benötige jemanden zum Zwiebeln schneiden.«

»Ach, warum ich? Du magst wohl nicht zeigen, dass du in Wirklichkeit ein Softy bist?«

Dan räusperte sich, während sich der Rest das Lachen nicht verkneifen konnte.

Jay nahm es lässig. »Wenn, dann bringe ich die Zwiebel zum Weinen und nicht umgedreht.« Dann verschwand er aus unserem Sichtfeld.

»Warum, weil du sie ansiehst?«, scherzte Nathan weiter so laut, dass Jay mit einem frechen Grinsen zurückkam und um die Ecke lugte. »Hast du Sonne im Herzen und Zwiebeln im Bauch, dann kannst du viel lachen und Furzen geht auch.«

Alle verfielen in lautes Gelächter.

»Alter, schön, dass du wieder da bist, Bellena. Endlich haben wir unseren Jay wieder«, sagte Nathan.

Mit schräg gelegtem Kopf sah ich zu Jay, der mich frech angrinste. »Komm jetzt! Lass uns den anderen zeigen, dass wir beide gut mit einer Zwiebel umgehen können.« Er reichte mir die Hand und ich ergriff sie.

»Aber vorher sollte ich noch unter die Dusche«, murmelte ich und sah an mir herunter. Mein Blick fiel auf den dunklen Fleck, der sich in mein Shirt gefressen hatte. Lukas Blut.

In Jays Blick huschte für einen Moment Mitleid, bevor er mir ein verständnisvolles Nicken schenkte. Er zog mich die Treppe nach oben und wir betraten ein Zimmer, das seins zu sein schien. Jedenfalls deuteten sein halb geöffneter Rucksack in der Ecke und verstreute Kleidungsstücke darauf hin.

Er lief zum Kleiderschrank. »Chrissy hat für dich ein paar Sachen herausgesucht. Sie meinte, dass sie die geeignetste dafür wäre.«

Genervt rollte ich mit den Augen. Das konnte nur eines bedeuten: Kleider, Pants und knappe Shirts. Mit einem Seufzen griff ich schließlich nach einem roten Kleid, das immerhin bis zu den Knien reichte. Das war mehr, als ich erwartet hatte, denn sonst wollte sie mir immer welche andrehen, die nur knapp meinen Hintern bedeckten.

Nachdem ich mit dem Duschen fertig war, stellte ich fest, dass die anderen ihr Wort hielten. Sie betraten die Küche nicht, sodass wir Zeit hatten, unser Gespräch von vorhin fortzuführen. Wir suchten unsere Materialien zusammen, während ich ihn über die letzten Tage ausfragte. Was Julia anging, hielt er sich immer noch zurück. Auf die Frage, warum sie ausgerechnet hier waren, zuckte er nur mit den Schultern. Darüber sollte ich selbst mit ihr sprechen.

Fragend schnitt ich das Gemüse. Neben den Möhren und dem Sellerie unterlag es selbstverständlich mir, die Zwiebeln zu schneiden.

Jay setzte in der Zeit das Wasser auf, suchte Gewürze wie Pfeffer, Salz und Basilikum zusammen und stellte eine Pfanne mit Öl bereit. »Wie sieht es mit den Zwiebeln aus? Sie warten auf ihren Einsatz.«

»Fertig.«

Er lachte, als er sah, wie es mir die Tränen heraus trieb, die er mit seinem Finger von meiner Wange strich. Dann nahm er mir das Schneidebrett mit den Zwiebeln ab und gab sie sorgfältig in die Pfanne.

»Und warum ist mein Bruder hier?«

»Deine Mum hat ihn hierher gebracht.«

»Meine Mum?«

Gedankenverloren ließ er die Spaghetti in den Topf gleiten. »Sie wurden angegriffen.«

»Was? Und dann kommen sie hierher? Ich verstehe nicht ganz.«

Jay schwieg und schob die Zwiebeln unnötig in der Pfanne herum.

»Du brauchst sie nicht zu Tode zu rühren. Ich habe ihnen bereits den Lebensmut genommen.«

Seufzend hielt er inne. »Ich hatte gehofft, sie könnte es dir selbst sagen.«

»Und was?«

Er legte den Kochlöffel beiseite und sah mich an. »Deine Mum. Sie ist ein Engel.«

Okay, das dachte ich mir bereits.

»Du siehst nicht unbedingt überrascht aus?«, stellte Jay fest.

»Nun ja. Irgendwoher müssen meine Kräfte ja kommen. Für mich gab es dafür nur zwei Möglichkeiten. Entweder sie ist ein Engel oder nicht meine leibliche Mutter. Also hat Noah auch Kräfte? Ich bin schon sehr gespannt, wie er sich mit Flügeln macht.«

Ich lachte, doch Jay nicht. Stattdessen drehte er sich wieder zur Pfanne und fügte Unmengen von Hackfleisch hinzu. Zuerst wollte ich ihn darauf hinweisen, dass eine zweite Pfanne wohl besser wäre, doch seine Reaktion war so merkwürdig, dass ich jetzt lieber nicht riskieren wollte, das Thema erneut zu wechseln. »Jay?«

»Noah hat keine Kräfte. Du bist die Erste und Einzige, die jemals Kräfte entwickelt hat«, polterte es aus ihm heraus.

»Okay?« *Er hatte wirklich keine Kräfte?* »Und was genau meinst du mit Erste und Einzige?«

Er raufte sich die Haare. »Jay, jetzt sag endlich, was hier los ist.«

»Deine Mum ist ein Erzengel. Und damit meine ich einer der ersten Erzengel überhaupt. Sie lebt bereits viele Hundert Jahre auf der Erde und hatte eine Vielzahl von Kindern, aber noch keines davon hat Magie beherrscht.«

»Sie ist ein ... Erzengel? Wie ist es möglich, dass ich die Einzige bin? Ich meine ...«, stammelte ich.

Jay sah mich nur schulterzuckend an. »Sie weiß es selbst nicht und ist deshalb zu ihren Geschwistern geflogen, um es herauszufinden.«

»Zu ihren Geschwistern? Meinst du damit etwa ...?« Mit dem Finger zeigte ich nach oben.

»Ich denke schon.« Jetzt musste ich mich erst mal setzen.

Regungslos stand Jay vorm Herd, während ich an ihm vorbei starrte.

Ein zischendes Geräusch riss uns aus der Starre.

»Verdammt!« Sofort drehte er sich um und nahm den Deckel vom Topf, aus dem gerade Wasser heraus sprudelte. Er ließ den Deckel in das Aufwaschbecken fallen und zog den Topf vom Herd. Mit beiden Händen an der Arbeitsplatte abgestützt, sah er mich über seine Schulter hinweg an. Unsere beiden Blicke trafen sich.

Bevor er die Chance hatte, auf mich zuzugehen, wandte ich mich ab, lief zum Fenster und sah hinaus. Jay widmete sich daraufhin vorerst wieder dem Kochen zu.

»Welcher von den Erzengeln ist sie?«, fragte ich nach einer Weile des Schweigens, den Blick aber weiterhin fest aus dem Fenster gerichtet.

»Chamuel.«

»Und mein Vater?«

»Er war wohl auch ein Engel, aber gehört nur zu den einfachen Heerscharen.«

»Hat sie eine Vermutung, weshalb es bei mir anders ist?«

»Nein, ich glaube nicht. Sie schien darüber genauso verwundert.«

»Ich muss kurz an die frische Luft.« Nach diesen Worten stürmte ich auch schon hinaus.

»Bellena?«, hörte ich Jay noch hinter mir rufen.

Um nicht zu riskieren, dass er mir folgte, rief ich zurück. »Alles gut, ich brauche bloß mal eine Minute für mich!«

Mein Weg führte mich hinunter zum Meer. Erst stand ich nur still da und sah in die Wellen. Doch dann spürte ich, wie sich die Ereignisse dieses Tages bemerkbar machten, und setzte mich in den Sand. Noch vor ein paar Stunden war ich am schlimmsten Ort, den man sich nur vorstellen konnte, hatte meinen besten Freund verloren, die Hölle zerstört und Dinge erfahren, die ich nie für möglich gehalten hätte. Meine Mum war ein Erzengel – Chamuel. Ich überlegte, ob Julia jemals erwähnt hatte, was ihre Aufgabe war, doch ich erinnerte mich nicht. Stattdessen trieb es mir erneut Tränen in die Augen.

Ich wüsste einen, der mir meine Fragen bestimmt beantworten könnte, doch nach heute wollte ich ihn nicht zu nah an mich heranlassen. Nicht nach allem, was ich erfahren hatte. Trotzdem spürte ich, wie er leise bei mir anklopfte. Es war ein Druck in meinem Kopf, vor dem ich mich erfolgreich verschloss. Das hatte ich in den vergangenen Stunden ebenfalls gelernt, ihn auszuschließen. Auch wenn seine Versuche immer wieder an mir rüttelten, war es nur für einen Moment und er verschwand wieder. Selbst jetzt, wo die Versuchung so groß war, würde ich auf keinen Fall nachgeben. Noch war ich nicht bereit dazu.

»Bellena?«, holte mich Julia behutsam aus meinen Gedanken und sah mich aus besorgten, braunen Augen an.

»Hey« ich lächelte ihr zaghaft zu und wischte mir die Tränen weg.

»Darf ich?« Ohne meine Antwort abzuwarten, ließ sie sich neben mir im Sand nieder. »Ich weiß, du hast heute einiges durchgemacht und Jay hat dir gerade von deiner Mutter erzählt, aber ...« Sie machte eine kurze Pause. »Es gibt da etwas, das du wissen solltest, ich kann nicht mehr länger warten.«

Kapitel 24

Bellena

»Du bist in Nathan verliebt?«

Julia saß neben mir im Schneidersitz und wippte mit ihren Beinen, sagte jedoch kein einziges Wort. Stattdessen starrte sie wie gebannt auf das glitzernde Wasser vor uns. Ich runzelte die Stirn. Ihr Schweigen und dieser verkrampfte Blick – das war mehr als nur Verlegenheit. Warum hatte ich das Gefühl, dass sie mir etwas verschwieg?

»Es ist nicht gerade das, was ich erwartet hätte. Ich meine … versteh mich nicht falsch«, fuhr ich vorsichtig fort. »Ich freue mich für euch, wirklich. Es ist nur irgendwie verrückt, oder? Habt ihr schon gesprochen, wie das zukünftig weitergehen soll? Immerhin ist Nathan ein Engel und du bist ein Mensch.« Plötzlich drehte sie ihren Kopf zu mir. Ihr Blick traf mich hart, überrascht und ertappt. Als hätte ich ein gut gelüftetes Geheimnis ausgesprochen, das sie selbst noch nicht ganz wahrhaben wollte. »Du bist doch ein Mensch?«

Bitte sag ja, bitte sag ja.

»Ja, ich bin ein Mensch.« *Oh, Gott sei Dank.* Doch ich hatte mich zu früh gefreut, denn sie fügte nach kurzem Zögern hinzu. »Oder auch nicht.«

»Okay, jetzt bin ich verwirrt.« Ich versuchte, ruhig zu bleiben, doch innerlich brodelte es. Am liebsten hätte ich sie geschüttelt. Normalerweise mochte ich Julia immer für ihre ruhige, gelassene Art, doch in diesem Moment trieb sie mich mit dieser Haltung in den Wahnsinn. Ich spürte, wie sich in mir der Drang aufbaute, sie anzuschreien, endlich Klartext zu sprechen. »Julia?« Meine Stimme klang schärfer als beabsichtigt.

Sie schluckte schwer. Ich war kurz davor, die Fassung zu verlieren, da sprach sie es endlich aus. »Ich bin eine Bewahrerin.«

»Okay?« Erst wusste ich nicht so richtig, wovon sie sprach, doch dann schoss mir ein Gedanke in den Sinn. »Moment, eine Bewahrerin? Hatte Toby nicht davon erzählt? Sag mir jetzt aber nicht, dass du diejenige bist, die mein ganzes Leben auf mich aufpassen sollte?«

»Nein, das bin ich nicht. Ich weiß selbst erst seit ein paar Monaten darüber Bescheid.«

»Monate?!« Ich zog eine Braue nach oben. »Wie lange genau?«

Sie wandte sich von mir ab und schloss die Augen. Das Folgende auszusprechen, fiel ihr sichtlich schwer. »Einen Tag vor dem Tod deiner Oma.«

»Was? Aber warum? Wie?« So viele Fragen gingen mir durch den Kopf.

»Eine Bewahrerin kann ihre Kräfte weitergeben. Deine Oma war am Tag vor ihrem Tod bei mir. Sie sagte, dass ich dafür die Richtige sei, und ließ mir ihr Buch da. Sie meinte, dass ich so klug wäre, dass ich alles allein herausfinden würde, da sie keine Zeit für Erklärungen habe. Sie sagte mir nur, dass es Engel gäbe und es ab sofort meine Aufgabe wäre, ihr Geheimnis zu bewahren. Ich solle niemandem davon erzählen, auch dir nicht, da es mich nur in Gefahr bringen würde. Sie würde mir jemanden schicken, der mir behilflich wäre, um all das zu verstehen. Und dann kam …«

»Nathan?«, unterbrach ich sie.

Sie nickte. »Ja, er erklärte mir vieles. Er hatte wohl in seinem Leben auf der Erde oft Kontakt zu den Bewahrern, auch zu deiner Oma.«

»Wusste er, dass ich ein Engel bin?«

»Nein, wir wussten es beide nicht. Nathan kam erst ein paar Wochen später zu mir, kurz nachdem Jay dich entdeckt hatte. Sein Vater hatte Aria und ihn bereits auf dich angesetzt, aber er selbst hat sich eher im Hintergrund gehalten und wusste daher nichts von unserer Verbindung zueinander. Ich wurde erst stutzig, als du von deinen Träumen erzählt hast. Danach habe ich das erste Mal mit ihm über dich gesprochen. Aber ich konnte dir nichts sagen. Wir beschlossen, dass wir es vorerst für uns behalten. Es war zu gefährlich. Wir sind uns nicht sicher, was wirklich mit deiner Oma geschah.«

»Wusste Chrissy Bescheid?«

Sie schüttelte den Kopf. »Sie haben es alle erst erfahren, als du verschwunden bist. Ich hatte bis dahin die Bücher studiert und einiges herausgefunden. Nathan meinte, dass mein Wissen ihnen bei der Suche helfen könnte. Deshalb weihte er als erstes Jay und dann den Rest ein.«

Ich schluckte. »Und was hast du herausgefunden?«, fragte ich, meine Stimme kaum mehr als ein Flüstern.

»Na ja, alles über Engel, ihre Geheimnisse. Dass Chamuel, also deine Mutter, nicht mehr im Himmel war. Den Eingang zum Himmelreich. Bellena, ich kenne Luzifers Geheimnis und glaube, dass du es ebenfalls weißt. Wir sollten es den anderen sagen.«

Unbewusst griff ich nach meiner Kette und ließ das Amulett zwischen meinen Fingern kreisen, während ich den Blick senkte. Ich war nicht bereit, ihrer Wahrheit direkt ins Auge zu sehen. »Ich bin zu müde, um mich damit genauer zu beschäftigen.«

»Wie bitte?« Julias Stimme klang schrill. »Was ist los mit dir? Ich offenbare dir gerade etwas, das mein ganzes Leben auf den Kopf gestellt hat und dass ich dich seit Monaten belüge, und du tust so, als wäre es das Normalste der Welt?« Fassungslos starrte sie mich an. »Ist dir überhaupt klar, was das bedeutet?«

»Julia, ich war tagelang in der Hölle. Erst heute Morgen habe ich meinen besten Freund verloren und einen wichtigen Standort der Dämonen zerstört. Ich habe erfahren, dass meine Mutter ein Erzengel ist und dass Toby mich verraten hat, obwohl ich dachte, er sei ein Freund. Dass du dich als eine Art Schutzengel herausstellst, ist wirklich meine geringste Sorge.«

»Ich dachte, du würdest durchdrehen.«

»Das wäre ich vielleicht auch. Aber nach alldem, was ich heute erfahren habe, ist deine Story die harmloseste.«

Sie stieß ein kurzes, ungläubiges Lachen aus. »Aber ich habe dich belogen. Ich wusste mehr, als ich zugegeben habe.«

Ich sah Julia fest an. »Wenn ich etwas gelernt habe, dann das Vertrauen zwei Seiten hat. Die eine ist schmerzhaft, bei der dir jemand das Messer in den Rücken rammt und du daran zerbrichst. Und die andere? Die tut auch weh, aber anders. Denn manchmal wird Vertrauen nicht aus Bosheit gebrochen, sondern weil jemand dich um jeden Preis beschützen wollte.« Ich machte eine kurze Pause und ließ meine Worte wirken. »Da bei dir Letzteres zutrifft, kommst du mit einer Verwarnung davon.«

Sie stieß einen erleichterten Seufzer aus. »Und ich dachte schon, dass du mich jetzt hasst.«

»O nein, es gibt ganz andere Dinge, die ich hasse, aber eine meiner besten Freundinnen gehört nicht dazu.«

Ein herzliches Lächeln stahl sich über ihr Gesicht. »Ich hab dich auch lieb.« Daraufhin zog ich sie in meine Arme.

Wir umarmten uns fest, bis ich ihre Schulter fasste und sanft von mir wegdrückte. Gerade so weit, dass ich ihr in die Augen sehen konnte. »Julia, du musst mir etwas versprechen. Es ist wirklich wichtig.«

❦

»Hey, da seid ihr ja! Wir dachten schon, dass ihr die kulinarische Spezialität verpasst. Dabei hat Jay sie doch nur für dich vorbereitet.«

»Halt die Klappe, Maro.« Jay verpasste ihm einen Klaps auf den Hinterkopf.

Alle lachten, außer Nathan, der uns mit einem skeptischen Blick betrachtete. »Ist alles in Ordnung?«

»Ja, alles okay«, ich legte Julia einen Arm um ihre Schulter und sie lächelte. Leider war es nicht von langer Dauer, denn sobald sie neben Nathan Platz genommen hatte, erstarb es.

Nathan blieb misstrauisch. »Ist wirklich alles in Ordnung?«, fragte er erneut.

Knapp nickte sie ihm zu und schenkte ihm ein Schmunzeln. »Ja wirklich. Und jetzt mal ran an die Spaghetti«, sagte sie und musterte mich für einen Moment.

Anscheinend konnte sie mit meiner Bitte nur schwer umgehen. Ich musste dringend etwas unternehmen, damit Nathan endlich von ihr abließ. Jay reichte mir einen Teller, doch bevor ich mich setzte, fiel mir etwas ein. »Hey Nathan. Dein kleiner Autounfall mit Toby … war das Julias Schuld?«

Daraufhin sah Toby auf und ließ seinen Blick zwischen den beiden schweifen.

»Ähm ...«, war das Einzige, was Nathan herausbrachte, doch Julia kam ihm zu Hilfe. »Ich habe mir Sorgen gemacht, weil du nicht geantwortet hast, also habe ich ihn so lange genervt, bis er für mich los ist, um nach dem Rechten zu sehen.«

»Und weil du so in Gedanken bei deiner Julia warst, hast du die Parklücke verfehlt?«, fügte Maro hinzu und alle brachen in helles Gelächter aus. Bis auf Chrissy, Noah und Amoria, die nur fragend in die Runde sahen.

Schnell klärte Aria die Drei auf. »Als wir Bodyguard für Bellena gespielt haben, kam Nathan angeflogen und ist auf der Motorhaube von Tobys Auto gelandet.«

»Was? Moment, war das zufällig der Tag, als du mit deiner Mutter telefoniert hast?«, warf Chrissy ein und erntete einen verwirrten Blick von Julia. »Weißt du es nicht mehr? Du hast einen übelsten Lachflash bekommen und wolltest mir nicht verraten, worum es ging.«

»Schön, dass ihr das alle so lustig fandet. Es war ja nur mein Wagen«, schmollte Toby.

»Und du warst so verzweifelt, dass du dachtest, ich könnte Blech heilen«, scherzte Aria, bevor sie sich ein paar Spaghetti in den Mund schob.

»Was? Ich hänge nun mal an dem Wagen. Andere hängen an ihren Mädels, was ist schon dabei? Ich meine, schaut euch doch mal in der Runde um. Nathan demoliert ein Auto für Julia, Aria schleicht sich heimlich zu Noah, Jay grillt uns fast alle, weil er ohne Bellena nicht leben kann, und Dan riskiert seine Freundschaft zu Jay, weil er nicht mehr ohne Dara sein kann.«

Daraufhin sahen alle zu Dan, der schlagartig innehielt.

»Habe ich etwas verpasst?«, fragte Nathan.

»Nein, wir sind nur Freunde«, versuchte er sich herauszureden, während Dara auf ihrem Teller herumstocherte.

»Ja klar, dicke Kuschelfreunde«, sagte Maro und alle brachen erneut in Gelächter aus. »Aber Toby hat recht. Ihr seid wirklich abhängig voneinander, auch wenn die zwei da drüben es noch nicht zugeben wollen. Vielleicht brauchst du auch eine Freundin, damit du dein Auto nicht mehr als einzigen Lebensinhalt siehst?«, fügte er weiter hinzu.

Ganz schön weise für einen Vierzehnjährigen.

»Chrissy ist doch noch frei«, sagte Aria und ich konnte schwören, dass Noah sich für einen Moment neben ihr versteifte.

»Mich bekommt man nicht so leicht. Ich bin sehr wählerisch, und wenn ich schon einen Engel nehme, dann einen Richtigen«, stellte Chrissy klar.

»Dann seid ihr ja alle raus«, warf ich ein.

Meine Aussage war für Jay eine Steilvorlage. Mit einem selbstzufriedenen Grinsen verkündete er: »Tja, wie es scheint, haben wir nur einen richtigen Engel in unserer Mitte und der gehört zu mir.«

Kapitel 25

Jay

Nach der Aufregung der letzten Tage grenzte es fast an ein Wunder, dass der Abend so losgelöst und ruhig verlief.

Noch vor vierundzwanzig Stunden hatte ich nicht einmal damit gerechnet, irgendetwas über Bellenas genauen Aufenthaltsort zu erfahren. Erst recht nicht, dass ich ihr so schnell wieder gegenüberstehen würde. Tagelang tappten wir im Dunkeln. Jeder Schritt fühlte sich an, wie ein Schuss ins Blaue. Es war ein verdammt hohes Risiko, Maja blind zu vertrauen, und um ehrlich zu sein, hatte ich nicht erwartet, dass wir heil aus der ganzen Sache herauskommen würden. Bis auf den Verlust von Lukas verliefen die Ereignisse für uns erstaunlich glimpflich, was wir überwiegend Bellena und meiner Mutter zu verdanken hatten.

Noch immer fühlte sich alles an wie ein Traum, indem die Grenzen zwischen Hoffnung und Wirklichkeit verschwammen. Und ich betete, dass ich nicht aufwachte. Nicht jetzt, wo ich sie endlich wieder bei mir hatte. Damit meinte ich nicht nur Bellena, sondern auch meine Mutter.

Aus diesem Grund blieb ich wachsam. Das Rätsel um Bellena war nach wie vor nicht gelöst und seit heute war sie eine noch größere Zielscheibe als je zuvor. Zu viele waren heute Augenzeuge ihres Könnens geworden. Die Tatsache, dass man hier keinem, wie fünf Meter über den Weg trauen konnte, erschwerte es zusätzlich. Ich durfte mir keinerlei Fehltritte erlauben, so viel stand auf dem Spiel. Vor allem Dara und Toby ließ ich kaum aus den Augen. Dass ausgerechnet Letzterer sich just in diesem Moment mit Bellena von der Gruppe entfernte, ließ meinen Puls nach oben steigen. Noch blieb ich ruhig vor dem Haus stehen und beobachtete sie aus der Ferne, doch wenn sie sich weiter von uns entfernten, würde ich nicht nur tatenlos zusehen. Vor allem nicht nach Tobys Offenbarung heute. Anscheinend hing sein enormes Interesse an Bellena damit zusammen, dass er von Anfang an mehr über sie wusste, als er uns gegenüber zugegeben hatte. Selbst ich hörte vieles zum ersten Mal und ich war mir sicher, dass er noch mehr vor uns zu verbergen hatte.

Bellena sah es offenbar genauso, denn sie blieb stehen und sah mich an.

Toby war anscheinend so in Gedanken vertieft, dass er es erst ein paar Schritte später bemerkte. Fragend sah er zu Bellena, die mit verschränkten Armen vor ihm stand und ihn scheinbar zum Reden aufforderte. Verstohlen fuhr er sich durch die Haare, die sich daraufhin in ein pastellfarbenes Blau färbten, woraufhin sie ihn unbeeindruckt musterte.

»Sie ist etwas ganz Besonderes.« Meine Mutter stellte sich neben mich und betrachtete die beiden ebenfalls.

»Ja, das ist sie«, antworte ich, ohne den Blick von Bellena abzuwenden. Zu groß war das Risiko, dass ich sie im ungünstigsten Moment aus den Augen verlor. Ich konnte es mir nicht leisten, auch nur eine Sekunde unachtsam zu sein.

»Du magst sie sehr.«

Ich antwortete ihr nicht, stattdessen beobachtete ich, wie sich Bellenas Schultern langsam entspannten.

»Ich bin stolz auf dich, mein Junge. Und ich bedauere es zutiefst, dass ich nicht miterleben konnte, wie du erwachsen wurdest. Auch wenn es mit deinem Vater bestimmt nicht einfach war, bin ich dankbar, dass er aus dir diesen großartigen Mann gemacht hat.«

»Na ja, es war nicht gerade sein Verdienst. Das meiste habe ich mir selbst beigebracht.«

Sie lachte. »Große Sprüche hast du schon als kleiner Junge gerne geklopft.«

Nach dieser Aussage musste auch ich kurz schmunzeln. Es war, als wäre es ansteckend, denn ich sah, dass Toby ebenfalls lächelte und Bellena mit einstimmte. Sie lockerte ihre Arme aus der Verschränkung und schubste ihn gegen den Oberarm. Diese Geste versetzte mir einen Stich. Anscheinend gelang es Toby mühelos, sie um den Finger zu wickeln. Eine Tatsache, die mir zunehmend Unbehagen bereitete. *Lass ja deine Griffel von ihr*, dachte ich verstimmt.

Doch er tat es nicht. Stattdessen zog er sie in eine Umarmung und sie ließ es zu. Ungläubig betrachte ich die Szene. Er hatte ihr Vertrauen missbraucht. Wir alle hatten sie belogen. Julia, ihre Mum ... ich. Und trotzdem war in ihr kein Groll, keine Abneigung. Sie ging mit allem so leichtfertig um, als wäre nichts gewesen. »Was haben sie mit ihr gemacht?«, murmelte ich gedankenverloren, vergaß für einen Moment, dass meine Mutter noch immer neben mir stand.

»Ich kann dir auch nicht viel sagen. Ich habe sie nur betreut, während sie auf ihrem Zimmer war. Luzifer hat sie gut behandelt. Sie brauchte zwar nicht viel, aber mir wurde erlaubt, ihr alles zu bringen, was sie wollte. Er hat ihr sogar einen Klavierflügel bereitgestellt. Einige Male hat er sie besucht und ihr beim Spielen zugehört. Da Bellena meistens so darin vertieft war, bin ich mir nicht sicher, ob sie seine Anwesenheit immer bemerkt hat.« Sie machte eine kurze Pause und seufzte, bevor sie weitersprach. »Das größere Problem war Lukas, genauer gesagt Lilith.« Ich sah sie an und mir entging nicht ihr trauriger Blick. »Je mehr Zeit verging, desto schwerwiegender wurden ihre Verletzungen. Kaum zu glauben, dass davon nichts mehr zu sehen ist.«

Ich sah erneut zu Bellena, die sich noch immer mit Toby unterhielt. »Aria hat sie sofort geheilt, als wir sie gefunden haben. Als sie sich so an Lukas festklammerte … wir sahen nur das viele Blut und konnten nicht einordnen, ob und wie schwer verletzt sie wirklich war.«

»Verstehe. Obwohl sie tapfer war, wünschte ich, dass ich ihr auf dieselbe Weise hätte helfen können. Ich kann nur erahnen, wie groß ihre Schmerzen waren und damit meine ich nicht nur den körperlichen.«

»Hast du nie mitbekommen, was sie ihr genau angetan haben?«

Sie schüttelt den Kopf. »Nein. Ich wurde meist später dazu geholt. Es kam selten vor, dass ich mich vor Ort um sie kümmern sollte, und dort habe ich nur Gesprächsfetzen vernommen. Die meiste Zeit sprach Lilith, Samael war in der Beziehung eher das Lämmchen. Laut Bellena hat er das Schauspiel gerne aus der Ferne beobachtet.« Ein erneuter Seufzer entfuhr ihr. »Oft konnte ich sehen, wie Lukas teilnahmslos in der Ecke stand, den Kopf resigniert auf den Boden gerichtet. Man hat dem armen Jungen förmlich angesehen, wie sehr er unter den Grausamkeiten, die er Bellena antat, gelitten hat.«

»Mein Mitleid hält sich in Grenzen.«

»Jay, dieser arme Junge hatte keine Chance. Ihr kennt die Mythen um Lilith nur aus Geschichten, ich hingegen habe sie tagtäglich miterlebt. Ich nehme an, dass er nicht nur wegen Bellena, sondern auch wegen Lilith litt. Was, glaubst du, hat sie mit ihm gemacht, wenn er sich nicht um deine Freundin gekümmert hat? Was denkst du, wo er die Nächte verbringen musste?«

Schwer atmete ich aus und schloss die Augen, wollte es mir nicht mal ansatzweise vorstellen. Ich mochte Lukas nie. Warum wusste ich selbst nicht genau. Womöglich, weil Bellena in ihn verliebt war und sie ihn als ihren besten Freund bezeichnete, obwohl er ihr das mit Leonie angetan hatte. Obwohl sie monatelang kaum mit ihm gesprochen hatte, sah man ihr immer wieder den Schmerz an, wenn sie ihm auf dem Schulgelände begegnete. Vor allem, wenn Leonie dabei war. Dennoch blieb sie standhaft, obwohl sie ihn vermisste. Aber warum war sie es hier nicht? Ihre beste Freundin hatte sie belogen und grundsätzliche Dinge vor ihr verschwiegen, obwohl es für sie hätte tödlich enden können. Toby hatte sie verraten und trotzdem nahm sie ihn in die Arme, als würde sie eine jahrelange Freundschaft verbinden. Dabei kannten sie sich gerade mal ein paar Wochen. Ihre Mum war ein Erzengel und sie hat es aufgenommen, als wäre es das Normalste der Welt. Mit mir wollte sie nicht mal ernsthaft darüber sprechen, was zwischen uns passiert war. Sie schob es auf meinen Vater und damit war die Sache für sie erledigt. War es wirklich nur die Freude und Dankbarkeit, dass wir wieder alle zusammen waren? War das der einzige Grund, weshalb sie so nachsichtig war?

»Worüber denkst du nach? Ich erkenne es sofort. Dann bilden sich kleinen Fältchen auf deiner Stirn.«

»Ich werde das Gefühl nicht los, dass sie etwas vor uns verheimlicht.«

»Wie kommst du darauf?«

»Sie will nicht über all das reden. Die ganzen Geheimnisse, die Lügen. Es ist, als wollte sie alles schnell abhaken, ohne ein langes Gespräch zu führen oder darüber nachdenken zu müssen. Als würde sich ihre Wut nur an der Spitze eines Eisberges zeigen und in Wirklichkeit brodelt es in der Tiefe.«

»Lass ihr Zeit. Sie hat eine Menge zu verarbeiten. Sie versucht nach all dem, ihren Platz zu finden. Sie hat ihren Freund verloren. Glaubst du nicht, dass sie es bevorzugt, nicht noch mehr Freunde oder gar Familienmitglieder zu verlieren? Vielleicht hat sie nur erkannt, dass das Leben zu kurz ist, um der Vergangenheit hinterherzutrauern. Dass im Leben nicht immer alles schwarz oder weiß ist und dass es jedem zusteht, Fehler zu machen und trotzdem eine zweite Chance zu erhalten.«

Mein Blick fiel auf ihre Hand, die nun meine Schulter berührte. Als sie meine starre Reaktion darauf bemerkte, wollte sie sich bereits zurückziehen, doch ich war schneller und legte meine Hand auf ihre. »Vielleicht hast du recht und ich mache mir grundlos Sorgen.«

Kurze Zeit später unternahm ich mit Bellena einen Spaziergang. Mit verschränkten Händen liefen wir barfuß den Strand entlang, während die Sonne langsam am Horizont verschwand. Ihr Licht verwandelte das Wasser in ein glitzerndes Mosaik aus Gold, Orange und zartem Rosa. Wolken leuchteten in flammendem Rot, ehe sie sich langsam ins Violette färbten. Dieser

Anblick wirkte so friedlich, hatte beinahe etwas Magisches an sich.

Bellena zog mich in Richtung des Meeres. Unsere Schritte hinterließen flüchtige Spuren im Sand, die die nächste Welle augenblicklich wieder wegspülte. So verharrten wir still und sahen zu, wie das Wasser unsere Füße verschluckte, bevor es sich zurückzog und sie wieder freigab. Es wirkte, als würde uns das Meer begrüßen, einen Moment festhalten und dann loslassen, als Zeichen, dass wir nun eigene Wege gehen dürften.

Seit wir aufgebrochen waren, hatten wir kein einziges Wort miteinander gesprochen. Verstohlen betrachtete ich sie und beobachtete, wie der Wind mit ihrem goldbraunen Haar spielte. Auch der leichte Stoff ihres roten Kleides flatterte bei jeder Böe, schmiegte sich kurz an ihre Beine und ließ sie dann wieder los. Ich fragte mich, was in ihr vorging, als sie, mit einem zarten Lächeln im Gesicht, in die Ferne sah.

»Das ist mein erster Strandspaziergang«, murmelte sie. »Das erste Mal, dass ich sehe, wie die Sonne vom Horizont des Meeres verschluckt wird.«

»Ach wirklich. Das ist auch mein Erster – mit dir.«

Leise hörte ich sie kichern. »Ich hoffe, dass es nicht unser Letzter ist.« Mit einem ernsten Blick sah sie mich an. »Was glaubst du, wie lange wir hier sicher sind?«

Angestrengt kniff ich die Augen zusammen. Das war kein Gespräch, was man sich an so einem Abend erhoffte. Wir sollten laut lachen, durch das Wasser toben, einfach unbeschwert sein. Stattdessen standen wir fast regungslos hier und machten uns Gedanken, was der Morgen bringen würde. Ich wünschte, ich könnte ihr sagen, dass wir Zeit hatten, hier zur Ruhe kommen und unsere nächsten Schritte planen konnten. Doch stattdessen blieb mir nur die Wahrheit. »Ich weiß es nicht.«

»Wir sollten uns Gedanken machen, wie es weitergeht. Vielleicht sollten wir nach meiner Mum suchen? Julia sagte mir, dass sie in den Aufzeichnungen den Zugang zum Himmelreich gefunden hat.« Sie überschlug sich fast mit ihren Gedanken. »Wir sollten dorthin aufbrechen. Vielleicht können sie für unsere Sicherheit sorgen? Meine Mum hat bestimmt schon etwas herausgefunden. Womöglich …«

»Bellena.« Ich zog sie zu mir, nahm ihren Kopf zwischen meine Hände. »Wir müssen das nicht heute entscheiden. Wir sollten in Ruhe darüber nachdenken.«

»Hast du auch in Ruhe darüber nachgedacht, als Maja kam und sie dir sagte, wo ich bin?«

»Das war etwas anderes, das weißt du. Momentan bist du in Sicherheit und unser nächstes Ziel ist, dass es so bleibt.«

»Aber meine Mum …«

»Hat sich seit Tagen nicht gemeldet«, unterbrach ich sie. »Du warst in Gefahr, doch sie ist gegangen. Jetzt bist du hier und sie ist trotzdem nicht da. Ich möchte dir keine Angst machen, aber was ist, wenn ihr Plan nicht wie gewünscht aufging?«

Sie schloss die Lider und Tränen sammelten sich in ihren Augenwinkeln.

»Es tut mir leid.«

Kopfschüttelnd entfernte sie sich einen Schritt von mir. »Du musst dich nicht für die Wahrheit entschuldigen. Du hast recht. Wir sollten das nicht heute Abend besprechen, sondern genießen, was wir haben.« Sie näherte sich mir wieder.

»Jay«, wisperte sie. »Versprich mir, dass du mich heute Nacht nicht allein lässt.« Mit der Hand auf ihrem unteren

Rücken zog ich sie dicht an mich heran. Meine Stirn auf ihre gelegt, womit ich ihr so nah war, dass sich beinahe unsere Nasenspitzen berührten.

»Ich verspreche es«, hauchte ich und gab ihr einen zärtlichen Kuss auf die Stirn, bevor sie sich aus meiner Umarmung löste und wir Arm in Arm zurück zum Haus gingen.

Kapitel 26

Bellena

Ich rannte. Der Boden unter meinen Füßen brannte. Barfuß spürte ich jeden Schritt auf der glühenden Erde. Um mich herum peitschte Feuer durch die Luft, das Knurren der Höllenhunde schnitt wie Rasierklingen an meinen Nerven. Rauch nahm mir die Sicht und somit die Orientierung. Das Gefühl der Angst trieb mich ziellos weiter.

»Du kannst ihm nicht entkommen.« Liliths Stimme hallte kalt durch das Nichts.

Plötzlich trat Lukas aus dem Schatten, sein Gesicht verzerrt vor Hass. Die roten Augen loderten wie das Feuer, das uns umgab. »Du hast das getan. Du hast mich sterben lassen!«

»Das bist nicht du«, flüsterte ich, während mein Herz wie wild hämmerte. »Du bist nicht real. Du bist ...«

»Tot«, schnitt er mir das Wort ab. »Und zwar nur deinetwegen. «

Plötzlich warf er sich auf mich, sodass ich unendlich tief durch einen Abgrund aus Hitze und Schmerz fiel. Lukas Stimme verhöhnte mich. Jedes Wort ein fieser Stich in meiner Brust.

Als ich auf den kalten Boden aufschlug, erwartete mich Lilith. Regungslos stand sie da, vor ihren Füßen Lukas leblose Hülle. Sein Herz hielt sie in der Hand, Blut tropfte in rhythmischen Abständen auf den Boden. »Sein Herz war deiner Liebe nicht gewachsen«, säuselte Lilith und ließ es achtlos neben sich fallen, bevor sie sich umdrehte.

Düster und majestätisch trat Samael aus dem Schatten. Gefühllos lächelte er mich an, ehe er Lilith an sich zog und sie langsam und genüsslich küsste. Der Moment, als er sich wieder von ihr löste, war schockierend. Nun war es nicht mehr Samael, sondern Jay.

»Jetzt gehört sein Herz mir«, flüsterte Lilith. Ein siegreiches, höhnisches Grinsen trat auf ihre Lippen. Sie öffnete ihre Hand und präsentierte ein weiteres pochendes Herz, das sie achtlos in den Abgrund hinter sich fallen ließ. Der Aufprall, den es verursachte, hallte durch die gesamte Hölle.

Ein Windstoß fegte durch den Raum und ließ mich hinter mich blicken. Alle waren sie bei mir. Meine Mum, Noah und meine Freunde. Doch ihre Augen waren leer und ausdruckslos, ihre Haut aschfahl. Manche waren blutverschmiert, andere verbrannt. Sie waren alle tot, nur leblose Hüllen, die eine unsichtbare Macht auf den Beinen hielt.

»Du wirst sie alle verlieren«, flüsterte Lilith. »Einer nach dem anderen. Das hier ist erst der Anfang.«

Ich schrie, doch kein Laut kam über meine Lippen.

Ich fuhr hoch, als die Tür im nächsten Moment krachend gegen die Wand schlug und Jay, gefolgt von Nathan und Toby, hereinstürmte. Jays Augen weiteten sich, als er mich sah. Ohne zu zögern, kam er auf mich zu.

Ich zitterte am gesamten Körper und war unfähig, auch nur ein einziges, vernünftiges Wort herauszubringen. »Es war nur ein Traum«, keuchte ich.

Wortlos zog er mich in seine Arme und hielt mich fest, während ich ein erleichtertes Aufseufzen von Toby vernahm. Nathan und er verließen das Zimmer und schlossen die Tür hinter sich.

»Er ist tot«, ließ ich die Worte unbeantwortet durch den Raum fliegen.

Jay strich mir behutsam über den Rücken und zog die Decke über uns beide. Seine Nähe war alles, was ich in diesem Moment brauchte. Während ich leise in seine Schulter schluchzte, spürte ich, wie sich die Anspannung langsam löste, und fiel in einen unruhigen, aber sicheren Schlaf.

Als ich am Morgen erwachte, fühlte ich mich sicher und geborgen. Jay lag neben mir und ich hatte meinen Kopf auf seiner Brust gebettet. Ich spürte seine sanften Atemzüge unter mir und genoss die Nähe zu ihm. Dass er die Nächte bei mir blieb, war in eine Selbstverständlichkeit übergegangen. Er wollte mich auf keinen Fall alleine lassen und ich konnte den Gedanken nicht ertragen, ohne ihn zu sein. Vor allem nicht, da ich mir nichts sehnlicher wünschte, als dass er mich in den Arm nahm, mich küsste und sanfte Kreise auf meine Oberarme zeichnete.

Die letzten zwei Tage verbrachten wir in völliger Ruhe im Haus von Julias Tante. Wir heilten durch die Nähe zueinander. Zwischen Toby und mir war fast alles wie vorher. Eine leichte Spannung blieb dennoch, da Jay ihm gegenüber weiterhin misstrauisch war. Er ging ihm aus dem Weg und machte keinen Hehl daraus, dass es ihm lieber wäre, er würde die Gruppe verlassen. Obwohl ich glaubte, dass er es nicht so meinte. Jay suchte nach einem Prellbock und da kam ihm Toby nun mal sehr gelegen.

Von meiner Mum gab es weiterhin kein Lebenszeichen, was mich ein wenig beunruhigte. Dabei wäre es für mich ein Leichtes gewesen, Antworten auf meine Fragen zu bekommen. Mehr als einmal war ich kurz davor, meine Gedanken zu öffnen und Floh um Hilfe zu bitten. Doch ich tat es nicht. Stattdessen verließ ich mich auf mein Bauchgefühl und das sagte mir, dass es ihr gut ging. Dass sie wusste, dass auch bei Noah und mir alles in Ordnung war und dass sie sich genau deshalb nicht meldete. Und ihm ging es hervorragend, da er den Großteil seiner Zeit mit Aria verbrachte. Sie wirkten glücklich miteinander. Chrissy dagegen zog sich immer mehr zurück. Aber immerhin schien Noah endlich zu bemerken, dass sie ihn nicht nur als ihren "Bruder" betrachtete. Häufiger suchte er den Kontakt zu ihr, was ihr für einen Moment ein Lächeln auf die Lippen zauberte. Doch meistens vereinnahmte Aria all seine Aufmerksamkeit. »Ich glaube, sie ist eifersüchtig«, hatte Jay einmal zu mir gesagt.

Nathan und Julia verbrachten ebenso viel Zeit miteinander, allerdings hingen sie mehr über den Büchern, als alles andere. Ich kann nicht sagen, wie oft sie die Aufzeichnungen durchgesehen hatten. Aber es war oft, sehr oft. Jay stachelte die beiden auch noch dazu an. Immer wieder betonte er, dass jeder Hinweis wichtig sei.

Alle waren sich mittlerweile einig, dass es an der Zeit wäre, Kontakt zu den Erzengeln aufzunehmen. Keiner glaubte, dass sie mir etwas antun würden. Vor allem nicht, wenn meine Mum unter ihnen war. Trotzdem setzte Jay sich durch und brachte das Argument, dass sein Vater auch dazu bereit gewesen war, ihn für das höhere Wohl zu opfern. Deshalb ging er das Risiko nicht ein, solange es keinen eindeutigen Beweis für meine Sicherheit gab. Amoria stimmte ihm ebenfalls zu. Also beschlossen wir, vorerst hierzubleiben. Jedenfalls so lange es ruhig blieb. Immerhin hatten wir einige Feinde da draußen und es war nur eine Frage der Zeit, bis sie uns fanden und womöglich angriffen.

Jays Mutter beteiligte sich oft an der Suche. Sie durchforstete vorwiegend Bücher über Dämonen, in der Hoffnung, ihr würde vielleicht etwas einfallen. Ein Detail, das sie während der Zeit bei ihnen beobachtet oder aufgeschnappt hatte und das uns womöglich weiterbrachte. Jay und sie näherten sich langsam an. Sie unterhielten sich oft über die Vergangenheit und sie wollte viel darüber wissen, wie es ihm die letzten Jahre ergangen war.

Es gab viele Augenblicke, an denen ich mich an den Strand zurückzog und meinen Gedanken nachhing – natürlich nur unter den wachsamen Augen von Jay. Dort war ich ungestört, meistens jedenfalls. Dan und Dara gefiel es hier genauso gut wie mir, deshalb hielten sie sich ähnlich oft in der Nähe des Wassers auf. Häufig beobachtete ich die beiden, wie sie sich neckten oder miteinander unterhielten.

»Bellena«, rief Floh durch meinen Kopf, doch ich schloss ihn erfolgreich aus. Nach wie vor war ich nicht bereit für ihn. Nicht hier und erst recht nicht jetzt.

Als Jay spürte, dass ich wach war, zog er mich noch enger an sich, drückte mir einen Kuss auf die Schläfe und streichelte mir behutsam über den Oberarm.

Lächelnd sah ich zu ihm und strich eine verirrte Strähne aus seinem Gesicht, woraufhin er mich durch seine türkisblauen Augen anstrahlte. »Hast du gut geschlafen?«, fragte ich ihn.

»Mit dir an meiner Seite? Immer.«

Ich küsste ihn. Erst sanft und als er ihn erwiderte, verschmolzen unsere Lippen miteinander. Seine Hand legte sich an meine Wange, wanderte langsam über meinen Hals und hinterließ eine Spur Wärme auf der Haut. Er zog mich näher an sich. Seine Finger glitten über meinen Rücken, bis sie auf meiner Taille verharrten. Meine Hände vergruben sich in sein Haar, während sein Daumen sanfte Kreise über meinen Hüftknochen zog. Alles in mir kribbelte und für einen Moment existierte nichts, außer diesem Kuss.

»*Bellena!*« Ich erschrak von dem Schrei in meinem Kopf.

Jay strich mit dem Zeigefinger über seinen Mund. Er blutete, da ich ihm auf die Lippen gebissen hatte.

»Sorry, das wollte ich nicht«, versuchte ich mich zu entschuldigen, bevor es erneut in meinem Kopf schrie und ich mich ruckartig aufsetzte.

»Ist alles okay?«, fragte Jay und berührte mich sanft am Handgelenk, doch eine Antwort erhielt er nicht. Konzentriert fokussierte ich mich darauf, was die Stimme in meinem Kopf so dringend loswerden musste.

Hastig sprang ich aus dem Bett. »Wir müssen die anderen warnen. Sie kommen!«

»Was? Wer kommt?«

Erneut blieb seine Frage unbeantwortet, denn ich war bereits zur Tür hinausgerannt. Ich hörte noch, wie er mir hinterherkam und meinen Namen rief, doch da war ich längst aus dem Haus gestürmt.

Es dauerte nicht lange und Jay schloss zu mir auf, während ich die Umgebung absuchte.

»Wann kommen sie? Weißt du, wie viele es sind?«, fragte ich Floh, doch es blieb stumm in meinem Kopf.

Jay sah mich an, als hätte ich den Verstand verloren. Er nahm mein Gesicht zwischen seine Hände und musterte mich eindringlich. Doch ich hatte keine Zeit, mich auf ihn zu konzentrieren, driftete ab und versuchte, Floh zu fassen zu bekommen.

»Sie sind gleich da«, sagte er. *»Du musst nur die richtigen Fragen stellen, dann erhältst du die wichtigen Antworten. Ich werde dir da durch helfen, versprochen. Aber kämpfen müsst ihr allein.«*

Stumm antworte ich ihm, bis die anderen zu uns aufschlossen.

»Was ist denn los?«, fragte Nathan.

»Dämonen. Sie greifen an«, entgegnete ich knapp, woraufhin sich alle umsahen. Doch bisher blieb alles ruhig.

Jay hatte mittlerweile meinen Kopf freigegeben und berührte mich stattdessen an beiden Schultern, so als wollte er mich jeden Moment wachrütteln. Dachte er, dass ich womöglich schlafwandelte? Eindringlich sah er mich an. »Aber hier ist niemand. Wie kommst du überhaupt darauf?«

Erneut sah ich mich um, bis mein Blick auf Amoria hängen blieb, die mir nur knapp zunickte. Es war eine stille Zustimmung, woraufhin ich mich erklären wollte. Doch jemand anderes war schneller und übernahm es für mich.

»Sie ist eben ein schlaues Mädchen. Oder sollte ich besser Engel sagen?«, ertönte eine uns gut bekannte, quietschige Stimme. Maja und ihr Bruder standen nur wenige Meter von uns entfernt. Um sie herum Dutzende von Dämonen.

»Wir dachten, wir besuchen euch, um zu sehen, wie gut ihr euch eingelebt habt. Vielleicht habt ihr ein Frühstück für uns?«, sagte Satarel.

Maja zwinkerte mir kaum merklich zu, als sich unsere Blicke trafen.

»Klar kommt ruhig rein. Vielleicht haben wir noch ein wenig Rührei für euch«, witzelte Jay.

Was wohl in ihm vorging? Immerhin stand ausgerechnet Maja vor uns und es fiel ihm bestimmt schwer, die Situation richtig einzuordnen. War sie Freund oder Feind?

»*Frag sie, was sie wollen*«, forderte Floh mich auf und ich kam seiner Aufforderung nach. »Was wollt ihr?«

»Die Dinge haben sich geändert«, begann Maja. »Lilith und Samael wollen euch ihre Macht demonstrieren. Die Macht, die sie über dich, die Erzengel und Luzifer haben. Es wird Zeit, Bellena. Für dich und Luzifer.« Ihre letzten Worte kamen eindringlich.

»Was meint sie damit?«, hörte ich Jay mir zuflüstern, doch ich konzentrierte mich auf die Stimme in meinem Kopf.

»*Sag ihnen, sie sollen von hier verschwinden.*«

»Geht. Ihr werdet hier nicht geduldet. Sucht euch euren Kaffee woanders«, schoss ich Maja und ihrem Bruder entgegen.

»Wir hatten auch nicht vor, zu bleiben. Wir sind nur die Boten«, erwiderte Maja. »Den Rest müssen wir euch leider überlassen.«

»Keine Sorge. Wir werden uns gut um sie kümmern«, entgegnete ich in einem selbstbewussten, hämischen Tonfall.

Daraufhin verschwanden die beiden Geschwister vor unseren Augen und ließen uns ihre Anhängsel zurück. Dämonen, die nur darauf warteten, uns endlich anzugreifen. Sie positionierten sich vor uns, aber noch blieben sie an Ort und Stelle stehen. Sie warteten wahrscheinlich auf weitere Instruktionen. Doch woher kamen sie?

»Was schlägst du vor, Jay?«, fragte Dan, der daraufhin sofort Anweisungen gab. »Aria du positionierst dich von oben. Dan und Nathan, ihr geht über beide Flanken. Maro und Dara, ihr unterstützt uns aus dem Hintergrund. Zum Glück sind es nicht viele. Bellena du ...«

Ungläubig sah ich ihn an. Er hatte doch nicht ernsthaft vor, mich auf die Reservebank zu setzen? Hatte er vergessen, wer ich war? »Ja?«, entgegnete ich und ließ das Feuer von meiner rechten Hand über den Arm wandern. Demonstrativ sah ich ihn an.

Ein Schnauben entfuhr ihm, da griffen plötzlich die ersten Dämonen an. Toby, Chrissy, Noah und Julia hatten sich inzwischen ins Haus zurückgezogen. Jay schleuderte einen grellen Blitz in die vorderste Gruppe der Angreifer. Nathan und Dan kamen von beiden Seiten, vereinten ihren Feuersturm, der sich wie ein Wirbel durch die Reihen der Gegner fraß.

Maro ließ eine mächtige Wasserwelle entstehen, die mit voller Wucht in eine weitere Gruppe vordrang und den verbleibenden Flammenrest löschte. »Das ist ja einfach«, rief er Dara zu, die ihn erschrocken ansah, da sich ein Angreifer direkt hinter ihm näherte. Sein Arm war eine einzige Klinge und er setzte zu einem Schlag an, bis plötzliche Äste aus dem Boden emporschossen und den Dämon packten.

»Du solltest dich vielleicht mehr auf deine Umgebung konzentrieren, als mit deinem Können zu prahlen!«, schimpfte Jay, dem der Schreck deutlich anzusehen war. Immerhin war Maro wie ein Bruder für ihn, und hätte Amoria nicht reagiert, hätten wir ihn womöglich verloren.

»Soll es das wirklich schon gewesen sein?«, fragte Nathan ungläubig, während er und Dan auf uns zukamen.

Aria war zu Beginn des Kampfes hoch in die Lüfte gestiegen, um aus dieser Position alles im Blick zu haben. Doch von ihr fehlte jede Spur. Plötzlich begann der Boden, unter unseren Füßen zu wackeln. Er riss auf und zog dünne Linien durch die Erde. Aria kam angeflogen. »Es sind noch mehr unterwegs. Hunderte von ihnen!«, rief sie uns zu, bis sie über uns schwebte. »Einige von ihnen hat die Erde verschluckt, als ich ein Erdbeben auslöste, aber der Rest von ihnen …«

Aria konnte ihren Satz nicht beenden, da kamen die Dämonen von allen Seiten, kreisten uns und das Haus ein. Sie waren grotesk. Teils menschlich, teils tierisch. Ihre Glieder waren zu lang und aus manchen Rücken ragten verkrümmte Flügel. Andere hatten glühende Augen oder Mäuler mit spitzen Zähnen, die zu breit für ihre Schädel waren.

»Sehen wir es positiv«, meinte Dan und sah dabei zu Jay. »Es sind keine Höllenhunde dabei.«

»Das schaffen wir niemals«, keuchte Dara. Die Angst stand ihr förmlich ins Gesicht geschrieben.

Doch dann geschah etwas Unvorhergesehenes. Trotz eines strahlend blauen Himmels setzte Regen ein. Zuerst waren es nur Tropfen, die sich schnell zu einem Platzregen entwickelten.

War das ein Zeichen?

»*Frag nicht, nutze es!*«, forderte Floh mich auf.

Ich hob den Blick und spürte das Feuer in mir wachsen. Mit einem Schritt trat ich nach vorn und umkreiste meine Freunde mit einem Feuerring, um sie vor dem zu schützen, was die Dämonen erwartete.

»Bellena, was tust du?«, hörte ich Jay rufen.

Da spürte ich bereits die Kraft der Kälte durch meine Adern jagen. Der Regen war mein Verbündeter. Ich streckte die Hand aus und mit einem Ruck ließ ich die Temperatur um uns herum fallen. Im nächsten Augenblick begannen die ersten Dämonen, zu erstarren. Ihre Bewegungen wurden langsamer und ihre Glieder wurden von einer dünnen, glitzernden Eisschicht überzogen. Sie verwandelten sich in lebende Statuen. Ein letzter kreischender Schrei hallte durch die Dunkelheit, dann war es still.

Kapitel 27

Bellena

Nach dem Kampf saßen wir alle im Haus und überlegten, wie es nun weitergehen sollte. Dan und Nathan hielten die Umgebung im Auge, indem sie von einem Fenster zum nächsten liefen.

»Ihr macht mich nervös«, beschwerte sich Noah. »Ich meine, sie sind doch weg. Seit einer Stunde ist niemand mehr zu sehen. Meint ihr nicht, dass sie vorerst genug haben?«

Ich erhob mich und sah jetzt ebenfalls hinaus. Die Umgebung um das Haus herum war ein Trümmerfeld. Der Ort war kaum wiederzuerkennen. Dort, wo einst die tiefgefrorenen Dämonen standen, lagen nur noch schimmernde, zerstreute Splitter. Es waren die letzten Überreste aus Eis, die aufgrund der Hitze zu Wasser wurden. Der Boden war übersät mit Rissen und tiefen Kratern. Umgestürzte Bäume lehnten zerbrochen aneinander und es waren dunkle, verkohlte Stellen in die Erde gebrannt. Es waren überwiegend Spuren von Arias Beben, Amorias Ranken und Jays Blitzen, die die Dämonenstatuen so schnell zerstörten, bevor sie sich womöglich befreien konnten.

»Ist es vorbei?«, fragte ich Floh, doch ich erhielt nicht die Antwort, die ich erwartet hatte.

»Es wird Zeit, dass du auf deine Familie triffst.«

»Meine Familie ist hier.«

»Du weißt, was ich meine. Wir haben keine Zeit mehr.«

Ich kniff die Augen zusammen, hatte den Blick starr nach draußen gerichtet und hoffte, dass keiner bemerkte, wie abwesend ich gerade war. »Ohne Beweis, dass mir nichts passieren wird, lässt Jay nicht zu, dass wir dorthin aufbrechen.«

»Dann überzeuge ihn«, drängte er mich energisch.

»Und wie?«

»Schalte den Fernseher ein.«

»Was?«

»Ich kann es nicht noch deutlicher sagen. Du sollst den Fernseher einschalten.«

Einen Moment überlegte ich und sagte dann, ohne den Blick vom Fenster zunehmen: »Sie sind weg.«

»Und woher weißt du das so genau?«, wollte Dan wissen. »Woher wusstest du überhaupt, dass sie auf dem Weg hierher sind?«

»Das würde mich allerdings auch interessieren«, schloss sich ihm Nathan an.

Ich atmete einmal tief ein und aus, bevor ich mich zu ihnen umdrehte. Alle Blicke im Raum waren auf mich gerichtet. In ihnen lag Verwirrung, Verzweiflung, Misstrauen und Fassungslosigkeit.

Entschlossen lief ich zum Couchtisch, nahm die Fernbedienung und ging Flohs Ratschlag nach. Sofort tauchte ein rotes Nachrichtenfeld am unteren Bildschirmrand auf. "Eilmeldung" blinkte in grellen Buchstaben auf. Die Nachricht darunter ließ mir das Blut in den Adern gefrieren. "Mehrere unerklärliche Angriffe auf der ganzen Welt." Eingeblendet wurde in diesem Moment eine Nachrichtensprecherin, die mit ernster Miene den aktuellen Verlauf schilderte. »Seit dem frühen Morgen kommt es weltweit zu rätselhaften Angriffen in mehreren Kleinstädten. Zahlreiche Häuser wurden in Brand gesetzt, andere auf bislang unerklärliche Weise zerstört. Augenzeugen berichten von dunklen Gestalten, die offenbar gezielt Baustrukturen angriffen und zum Einsturz brachten. Andere wollen schwärzliche Schleier gesehen haben, die sich durch die Gebäude zogen, kurz bevor diese in Flammen aufgingen oder grundlos in sich zusammenfielen. Wie viele Todesopfer bislang zu beklagen sind und wie groß das tatsächliche Ausmaß der Zerstörung ist, bleibt unklar. Außerdem scheint die Angriffswelle nach wie vor anzuhalten. Diese Aufnahmen, die uns soeben erreichten, zeigen aktuelle Szenen von einem der betroffenen Orte.«

Zu sehen war eine kleine Straße, flankiert von einst idyllischen Häusern, die nun halb eingestürzt, verkohlt und verlassen wirkten. Flammen leckten an den Resten eines Daches und Rauch stieg in dichten Schwaden auf. Zwischen den Trümmern flackerte etwas im Schatten.

»O mein Gott. Was hat das zu bedeuten?«, stieß Chrissy erschüttert aus.

»Sieht so aus, als bräuchte Julia keine Erklärung für ihre Tante, was vor dem Haus passiert ist«, stellte Maro fest, während ich mich auf den Hintergrund des Geschehens konzentrierte. Hinter einer zerstörten Mauer verdeckt, stand eine Gestalt mit dunklem, schulterlangem Haar und einem langen schwarzen Mantel. Was ihn jedoch deutlich von einem Menschen unterschied, war das dunkle, leicht geschwungene Horn auf der rechten Seite seines Kopfes.

»Samael«, flüsterte ich und alle sahen mich an. »Das ist meine Schuld.«

»Nein, das ist Unsinn«, sagte Jay.

Er wollte noch etwas hinzufügen, doch ich kam ihm zuvor. »Doch. Es ist ihre Rache, weil ich nicht getan habe, was sie von mir verlangt haben. Dass ich ihren Lieblingsturm zerstört habe, macht es nicht besser. Lilith, sie hat es mir angedroht. Sie sagte ...«, stammelte ich.

»Bellena, diese Angriffe hat es auch schon vor deiner Zeit gegeben«, versuchte Amoria mich zu beruhigen. »Es war lange ruhig und bis jetzt konnten sie immer zurückgeschlagen werden. Aber die Wut der Dämonen und der Gefallenen nimmt zu. Immer mehr wechseln auf die falsche Seite. Und die Engel reagieren einfach nicht. Was jetzt passiert, hat nichts damit zu tun, was du getan hast.«

»Könnte es sein, dass es ein Teil ihrer Bestimmung ist, von der wir die ganze Zeit sprechen?«, fragte Aria und begann, auf und ab zu laufen. »Bellena hat außergewöhnliche Kräfte. Mir ist nicht bekannt, dass es jemals einen Engel mit einer solchen Macht gab. Was, wenn sie nicht nur eine Aufgabe hat? Wenn es ebenfalls ihre Bestimmung ist, das alles aufzuhalten?«

»Falls, dem so wäre, würde dann nicht irgendwo etwas stehen?«

»Nicht alles wird in Büchern festgehalten, Julia«, durch- kreuzte Nathan die Hoffnung seiner Freundin.

»Die Erzengel haben ein großes Geheimnis um Bellena gemacht. Es wusste gerade mal eine Handvoll von ihr, bis ...«

»Sprich es ruhig aus, Toby«, entgegnete Jay. »Bis du sie ver- raten und damit ihre Sicherheit gefährdet hast.«

»Sagt derjenige, der jahrelang selbst nach ihr gesucht hat. Du hast geahnt, dass dein Vater nichts Gutes im Schilde führt, trotzdem hast du sie zu ihm gebracht.«

»Ich warne dich, Toby. Ich habe dir bereits vor ein paar Tagen gesagt, dass du mir nicht in die Quere kommen sollst ...«

»Das reicht jetzt!«, schrie ich. »Was geschehen ist, kann durch eure Streiterei nicht rückgängig gemacht werden.«

»Da hast du recht. Entschuldige.« Toby, der sich erhoben hatte, setzte sich wieder auf seinen Platz. Auch Jay lockerte seine Schultern und ließ sich auf seinen Stuhl zurückfallen.

»Langsam komme ich mir überflüssig vor«, murmelte Nathan.

»Wie meinst du das?«, fragte Dan.

»Na ja, erst macht sie die ganze Arbeit da draußen allein und jetzt darf ich nicht mal mehr einen Streit schlichten.« Sein amüsanter Blick brachte mich zum Lachen.

»Also wie geht es jetzt weiter?«, fragte Aria, die sich mittlerweile wieder neben Noah gesetzt hatte. Sie lehnte sich auf der Couch zurück und ließ den Kopf in den Nacken fallen.

»Wir brechen auf«, beschloss ich.

»Und wohin?« Herausfordernd sah ich Jay an, der sofort ahnte, wohin der Weg uns führte. »Nein, vergiss es. Ich habe dir gesagt, was ich davon halte. Solange es keine Gewissheit gibt, dass du dort sicher bist ...«

»Jay, die Dinge haben sich aber geändert. Glaubst du wirklich, wir sind hier noch lange sicher?«, warf ich ein.

»Dann gehen wir eben woanders hin«, antworte er darauf, wie ein kleines bockiges Kind.

»Und wohin?« Umgehend erntete Toby, einen finsteren Blick von ihm. Er konnte es aber auch nicht lassen, ihn ständig zu provozieren.

»Jay, du hast doch gesehen, was da draußen los ist. Wie viele Menschen sollen noch sterben?«

»Es ist nicht bewiesen, dass du dafür zuständig bist. Wo sind die Engel? Warum kommen sie nicht und beseitigen das Chaos? Wo ist deine Mutter? Müsste sie nicht längst zurück sein, wenn doch alles in Ordnung ist? Müsste sie dich nicht holen, wenn sie dich brauchen? Vielleicht kommt sie nicht, weil sie die Gefahr erkannt hat, die von ihren Geschwistern ausgeht. Reicht dir das an Unklarheiten?«

Dem hatte ich erst mal nichts entgegenzubringen. Trotzdem durfte ich mein Ziel nicht aus den Augen verlieren. Doch mit dem Brecheisen meinen Willen durchzusetzen, war keine Option. Allein zu gehen aber auch nicht. »Was denken denn die anderen darüber?« Hoffnungsvoll wandte ich mich an die anderen, doch die Runde blieb still. »Dan? Nathan?«

»Ich finde, dass Bellena recht hat«, sagte Nathan nach meiner Aufforderung, woraufhin Jay scharf die Luft einzog. »Wir können sie nicht ewig verstecken, Jay. Und ich glaube, das müssen wir auch nicht. Sie kann es locker mit allen aufnehmen.«

»Was ist eigentlich, wenn wir uns irren? Wenn Bellena gar nicht ins Himmelreich gelassen wird?«, stellte Chrissy die Frage, an die bisher noch keiner gedacht hatte. »Ihr sagt, dass Bellena anders ist. Dass sie mehr Kraft hat als alle anderen. Was ist, wenn sie überhaupt kein Engel ist?«

»Und was soll sie dann sein?«, fragte Maro.

»Keine Ahnung, aber ihr habt doch selbst gehört, dass ihre Mum nicht weiß, warum Bellena Kräfte besitzt, weil das vorher noch nie vorgekommen ist. Also muss dieses Mal etwas anders sein. Sie ist ein Erzengel und hat nicht mal gemerkt, dass ihre Tochter etwas Besonderes an sich hat? Was, wenn ein Dämon seine Finger im Spiel hat?« Chrissys Gedanken brachte den Rest der Gruppe erneut ins Grübeln.

Okay, das Gespräch nimmt eine vollkommen falsche Richtung, dachte ich mir und hoffte, Floh kam mit einem erneuten Geistesblitz um die Ecke geschneit. Doch wie so oft, wenn ich ihn brauchte, blieb es ruhig.

Verzweifelt sah ich zu Julia, die mich ebenfalls musterte. Sie schloss für einen Moment die Augen und überlegte sich ihre Worte gut. »Ich glaube kaum, dass Oma Lena mir ihre Kräfte anvertraut hätte, hätte sie gewusst, dass Bellena kein Engel ist.«

»Aber du sagtest doch, dass sie dir nicht viel gesagt hat und erst recht nicht erwähnt hat, dass Bellena ein Engel ist«, sagte Chrissy.

»Ja, das stimmt. Aber die Notiz, die Kette, die Botschaften. Ihre Aufgabe war es, Bellena zu beschützen, und sie hat ihre Kräfte und somit ihre Verpflichtung an mich übertragen. Ich glaube nicht, dass sie mich ohne Grund ausgewählt hat. Sie hat mir blind vertraut, weil sie wusste, dass ich Bellena vertraue. Und wenn sie sagt, wir gehen, dann sollten wir gehen. Es ist ihr Leben, also sollte sie selbst entscheiden. Und wer das nicht akzeptiert, kann einfach hierbleiben.«

Kaum hatte sie diese Worte ausgesprochen, stürmte Jay hinaus und ließ die Tür krachend ins Schloss fallen.

Kapitel 28

Jay

Das darf doch nicht wahr sein! Ich wusste, dass sie recht hatten. Mir war bewusst, dass wir diesen Weg irgendwann gehen mussten. Aber die Wahrheit war, dass ich Angst davor hatte. Ich konnte und wollte sie nicht schon wieder verlieren. Nicht zu wissen, was mit ihr ist, brachte mich um meinen Verstand. Sollte sie wirklich ins Himmelreich gehen, konnte ich ihr nicht folgen. Niemand von uns konnte das. Sie wäre auf sich allein gestellt und müsste sich mit den Erzengeln ohne unsere Hilfe auseinandersetzen. Da wir keine Informationen von Bellenas Mum hatten, war ein Abschätzen der Konsequenzen nahezu unmöglich.

»Jay?«, hörte ich ihre Stimme sanft nach mir rufen. Ich schloss die Augen und sagte nichts, als sie sich dicht zu mir stellte und ihren Kopf auf meiner Schulter ablegte.

»Ich weiß, warum du dagegen bist.«

»Ach wirklich? Und warum tust du es dann trotzdem?« Meine Stimme klang hart.

»Weil es nicht an der Zeit ist, egoistisch zu sein. Es sterben Menschen und es werden noch mehr sterben, wenn wir weiterhin die Augen davor verschließen. Ich möchte, dass du mich auf diesem Weg begleitest. Ich verspreche dir, dass wir nicht lange getrennt sein werden.«

Ich legte meine Wange an ihren Scheitel und so standen wir eine Weile still da.

»Ich bemühe mich verzweifelt, gut genug für dich zu sein«, brach ich das Schweigen zwischen uns und sprach eine Wahrheit aus, die seit Wochen in mir schlummerte. »Aber es fühlt sich an, als würde ich ständig gegen eine Wand laufen, die ich niemals überwinden kann. So als würde jemand an mir ziehen und dich von mir fortreißen. Laut einer Prophezeiung sind wir füreinander bestimmt, aber was, wenn wir falschliegen? Was, wenn es nicht das bedeutet, was wir glauben? Was ist, wenn es unsere Bestimmung ist, getrennt voneinander zu sein?«

»Zusammen zu sein bedeutet nicht, sich ständig zu berühren oder immer in der Nähe des anderen zu sein. Es heißt, füreinander da zu sein. Egal, ob im Herzen, in Entscheidungen oder im Glauben aneinander. Es heißt, einander zu folgen, auch wenn es bedeutet, dass sich die Wege eine Zeit lang trennen.«

Ich riss sie von mir weg, nahm sie an den Schultern und zwang sie so, mich anzusehen. »Ich werde mich immer für dich entscheiden, selbst wenn der Weg unklar ist. Ich werde dorthin gehen, wo du bist, ohne zu zögern und ohne zu fragen, was mich erwartet. Egal, was passiert, du bist es wert, all das zu tun. Meine Entschlossenheit, dir nahe zu sein, wird niemals verschwinden und ich werde immer versuchen, dir die Person zu sein, die du brauchst. Ich liebe dich, Bellena. Und es gibt niemanden, der das ändern kann.«

»Dann vertrau mir. Lass uns diesen Weg gemeinsam gehen. Lass uns herausfinden, wie wir das so schnell wie möglich beenden können. Damit es keinen Grund mehr gibt, dass wir uns trennen müssen, wenn wir es nicht wollen. Damit wir den Sonnenuntergang sehen können, ohne uns zu fragen, ob wir den Sonnenaufgang erleben werden. Ich liebe dich auch und ich möchte dasselbe wie du.«

Ihre Worte lösten ein Feuerwerk an Emotionen in mir aus. Ich trat näher an sie heran, schmiegte meine Hand an ihre Wange und sah ihr tief in die Augen. Dann küsste ich sie. All meine Empfindungen legte ich in diesen einen Kuss. Zuerst sanft, beinahe zögerlich, bis er schließlich tiefer, vertrauter und wärmer wurde. Er schmeckte nach Schmerz, Sehnsucht, aber vor allem nach Liebe. Nach einem *Wir*, das gemeinsam alles überstehen konnte.

Kapitel 29

Bellena

Ich stand gefangen in einem Korridor aus gefrorenen Glasspiegeln, der sich bis ins Unendliche zu ziehen schien. Mein Spiegelbild zeigte blasse Haut und leeren Augen.

Ein Flüstern kroch durch die Wände. »Du bist zu spät.«

Die Spiegel begannen zu zittern, bevor sie zersplitterten. Und dann sah ich ihn: Lukas. Zuerst nur in einer der Spiegelungen, dann in allen. Überall dasselbe Bild. Sein Gesicht tot und blutbefleckt. Die Augen glühten in krankhaftem Rot. »Warum hast du mich nicht gerettet?«

Ich wollte schreien und mich von dem Anblick befreien, doch der Boden unter mir verwandelte sich in schwarzen Schlamm. Unaufhaltsam zog er mich hinab und verschlang meine Beine, sodass eine Flucht immer aussichtsloser wurde.

Dann zerbarst der Spiegel vor mir. Dahinter nahm ich eine große beleuchtete Halle wahr, die von einem düsteren Feuerschein durchzogen war. Lilith thronte auf einem schwarzen Altar. Neben ihr Samael mit einem kalten, berechenbaren Lächeln. Er fuhr Lilith über die Wange, küsste sie, während unter ihren Füßen ein Meer aus Knochen brodelte.

»Schau hin«, säuselte Lilith.

Der Boden öffnete sich und aus der Tiefe stiegen sie auf. Meine Mutter, Noah, Chrissy, Toby und alle anderen. Den Abschluss bildetet Jay. Sein Körper blutüberströmt, um seine Handgelenke glühten Abdrücke von Handschellen.

Es war deutlich zu erkennen, als er seine Hände nach mir ausstreckte.

»Warum hast du uns belogen, Bellena?«

Ich wollte antworten, doch meine Stimme war fort. Nur Tränen liefen mir über die Wangen.

Lilith trat vor und legte mir den Finger ans Kinn.

»Hast du wirklich geglaubt, ich finde es nicht heraus? Somit hast du ihr Schicksal besiegelt. Und weißt du was? Du bist als Nächste dran.«

Sie drückte ihre Hand auf meine Brust, direkt auf die Stelle meines Herzens. Es brannte wie Feuer. So wie die Umgebung um uns herum.

Keuchend setzte ich mich auf, mein Herz hämmerte wild in meiner Brust, als wolle es ausbrechen. Schweiß klebte mir auf der Stirn und meine Hände zitterten. Neben mir hörte ich Jays ruhige Atmung. Er schlief tief und fest. Erleichtert darüber, dass ich ihn nicht geweckt hatte, ließ ich mich langsam zurück ins Kissen sinken.

Das waren keine Botschaften, sondern Mahnungen meines Unterbewusstseins. Das schlechte Gewissen nagte an mir. Es bohrte sich durch meine Gedanken und ließ mich an meinen Entscheidungen zweifeln. Es zwang mich, mich den Dingen zu stellen, die ich so tief in mir vergraben hatte. Jeder Albtraum war ein Spiegel, der mir meine Fehler und Ängste vor Augen hielt. Obwohl ich versuchte, sie zu verdrängen, krochen sie Nacht für Nacht zurück an die Oberfläche. Es musste enden, noch heute. Ich konnte nicht länger davonlaufen. Kein weiteres Verdrängen und Zögern mehr. Am heutigen Tag würde ich nicht nur Wahrheiten erfahren, sondern auch aussprechen – oder unter ihrem Gewicht zerbrechen.

Kapitel 30

Jay

Nach dem Frühstück zögerten wir nicht lange und brachen sofort auf. Nachdem Julia uns gesagt hatte, wo genau wir nach dem Eingang suchen mussten, fuhren Chrissy, Noah, Toby und sie zusammen los. Meine Mutter kam diesmal mit uns. Da sie jahrelang nicht geflogen war, hatten wir es in den letzten Tagen miteinander trainiert. Ich war dankbar, sie auf diesem Weg an meiner Seite zu wissen.

Bevor wir losflogen, sah ich ein letztes Mal zu Bellena, die mir entschlossen zunickte.

Kurioserweise war der Eingang nur eine Flugstunde entfernt. Es war schon irrsinnig, wenn man bedachte, dass etwas so Bedeutungsvolles direkt vor unserer Nase gelegen hatte.

Wir landeten etwas abseits, am Rand eines dichten Waldes, um nicht direkt mit der Tür ins Haus zu fallen. Außerdem wusste niemand von uns, was uns dort erwartete. Womöglich war das Gebäude bewacht oder es lauerte etwas im Inneren, das schon längst auf uns wartete?

Vorsichtig und wachsam zugleich bewegten wir uns auf das opulente Gebäude zu, das einem einzigen Kunstwerk glich. Besonders auffällig waren die zahlreichen, kunstvollen Details. An der Vorderseite dominierte ein großes Hauptportal, das über eine breite Treppe zu erreichen war. Zu beiden Seiten erhoben sich zwei mächtige, korinthische Säulen, die dem Eingang eine zusätzliche Würde verliehen. Über dem Portal prangte ein umwerfend gestaltetes Relief, das Engel in verschiedenen Posen zeigte. Auf den seitlichen Türmen der Fassade standen zwei beeindruckende, aus Stein gemeißelte Engel. Mit ihren ausgebreiteten Flügeln und ihren ausdrucksstarken Gesichtern wirkten sie fast lebendig. Sie thronten am höchsten Punkt der Türme und schauten hoheitsvoll in die Ferne. Die Fassade selbst war in mehrere Ebenen unterteilt. Jede Etage wurde durch säulenähnliche Vorsprünge und weiteren korinthischen Säulen betont. Besonders eindrucksvoll waren die kunstvoll gestalteten Glasfenster, die religiöse Symbole und Engel in kräftigen Farben darstellten. Den oberen Abschluss bildete eine prächtige, gewölbte Struktur, auf der eine große, mit goldenen Ornamenten verzierte Kuppel ruhte. Man musste schon blind sein, um nicht die Verbindung zu meinem Vater zu erkennen, dessen erstelltes Gebäude eine starke Ähnlichkeit zu diesem aufwies.

»Okay, dann mal los«, spornte ich uns alle an, obwohl ich keine Ahnung hatte, was gleich passierte.

»Was ist eigentlich, wenn jeder, der das Gebäude berührt … na du weißt schon?«, fragte Maro und ließ mich innehalten. »Das glaube ich nicht. Dieses Gebäude ist die Brücke zwischen Erde und Himmelreich. Der einzige Weg, eine Verbindung herzustellen«, redete ich ihm gut zu. »Außerdem haben wir Bellena bei uns.«

Diese war bereits die ersten Stufen hinauf gestiegen, woraufhin wir ihr folgten. Sie legte ihre Hand auf die große Eingangstür und drückte sie nach innen auf. Einen Moment lang hielt ich die Luft an. Doch es passierte nichts weiter, bis auf ein knarzendes Geräusch, das vom Öffnen der Tür verursacht wurde.

»So ein prunkvoller Bau und dann haben sie nicht einmal die Tür geölt«, witzelte Maro, weshalb wir alle kurz auflachten.

Vorsichtig betraten wir das Gebäude, das uns nicht nur von außen durch seine mächtige Gestaltung beeindruckte. Auch der Innenraum raubte uns für einen Moment den Atem. Er war weitläufig mit hohen Decken und durchzogen von barocken Stilelementen, die eine majestätische Atmosphäre schafften. Wir folgten dem Gang und unsere Schritte hallten über den Boden wider.

»Wieso ist hier keiner? Sollten hier nicht wenigstens Wachen oder so sein?«, wunderte sich Dara und sprach aus, was wir alle dachten.

Am Ende des Ganges standen wir vor einer weiteren Tür, die golden verziert war. Ich drängelte mich an Bellena vorbei und stieß sie auf.

Beim Betreten des großen Saals fiel sofort die riesige, glänzende Kuppel ins Auge, die das zentrale Element des Raumes bildete. Sie war reich verziert mit goldenen und farbigen Mosaiken, die Engel und Engelszeichen darstellten. Ein Schauer überkam mich. *Wie bei meinem Vater.* Fast befürchtete ich, er würde jeden Moment vor uns auftauchen. Zum Glück blieben wir allein.

Das Tageslicht, das durch die Glaskuppel fiel, verlieh dem Saal eine warme, goldene Atmosphäre. Der Raum selbst war in verschiedene Bereiche unterteilt, wobei das Herzstück von einer Reihe prächtiger Säulen im korinthischen Stil getragen wurde. An den Wänden fanden sich kunstvolle Stuckarbeiten und Reliefs, die biblische Geschichten und Szenen darstellten. Besonders hervorstachen die großflächigen, bunten Glasfenster, die das Licht in eine Vielzahl von Farben tauchten und dem Raum eine lebendige Note verliehen.

Das herausragendste Element war eine monumentale Steinstruktur, die auf den ersten Blick wie ein kunstvoll gefertigter Altar wirkte. Reich verziert mit Ornamenten und filigranen Schnitzereien, zog es sofort meine Aufmerksamkeit auf sich. Im Zentrum befand sich ein großes Bildnis, eingerahmt von goldenen Verzierungen. Bei näherer Betrachtung erkannte man Engel, die sich an den Händen hielten und das gesamte Gemälde ausfüllten.

Ich näherte mich dem Altar, berührte das kalte Gestein mit meinen Händen und fuhr mit den Fingern die Struktur nach. Doch als Bellena sich mir näherte, begann die Luft darum zu flirren und ein leiser Schimmer legte sich um das Bild, woraufhin ich einen Schritt zurücktrat. Plötzlich regten sich die Figuren. Die Engel hoben sanft ihre Köpfe und ihre Flügel erzitterten leicht.

»Das ist unglaublich«, flüsterte Aria und stellte sich zwischen Bellena und mich. Ihre Augen weiteten sich, als Bellena das Bild berührte und ihre Hand darin verschwand. »Das muss das Portal sein«, mutmaßte sie mit belegter Stimme.

Dan und Nathan traten neugierig näher, während Dara und meine Mutter sich weiterhin im Hintergrund hielten und das Geschehen mit skeptischem Blick betrachteten.

Als Dan zögerlich an Aria vorbei griff und das Gemälde berührte, geschah nichts. »Da haben wir den Beweis, dass ich nicht mehr erwünscht bin.«

»Das muss ich sehen!«, rief Maro und rannte los. Im Eifer des Gefechts geriet er ins Straucheln, prallte gegen Dan und

Nathan, die dadurch ebenfalls den Halt verloren und Bellena durch das Bild stießen.

Wir starrten uns mit weit aufgerissenen Augen an. Doch das Entsetzen wuchs, als wir bemerkten, dass nicht nur Bellena verschwunden war, sondern mit ihr auch Aria.

Danksagung

Es ist vollbracht und der zweite Teil kann nun in die Bücherregale einziehen!

Was für eine Achterbahnfahrt der Gefühle diese Reise war. Ich habe gelacht, gezweifelt, gehofft und geflucht. Genau das macht dieses Buch für mich so besonders. Und ich kann euch jetzt schon versprechen: Teil 3 wird das alles noch toppen!

Bevor es jedoch so weit ist, möchte ich von Herzen Danke sagen.

Danke an meine Familie – an meinen Mann und meine Kinder – dafür, dass ihr mir den Raum gebt, meine Träume zu leben. Eure Unterstützung bedeutet mir mehr, als Worte je ausdrücken könnten.

Ein Dankeschön geht an die Community auf Instagram. An all die großartigen Autorinnen und Buchliebhaberinnen, die mich Tag für Tag inspirieren und motivieren. Der Austausch mit euch, die gegenseitige Unterstützung, das offene Ohr und die geteilte Leidenschaft fürs Schreiben und Lesen sind unbezahlbar.

Danke an alle meine wundervollen Blogger sowie meiner Bloggerfamilie, die mich mit ihren liebevollen Rezensionen, ehrlichen Meinungen und kreativen Beiträgen begleitet haben. Ihr seid ein wertvoller und unverzichtbarer Teil dieser Reise!

Mein besonderer Dank gilt meinen Testleserinnen, allen voran Anna Lena und Nadine. Ihr habt jedes einzelne Kapitel unter die Lupe genommen, euch mit eurem Herzen und Ideen eingebracht und mir geholfen, das Beste aus dieser Geschichte herauszuholen.

Nadine, ein extra großes Dankeschön an dich: Du warst bei jedem Schritt an meiner Seite, sei es beim Testlesen, beim Korrekturlesen, beim Erstellen von Beiträgen und sogar beim Basteln des Buchtrailers. Du bist ein echter Schatz!

Ein weiterer Herzensdank geht an Yara Soneva. Du hast dem Buch den letzten Feinschliff verpasst und standest mir mit Rat und Tat zur Seite. Ich bin unendlich dankbar, dass sich unsere Wege gekreuzt haben und ich hoffe, dass wir uns auch noch zukünftig - so zwanzig Jahre oder mehr - unterstützen.

Danke auch an Melanie, die das Buch Korrektur gelesen hat. Ich sage nur „Abwachbecken" – das bleibt unvergessen!

Ein weiterer Dank geht an Julia, die dem 1. Band ihre Stimme leiht und es auf eine ganz besondere Weise zum Leben erweckt hat. Ich bin unendlich dankbar, dass mein Herzensprojekt auch zu deinem geworden ist und dass du mir auch bei den kommenden Bänden zur Seite stehst. Deine lebendige, authentische Art als Sprecherin macht das Hörerlebnis zu etwas ganz Besonderem. Ein Handyklingeln mitten in der Aufnahme – dieser Moment wird für mich auf ewig unvergessen bleiben.

Und natürlich ein riesiges Dankeschön an Eva, die dieses traumhafte Cover entworfen hat. Deine Kreativität begeistert mich jedes Mal aufs Neue, und ich bin so froh, dass du auch meine weiteren Projekte begleiten wirst. Ich kann es kaum erwarten, mit dir neue Coverträume zu verwirklichen.

Zuletzt danke ich euch, meinen Leserinnen und Lesern. Ohne euch wäre all das nur halb so schön. Eure Nachrichten, euer Feedback, eure Begeisterung geben mir die Energie, weiterzumachen. Danke, dass ihr in meine Welten eintaucht und meine Figuren so sehr ins Herz schließt.

Das erwartet euch in Band 3:

Das Geheimnis um Bellena wird endlich gelüftet. Doch die Wahrheit stellt ihr bisheriges Leben endgültig auf den Kopf. Plötzlich sieht sie sich mit einer Rolle konfrontiert, auf die sie nicht vorbereitet ist.

Auch für Jay sind die neu gewonnenen Erkenntnisse kaum zu ertragen. Die Welt, wie er sie kannte, beginnt zu bröckeln, doch eines bleibt unverändert - seine Gefühle für Bellena. Er steht ihr zur Seite, bereit, alles für sie zu geben. Vielleicht sogar mehr, als gut für ihn ist.

Zwischen neuen Regeln, unausgesprochenen Erwartungen und alten Wunden fällt es den beiden zunehmend schwer, ihren Platz zu finden. Und dann geschieht etwas, das Bellena endgültig aus der Bahn wirft.

Von Schmerz und Wut getrieben, kennt sie plötzlich nur noch ein Ziel: Vergeltung.

Von Herzen, eure Nicole.